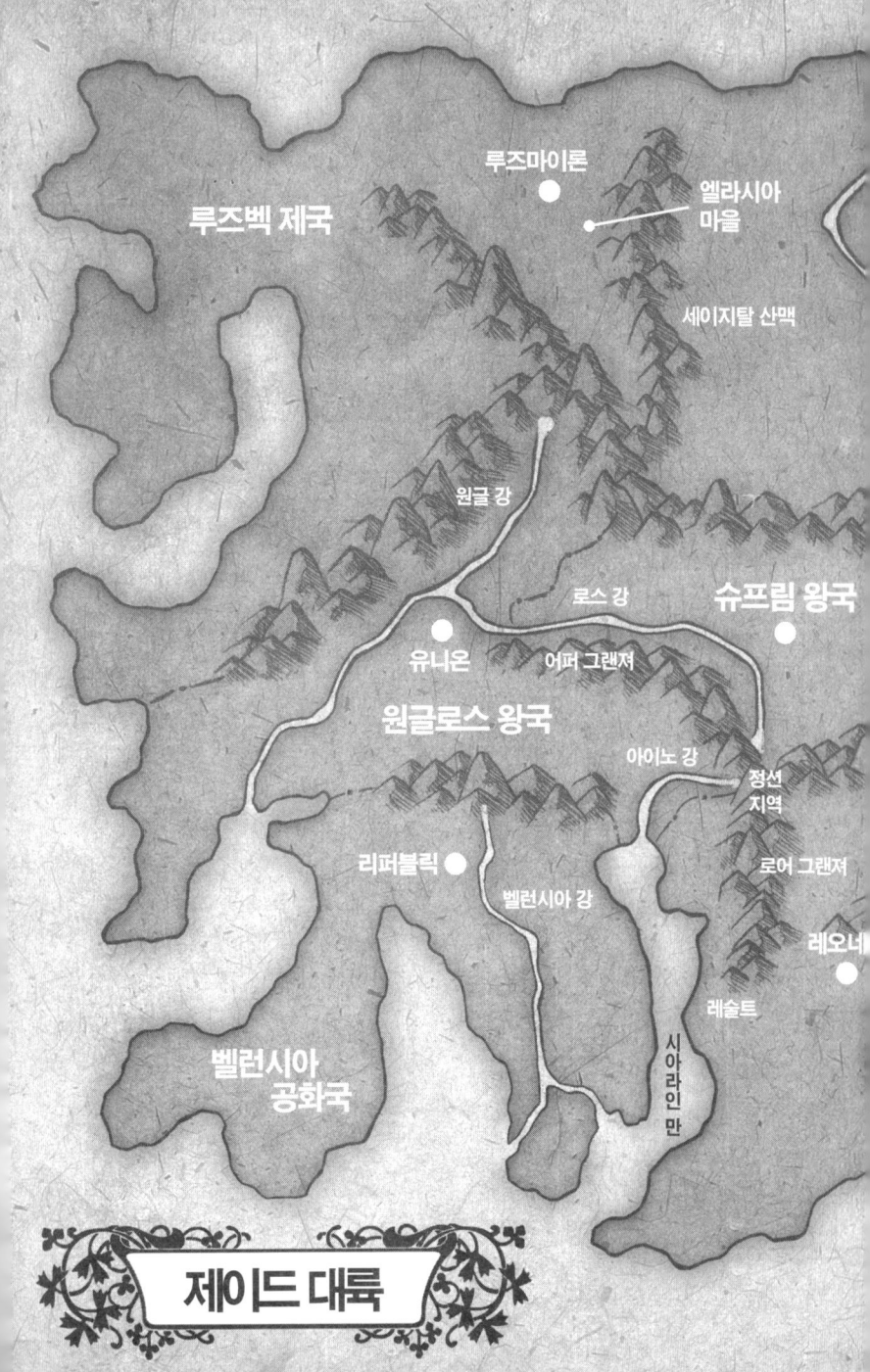

루즈벡 제국

루즈마이론

엘라시아
마을

세이지탈 산맥

윈글 강

로스 강

슈프림 왕국

유니온

어퍼 그랜져

원글로스 왕국

아이노 강

정션
지역

리퍼블릭

로어 그랜져

벨런시아 강

레오네

레술트

벨런시아
공화국

시
아
라
인
만

제이드 대륙

기갑영검

아스카론
ASKARON

신가 판타지 장편 소설
FANTASY FRONTIER SPIRIT

기갑영검 아스카론 7

신가 판타지 장편 소설

초판 1쇄 찍은 날 § 2010년 4월 14일
초판 1쇄 펴낸 날 § 2010년 4월 20일

지은이 § 신가
펴낸이 § 서경석

편집장 § 문혜영
편집책임 § 서지현
편집 § 이수민

펴낸곳 § 도서출판 청어람
등록번호 § 제1081-1-89호
등록일자 § 1999. 5. 31
어람번호 § 제1-1135호

주소 § 경기도 부천시 원미구 심곡2동 163-2 서경B/D 3F (우) 420-822
전화 § 032-656-4452 팩스 § 032-656-4453
http://www.chungeoram.com
E-mail § chungeoram@chungeoram.com

ⓒ 신가, 2009

ISBN 978-89-251-2149-9 04810
ISBN 978-89-251-1721-8 (세트)

기갑성검 아스카론
ASK ARON

신가 판타지 장편 소설
FANTASY FRONTIER·SPIRIT

7

[완결]

[그리아드]

CONTENTS

CHAPTER 1
아르시안에게로

쿠아앙!

강렬한 폭음과 함께 빛이 번쩍이며 날아갔다.

[전력으로 피해! 맞으면 끝이다!]

사방에서 서로에게 외치는 통신으로 브루트의 콕피트가 시끄럽게 울렸다. 번쩍이는 빛이 한 번 지나갈 때마다 브루트의 라이더들은 가슴을 쓸며 감사했다. 자신이 무사하다는 사실에 말이다.

스치기만 하더라도 그 충격이 엄청났다. 연사 속도가 느려 한 번 피하면 어느 정도 여유를 가질 수 있다는 것이 다행이라면 다행이었다.

"빌어먹을 놈들. 정말 엄청난 물건을 만들었어. 이게 지난번에 리퍼블릭을 두드렸단 말이지? 어떻게든 없애 버린다."

한 라이더가 이를 악물고 중얼거렸다.

제스터는 빠른 속도로 날아가며 뒤를 힐끗 쳐다보았다. 자신은 어떻게든 무리없이 피하고 있으나 부하들은 아니었다.

최대한 빨리 저 빌어먹을 무기를 파괴해야 했다.

[제스터 장군.]

그때 제스터의 콕피트로 낯선 목소리가 울렸다.

"누구지?"

[라파엘입니다.]

돌아온 대답에 제스터는 인상을 찡그렸다. 자신이 아는 인물 중에 그런 이름을 가진 이는 없었다.

곧 대답을 하려는 찰나 한 인물이 머릿속에 떠올랐다.

"잠깐. 라파엘 후작인가?"

[그렇습니다.]

제스터는 고개를 갸웃거렸다. 메틀라인 왕국의 귀족이 어떻게 자신에게 통신을 보낼 수 있단 말인가. 게다가 저렇게 친근한 목소리라니.

"당신이 무슨 일이지?"

목소리에 자연스레 날이 바짝 섰다.

[이런, 제 소개를 제대로 안 드렸군요.]

제스터의 목소리에 어린 적대감을 읽은 라파엘이 황급히 말했다. 자신은 제스터와 협조하기 위해 통신을 보낸 것이기에 서둘러 오해를 풀어야 했다.

[메틀라인의 스펙터(Specter)가 접니다.]

스펙터.

벨런시아 공화국의 최고 기밀 스파이들을 칭하는 말이다.

"아! 설마 당신이었다니…… 허."

그 말에 제스터는 헛웃음을 지었다.

라파엘 후작이라면 메틀라인에서도 요직 중의 요직에 있는 귀족이다. 그런 인물이 자국의 스파이였다니. 공화국엔 좋은 일이 분명했지만 왠지 허탈하기도 했다.

'대체 통령의 능력은 어디까지인지……'

스파이가 메틀라인의 불만 세력을 회유해 반란을 일으킬 것이라는 이야기는 들었다. 그런데 설마 그 스파이가 라파엘 후작일 줄이야.

공화국 혁명을 함께한 자신이다. 그런데 대체 언제 저런 인물을 스파이로 만들었단 말인가. 그 능력의 끝이 보이지 않았다.

[놀라신 모양이군요.]

"솔직히 그렇지요. 드디어 행동을 개시하는 건가요? 지금 무척이나 아슬아슬한 상황인데……."

아군임을 아는 순간 제스터는 라파엘에게 존대를 했다. 그사이 또 한 번의 포격이 날아왔다.

[후후, 마나 캐논이라는 물건, 정말 엄청나지요?]

직접 그 위력을 체험한 라파엘의 말이다. 그 때문에 자신이 나서지 않았던가. 케이프를 충동질한 이유가 무엇이던가.

[그래서 지금 동쪽에 위치한 마나 캐논을 정리하러 가는 중입니다.]

이것이 출발 전 박스터 통령에게 들은 작전의 한 축이었다. 내부의 반란. 작전대로이긴 했지만 타이밍이 맞지 않았다. 덕분에 브루트들은 무척이나 아슬아슬하게 움직이고 있었다. 언제 격추되더라도 이상할 것이 없었다.

"조금 더 서둘러 주십시오."

제스터가 황급히 말했다. 일단 하나라도 마나 캐논을 침묵시키는 것이 중요했다.

[알겠습니다. 작전 계획보다 조금 이르게 움직이는 바람에 생각보다 준비가 미흡합니다.]

라파엘로서도 최대한 서두르는 중이었다.

"그 점은 죄송합니다. 설마 그런 식으로 정찰에 발각될 줄은 몰랐습니다."

[그것이 이안 바첼러가 대단한 점입니다.]

"그래도 완벽하지는 않군요. 설계를 할 때 후방에서의 공격은 고려하지 않은 것을 보니 말입니다.."

이 정도의 사거리라면 후방에서 공격하는 적들을 공격할 수 없다. 레오네인까지 사거리에 들어가기 때문이다.

[누구에게나 약점은 있는 법입니다.]

"얼마나 걸릴까요?"

[글쎄요. 일단 마나 캐논 주변에도 자체 방어 병력이 있으니 장담은 못 하겠습니다.]

"최대한 빨리 부탁드리겠습니다. 동쪽의 마나 캐논만이라도 무력화되면 적들의 포격은 상당히 줄어들 겁니다."

[알겠습니다.]

라파엘과의 통신을 종료한 후 제스터는 곧 부하들에게 이 사실을 알렸다. 그 후 브루트들의 움직임이 더 기민해졌다. 조금만 더 버티면 어떤 활로가 열리리라는 기대가 그들의 집중력을 올려준 것이다.

*　　　*　　　*

"후우, 아직도 포털로 이동할 때의 감각에는 적응되지 않아."

다른 이들은 순식간에 지나간다는 포털로의 이동이다. 하지만 이슈인은 경지에 든 이후 포털로의 이동 중 제법 긴 시간의 흐름을 느끼게 되었다. 그때그때 보는 풍경은 조금씩 달랐지만 느끼는 시간은 점점 길어지고 있었다.

포털 앞에는 이미 사람이 기다리고 있었다.

"이슈인 경, 서둘러 주십시오. 사태가 심상치 않습니다."

"어디로 가면 되지요?"

"일단 차관님부터 만나보셔야 할 것 같습니다."

이슈인은 그의 안내로 이안의 집무실로 향했다. 그곳은 이미 작전 사령본부로 화해 있었다. 수많은 사람들이 움직이고, 다급하게 외쳐 대고 있었다. 그야말로 비상사태라는 상황을 일목요연하게 보여주고 있었다.

"왔어?"

이슈인을 발견한 이안의 얼굴에 화색이 돌았다.

이슈인은 아주 잠깐 자신이 이렇게 형에게 환대를 받은 적이 언제였던가 기억을 더듬어봤다. 없었다. 적어도 이슈인이 기억하는 한 지금 이 순간이 이슈인의 인생에 있어서 최고의 환대였다.

"정신없네. 난 뭘 하면 되지?"

이슈인은 짧게 물었다. 긴 말을 나눌 상황이 아닌 듯했다.

그때 한 사람이 다급히 뛰어들어 왔다.

"큰일입니다."

"이번에는 또 뭐야?"

이안의 고개가 획 돌아갔다.

이런 일이 계속해서 반복된 듯 그의 얼굴에는 짜증이 가득했다.

"그, 그것이… 벨런시아 공주님이 아직 저택에 계신다고 합니다."

"뭐야?"

이안의 얼굴에 화가 치밀어 올랐다.

"내가 언제 지시했는데 아직도야!"

목소리가 절로 커졌다.

난감한 일이다. 앞으로의 일을 생각한다면 아르시안 공주는 아주 중요한 요인이었다. 그런 요인에 대한 보호가 이런 식으로 처리되다니 분통이 터질 일이다.

옆에 있던 이슈인의 얼굴이 변했다. 자신의 연인인 아르시안의 이야기인데 당연한 일이다. 지금 말하는 분위기로 봐서는 국왕의 피신은 이미 완료된 듯했다.

"저기… 그리고 또 문제가…….."

보고가 끝난 것이 아니었다. 남자는 잔뜩 움츠러든 모습으로 우물쭈물 말을 꺼냈다. 그 말을 듣는 순간 불길한 예감이 이슈인의 몸을 훑고 지나갔다.

"반란을 일으킨 자들 중 일부가 벨런시아 공주님의 저택으로 향하고 있습니다."

"그걸 지금 보고라고 하는 건가! 당장 병력을 보내야지!!"

이안의 호통은 더욱 커졌다.

"저… 근위기사의 대부분이 국왕 전하를 모시고 떠난지라……."

"왕도경비대는?"

"전부 적의 공격에 대비해서 방어 준비를 하느라… 현재 레오네인 내의 치안이 점점 나빠지고 있는 상황입니다."

보고가 거기까지 이어졌을 때다.

이슈인은 더 들을 것도 없다는 듯 달려나갔다.

"이, 이슈인!"

그 행동에 깜짝 놀란 이안이 황급히 동생을 불렀지만 이미 뒷모습조차 보이지 않았다. 대체 어떤 경지에 올랐기에 저렇게 빠르게 사라질 수 있을까.

어쩌면 절박함 때문인지도 몰랐다.

이슈인은 라이트닝 윈드를 전력으로 펼쳤다. 정말 간절한 마음으로 고급 저택가로 달렸다.

과연 현재 왕도의 치안은 점점 나빠지고 있었다. 겁에 질린 사람들이 집 안에 숨어 있음에도 불구하고 일부 질 나쁜 녀석들이 아주 좋은 기회라는 듯 온갖 분탕질을 다 치고 있었다.

'제발 무사하길……'

이슈인은 마음속으로 간절히 빌면서 달렸다. 일단의 무리가 아르시안의 저택으로 향하고 있다고 했다. 자신이 늦기 않기를 빌고 또 빌었다.

이슈인의 속도는 점점 빨라졌다. 말 그대로 번개와 바람 같았다.

고급 저택가 역시 분위기가 흉흉했다. 하지만 이슈인의 눈에 그런 것은 들어오지 않았다. 오직 아르시안의 안위가 염려될 뿐이었다. 이슈인의 두 눈은 아르시안의 저택으로 향하는 가장 빠른 길로 가 있었다.

그 경로에는 다른 저택이 있었으나 이슈인은 아랑곳하지 않았다. 있으면 넘을 뿐이다. 훌쩍 담장을 뛰어넘고, 지붕을 밟으며 내달렸다.

그렇게 얼마나 달렸을까? 이슈인의 두 눈에 아르시안의 저택이 보였다. 그리고 막 저택의 정문을 부수는 일단의 무리가 눈에 띄었다. 모두 여덟이었다. 모두 트랜스 아머를 착용하고 있었다.

"응? 저건?"

저택의 정문을 부쉈다는 것은 아르시안에게 나쁜 마음을 먹고 찾아왔다는 뜻이다. 적으로 간주하고 검을 뽑으려는 찰나, 이슈인은 그들이 입고 있는 트랜스 아머의 양식에 고개를 갸웃거렸다.

분명 메틀라인의 양식이었다. 아군이란 뜻이다.

그들은 케이프가 보낸 이들이었다. 라파엘이 박스터 통령의 명령으로 후환을 제거하기 위해 케이프에게 사주한 것이다. 이제 대륙에 남아 있는 유일한 벨런시아 왕가의 핏줄이다. 그녀를 제거해야만 아직도 왕국의 추억에 젖어 사는 이들이 쓸데없는 생각을 접을 것이리라.

그렇기에 박스터는 이참에 그녀도 함께 제거하기로 마음먹은 것이다.

이슈인은 이안을 만나자마자 아르시안에 대한 보고를 함께 듣고는 바로 뛰쳐나왔다. 그래서 아직 케이프의 반란 소식을 접하지 못한 상태다. 그랬기에 그들의 트랜스 아머를 보고 멈칫한 것이다.

일단 이슈인은 아스카론의 검병에서 손을 뗐다. 그들이 무슨 의도로 저런 일을 저지르는지 먼저 확인을 해야 했다. 아군에게 검부터 들이댈 수는 없는 노릇이었기 때문이다.

"너희들! 지금 무슨 짓이지?"

문을 부수고 의기양양하게 저택으로 진입하려던 이들은 갑자기 뒤에서 들려온 목소리에 멈춰서 뒤돌아보았다.

그곳에는 너무도 유명한 한 남자가 서 있었다.

직접적인 친분은 별로 없으나 메틀라인에서 군에 몸을 담고 있다면 당연히 아는 인물이었다.

"이슈인 바첼러……."

여덟 기사 중 한 명이 나직이 중얼거렸다. 그가 나머지 일곱을 지휘하는 조장이었다.

"록힐 전선에 있어야 할 녀석이 어떻게 여기에 나타난 거지?"

조장인 펜트린은 의아하다는 얼굴로 이슈인을 바라보았다. 트랜스 아머의 투구에 가려 보이지는 않지만 그의 얼굴에는 낭패한 기색이 역력했다. 망국의 공주 저택이다. 이 난리통에 제대로 된 호위 병력이 없을 거라 생각하고 휘하의 기사들만 이끌고 왔는데 갑자기 이슈인이 나타난 것이다.

"그런 것보다 내 질문에 답하지 않은 것 같은데?"

이슈인은 저들이 자신을 경계하는 것으로 보아 결코 좋은 마음으로 이곳을 찾지 않았다는 것을 눈치챘다.

이슈인은 언제라도 검을 뽑을 수 있게 온몸의 긴장을 극도로 올렸다. 그의 두 눈은 상대를 날카롭게 관찰하고 있었다. 저들의 마나의 움직임까지 일목요연하게 눈에 들어왔다.

"그렇지. 네놈이 저년의 연인이라고 했던가?"

펜트린은 왕도 사교계에 떠도는 소문을 기억해 냈다.

그 말에 이슈인의 두 눈에 불이 번쩍였다. 눈앞의 녀석은 그 한마디로 자신이 적임을 밝힌 것이다.

챙!

이슈인이 아스카론을 뽑아 들었다.

"라일, 체이슨, 둘은 나랑 저 녀석을 막고 나머지는 목표를 처리해."

펜트린은 검을 뽑으며 나직이 명령을 내렸다.

채챙.

그의 말에 두 명의 기사가 검을 뽑고 앞으로 나섰다. 그들은 삼면에서 이슈인을 포위했다. 나머지 다섯은 걸음을 빨리해서 저택 안으로 진입했다.

이슈인의 얼굴에 다급한 기색이 어렸다. 아르시안의 주위에 옛 벨런시아의 근위기사 두 명이 있었다. 병사들도 있었다. 하지만 트랜스 아머를 착용한 기사 다섯이라면 어찌 될지 모를 일이다.

병사들은 당연히 막지 못할 것이다. 이 저택의 병사라 하더라도 결국은 메틀라인의 병사들이다. 자국의 기사가 검을 들고 들이닥치는데 막아설 병사는 없었다.

이슈인이 입술을 잘근잘근 씹었다. 지금 그의 신경은 온통 저택으로 쏠려 있었다. 갑작스러운 상황에 당황한 것이다.

평소의 이슈인이라면 이 정도에 이렇게 당황할 일은 절대 없었다. 하지만 아르시안의 안위와 연결되자 그는 정상적인 판단을 할 수 없었다.

연인이 위험하다.

이슈인은 지극히 정상적인 보통 사람이었기에 이 상황에 어찌할 바를 모르는 것이다.

—마스터! 침착하십시오! 적들이 다가옵니다!

아스카론의 외침에 이슈인은 퍼뜩 정신을 차렸다. 어느새 적세 명은 상당히 거리를 좁혀들고 있었다.

'젠장.'

입 안이 바짝바짝 말라 들어갔다.

—마스터께서 구해야 할 분이 저택에 계시다면 그리로 가면 될 일입니다.

이슈인의 현 상태가 답답했던 것일까? 아스카론이 끼어들었다. 그 말에 이슈인은 번쩍 정신을 차렸다.

맞다. 굳이 자신이 이곳에서 이들에게 발목을 잡혀 있을 이유는 없었다. 자신에게는 능히 이들을 따돌릴 워킹 스텝이 있지 않은가.

이슈인은 재빨리 일루젼 문의 수법으로 뒤로 물러섰다. 마침 그때 세 사람이 동시에 이슈인을 향해 검을 휘둘렀다. 그들의 검은 텅 빈 허공을 갈랐고, 순간적으로 그들의 자세가 흐트러졌다.

그 틈을 놓치지 않았다. 이슈인은 재빨리 라이트닝 윈드를 펼쳐서 내달렸다. 상상할 수 없는 속도로 달려 사라지는 이슈인의 모습에 펜트린은 잠시 멍한 표정을 지었다. 그리고 이내 정신을 차리고 외쳤다.

"어서 쫓아!"

하지만 이슈인은 이미 그들의 시야에서 사라졌다. 놀랍도록 빠른 움직임이었다.

이슈인은 순식간에 앞서간 기사 다섯을 따라잡았다. 마음 같아서는 당장에 요절을 내고 싶었지만 그럴 수 없었다. 아르시안의 저택에 침입한 녀석들이 이들이 전부가 아닐지도 모른다는 생각이 든 때문이다.

이슈인은 다리를 더욱 빨리 움직였다.

라이트닝 윈드를 익힌 이후 그것이 느리다고 생각하기는 처음이었다. 언제나 놀랍도록 빠른 속도로 자신을 감탄하게 했지만 지금만큼은 한없이 느렸다.

트랜스 아머를 입은 기사 다섯은 자신들을 앞질러 가는 이슈인의 모습에 깜짝 놀랐다.

*　　　*　　　*

"공주님, 어서 이쪽으로 오십시오. 괴한들이 침입했습니다."

아르시안 공주의 충실한 기사 둘이 그녀를 보호하며 움직였다. 이미 저택 시종들의 전언으로 주위 분위기가 심상치 않음을 느끼고 있는 터였다.

그러던 중 노련한 근위기사 도노반은 저택 주변의 기척이 미묘하게 변화한 것을 알아차렸다. 정확한 것은 아니지만 불길한 예감이 들었다. 그것은 그의 오랜 경험이 그에게 경고하는 것이었다.

가뜩이나 공화국의 기간테스가 공격해 온 급박한 상황이다.

이 틈을 타 어떤 불순한 무리가 아르시안 공주를 노리고 습격할지도 모르는 일이다. 도노반은 재빠르게 아르시안 공주를 피신시켰다. 일단 저택의 지하로 가야 했다. 그곳에는 만일을 위해 준비해 둔 포털 마법진이 있었다.

타닥타닥타닥!

계단을 바삐 뛰어내려 가는 소리가 복도에 울렸다. 저택의 시종들은 이미 몸을 피했는지 그림자도 보이지 않았다. 아르시안 공주는 그 사실에 내심 안도했다.

자신 때문에 죄없는 시종들이 다치는 것을 바라지 않았기 때문이다.

"거기 서라!"

와장창창!

창문이 깨지는 요란한 소리와 함께 저택 뒤뜰에서 일단의 무리가 뛰어들었다. 벨런시아 공화국의 군복을 입고 있는 그들은 정문에서 치고 들어오는 이들과는 다른 무리였다.

"벌써……."

도노반은 침중한 기색으로 아르시안 공주의 앞을 막았다.

이층에서 일층으로 내려가는 계단의 중간이었다. 적들은 어느새 이층과 일층에 들이닥쳐 있었다. 위아래 각각 네 명씩 모두 여덟이었다.

"윙 기간테스만 습격을 했다고 들었는데, 이들은 언제……."

도노반의 얼굴은 딱딱하게 굳어 있었다. 사실 이들은 이미 예전부터 레오네인에 잠입해 있던 공화국의 특수부대 요원들이었다.

혼란을 틈타 아르시안 공주를 암살하기 위해 들이닥친 것이다. 물론 박스터 통령으로부터의 명령이 있었기에 움직인 것이다.

"후후, 순순히 그 목숨을 내놓는 게 좋을 것이오."

적들의 목소리가 음산하게 들렸다.

아르시안은 하얗게 질린 얼굴로 어쩔 줄 모른 채 위아래를 번갈아 보았다. 두 명의 근위기사가 위아래를 막고 있지만 그들이 얼마나 막을 수 있을지 알 수 없는 일이다.

"아, 아……."

그녀의 입에서 체념의 한숨이 새어 나왔다.

'이렇게 끝인가요. 이럴 줄 알았으면 오라버니를 한번 찾을 것을…….'

하얗게 질린 아르시안 공주의 눈가에 눈물이 방울지기 시작했다. 그녀는 자신의 최후를 직감하고 있었다. 그것이 이리도 갑자기 찾아올 줄 몰랐기에 아무런 준비도 못한 것이 그저 아쉽고 원통할 뿐이다.

사랑하는 임에게 전할 말 한마디 남겨놓지 못하다니.

"공주의 목숨을 취하는 거다. 쳐라!"

한 사내의 명령과 함께 아래위에서 네 명이 달려들었다. 그나마 계단의 폭 때문에 한 곳당 두 명밖에 공격하지 못하는 것이 불행 중 다행이었다.

도노반의 얼굴에 결연한 표정이 떠올랐다. 그는 힘껏 검을 휘둘렀다. 그의 검에 마나가 맺히기 시작했다. 어떻게든 저들을 뚫고 지하로 가야 했다.

까앙! 캉!

마나를 머금은 검이 격돌하는 소리가 저택을 울렸다.

두 기사의 분투에도 불구하고 아르시안 공주는 체념했다. 그녀의 얼굴에 남아 있는 감정은 아쉬움과 미안함뿐이었다.

적들의 공세는 매서웠다. 도노반과 라이센 두 기사가 전력을 다해 막았지만 둘 모두 한발 한발 물러서 어느새 공주의 지척에 서서 싸우고 있었다.

남은 네 명의 적은 각기 여유로운 표정으로 싸움을 지켜보고 있었다. 그들은 곧 자신들의 목적을 이룰 수 있다는 확신에 차 득의양양한 얼굴을 한 채였다.

몇 분 지나지 않았음에도 도노반과 라이센의 얼굴은 땀으로 범벅이 되었다. 적들의 수준이 결코 호락호락하지 않았다.

조금만 더 달리면 저택의 입구였다.

이슈인은 이 커다란 저택이 그렇게 원망스러울 수가 없었다. 저택이 조금만 작았더라도 이미 아르시안에게 당도해 있을 텐데. 그런 생각이 이슈인의 머리를 지배하고 있었다.

'제발 무사하길…….'

이슈인은 간절히 빌면서 달렸다.

저택의 현관이 다가옴에 따라 검과 검이 부딪치는 소리가 이슈인의 귀를 자극했다. 그는 전력을 다해 라이트닝 윈드를 펼쳤다. 소리가 점점 더 격렬해질수록 그도 현관에 가까워지고 있었다.

아르시안은 밖에서 이슈인이 그렇게 필사적으로 달려오고 있다는 사실도 모른 채 가만히 서 있었다. 자신을 위해 고군분투하는 기사들의 모습을 가만히 지켜보았다.

체념을 하였건만 복잡한 상념이 그녀의 마음을 휘젓고 지나갔다.

챙그랑!

그때였다.

라이센이 적의 검격에 그만 자신의 검을 놓쳐 버렸다. 기사가 검을 놓쳤다는 것은 패배나 다름없는 일이다. 라이센의 얼굴에 낭패한 기색이 어렸다. 다른 무기가 없었다.

그는 이를 악문 채로 상대방을 노려보았다. 맨몸으로라도 막아서겠다는 결연한 의지가 느껴졌다.

라이센의 패배가 도노반에게도 영향을 미쳤다. 언제든 위쪽의 적이 쳐 내려올 수 있다는 생각에 도노반의 손발이 어지러워지기 시작했다.

"아아!"

이제는 끝이구나 하는 생각에 아르시안 공주는 낮은 신음을 흘렸다.

"크크크, 이제 곧 끝내주마."

일층에 서서 지휘를 하던 사내의 입에서 기분 나쁜 웃음소리가 흘러나왔다.

그때였다.

콰콰!

요란한 소리와 함께 현관문이 부서져 나갔다.

저택 안에서 들려오는 소리에 이슈인이 아스카론으로 문을 부수고 돌입한 것이다. 저택의 일층에 들어선 이슈인은 멈추지 않고 곧장 달렸다. 이미 들려온 소리로 대강의 위치를 짐작하고 있는 터였다.

이슈인의 눈은 재빨리 자신이 짐작하고 있던 곳을 훑었다.

그곳에 있었다.

자신이 너무나 간절하게 걱정하며 달려오게 만든 그녀.

아르시안.

그녀가 무사한 모습으로 계단 한가운데 서 있었다.

이슈인은 라이트닝 윈드와 일루젼 문을 동시에 펼치며 훌쩍 날아올랐다. 순식간에 계단의 적들을 따돌리고는 아르시안의 곁에 섰다.

그야말로 한순간에 일어난 일이다.

눈 한 번 깜빡이는 순간, 소리가 울린다 싶은 순간 어느새 아르시안의 곁에 서 있는 이슈인.

"아, 아아……."

아르시안의 입에서 감격의 목소리가 흘러나왔다.

설마 자신의 임을 이곳에서 이렇게 보게 될 줄이야. 최후를 각오한 순간에 설마 이런 일이 벌어질 것이라고는 상상도 하지 못했다.

아르시안은 도무지 이 현실을 믿을 수가 없었다. 그의 거친 숨결이 생생히 느껴지는데도 불구하고 아르시안은 믿을 수가 없었다.

그의 등장은 그만큼 극적이었다.

"헉헉헉!"

아르시안이 무사함을 확인한 이슈인은 그제야 참았던 숨을 토해내었다.

공화국의 습격자들은 어이가 없다는 눈으로 이슈인을 바라보고 있었다. 거의 끝장을 낼 무렵에 갑자기 나타나 흐름을 끊은 기사. 그는 과연 누구란 말인가.

"어, 어떻게… 어떻게 오셨어요?"

아르시안의 목소리는 감격에 떨렸다. 그녀의 눈가에 방울지던 눈물이 또르르 흘러내렸다. 이슈인은 빙긋 웃으며 그녀의 뺨에 손을 올려 눈물을 닦아주었다.

"당연히 와야 할 곳이니까."

호흡을 고른 이슈인의 한마디. 그 한마디가 아르시안을 따스하게 안아 주었다.

"네놈은 누구냐!"

그때 일층에서 성난 외침이 들렸다. 불청객에 대한 적의가 가득했다.

이슈인은 아랑곳하지 않고 아르시안을 바라보았다.

주변이 어떤 상황이든 이곳에는 오직 그들 단둘만이 있는 듯한 모습이다.

"늦지 않아서 다행이야."

이슈인은 나직한 한마디와 함께 아르시안을 꽉 끌어안았다. 아르시안은 그의 품에 안겨 소리없이 눈물을 흘렸다.

도노반은 다행이라는 얼굴로 그 모습을 지켜보고 있었다. 그것은 라이센 역시 마찬가지였다.

"이익!"

그 모습에 분노한 것은 습격자들이었다. 자신들이 철저히 무시당했다 여긴 것이다.

"당장 쳐라! 뭘 그냥 지켜보고 있는 거야!"

그들 대장의 분노한 목소리가 울렸다.

그 순간 계단 위아래에 있던 네 명이 다시금 검을 휘두르며 달려들었다. 도노반과 라이센은 이를 악물었다. 특히 라이센은 양 주먹을 꽉 그러쥐며 준비 태세를 취했다. 자신의 팔이 검에 날아가도 상관없다는 모습이다.

"아!"

갑자기 다시 움직인 적의 모습에 아르시안은 이슈인의 품속에서 깜짝 놀랐다.

"괜찮아."

이슈인은 아르시안을 안은 왼손으로 그녀의 등을 토닥이며 다정한 목소리로 안심시켰다. 그리고 오른손을 바쁘게 움직였다. 허공을 베고 움직이는 아스카론에게서 날카로운 기운이 날아갔다.

채채챙!

도노반과 라이센이 미처 움직이기도 전에 허공에서 검과 검이 부딪치는 소리가 울렸다. 아무것도 없는 허공에서 말이다.

그 모습에 적들의 눈썹이 꿈틀 움직였다.

"마나 블레이드를 날려 보낼 수 있는 수준이라……."

목소리가 살짝 떨렸다. 저와 같이 마나의 운용이 완숙의 경지에 이르렀다면 소드 익스퍼트 최상급이라는 뜻.

자신들만으로 상대하기에는 역부족이었다.

적의 우두머리의 인상이 찌그러들었다. 상대가 소드 익스퍼트 최상급이라면 여덟이라는 수적 우위는 아무런 의미가 없었다.

"잠시 기다려 줄 여유도 없는 건가?"

이슈인의 목소리는 싸늘했다.

잠시 더 아르시안을 진정시킨 이슈인은 몸을 바로 세웠다. 아르시안은 얼굴이 발갛게 물든 채로 이슈인에게서 한 발 떨어졌다. 그녀의 얼굴에는 어느새 미소가 가득했다.

그 모습에 이슈인은 안심했다는 미소를 지었다.

"아까 내가 누구냐고 물었지? 난 이슈인 바첼러다."

이슈인이 당당한 얼굴로 말했다. 그 말에 습격자들은 움찔했다. 이슈인의 소문은 그들도 익히 들은 것이다.

"겁먹을 것 없다. 어차피 저놈들은 셋이다. 전력을 다하면 아무것도 아니다."

하지만 그들은 섣불리 움직이지 못했다. 계단이라는 환경 때문에 한 번에 공격할 수 있는 인원은 네 명이 한계였기 때문이다.

"헉헉헉!"

그때였다. 거친 숨소리와 함께 현관을 통해 여덟 명의 기사가 들어섰다. 모두 트랜스 아머를 착용한 채였다.

그 모습에 공화국의 특수부대 요원들의 얼굴이 딱딱하게 굳었다. 트랜스 아머의 양식이 메틀라인의 것이었기 때문이다. 하지만 그들 대장의 외침에 표정은 금세 펴졌다.

"네 이놈! 이슈인! 우리가 그토록 우습더냐!"

펜트린이 분노한 얼굴로 외쳤다. 하지만 이슈인은 피식 웃을 뿐 다른 반응을 보이지 않았다.

저 녀석들을 그냥 지나친 것은 참으로 현명한 선택이었다. 그렇지 않았다면 지금쯤 싸늘하게 식어가는 아르시안을 만났을지도 모를 일이었으니까 말이다.

"경들은 누구요?"

그때 특수부대의 조장인 티아론이 조심스레 펜트린에게 물었다. 그제야 펜트린의 얼굴이 티아론에게로 돌아갔다. 그는 단번에 공화국군의 군복을 알아보았다. 그러나 딱히 적대감을 보이지는 않았다.

"그대들도 아르시안 공주를 노리고 온 것이오?"

오히려 자신들과 같은 목적인지부터 확인했다. 티아론은 고개를 끄덕였다.

"그렇소."

대화는 그것이면 충분했다. 자신들의 목적은 같다. 서로가 서로에게 아군인 것이다.

그들은 모두 이슈인과 아르시안 공주를 노려보았다.

도노반의 얼굴에 낭패한 기색이 퍼졌다. 이 상황에서 여덟 명
의 배틀러가 추가되다니, 상황이 더욱 나빠졌다 여긴 것이다.
그러나 이슈인은 시종일관 여유로웠다.

"흥! 네놈이 언제까지 그렇게 여유만만한지 보겠다."

펜트린이 검을 높이 치켜들었다. 그의 몸에서 마나가 세차게
내달리기 시작했다. 몸 주위의 마나의 움직임 역시 격렬해졌다.

물론 이슈인은 그런 움직임을 빤히 보고 있었다. 마나의 흐름
을 볼 수 있는 눈. 그 눈이 알려주고 있었다.

"흠, 피어스 브레이크를 사용하겠다는 것인가?"

이슈인이 대수롭지 않게 말했다. 하지만 그 말을 들은 도노반
과 라이센은 기겁을 했다. 자신들 역시 사용할 수 있으나 이미
많이 지쳐서 사용할 수 없게 된 터다. 적이 피어스 브레이크를
날린다면 막을 방도가 없었다.

적은 무려 열여섯이었다.

펜트린의 몸 안을 치달리던 마나의 폭주가 이윽고 절정에 달
했다. 이윽고 마나는 모두 오른손의 검으로 터져 나오기 시작했
다.

"울프 클로(Wolf Claw)!"

펜트린이 휘두른 검에서 모두 다섯 개의 빛살이 쏘아져 나갔
다. 이슈인이 검을 치켜들었다. 하지만 펜트린이 노린 이는 이
슈인이 아니었다. 빛살은 이슈인의 발아래를 향해 날아가고 있
었다.

쳐내려면 쳐낼 수도 있었지만 그러면 도노반이 다친다. 이슈인은 어쩔 수 없다는 얼굴로 아르시안을 안았다. 그리고 훌쩍 뛰어올랐다. 도노반과 라이센 역시 힘껏 뛰어올랐다.

콰콰쾅!

울프 클로는 계단을 두드리며 산산조각으로 박살 냈다. 도저히 사람이 서 있을 곳이 못 되었다.

이슈인은 아르시안을 안아 들고 일층의 홀에 내려섰다. 그 뒤로 도노반과 라이센이 먼지를 뒤집어쓴 채 착지했다.

그 모습에 펜트린이 미소를 지으며 손짓했다. 배틀러들이 이슈인을 둘러싸 포위했다. 티아론의 눈짓에 공화국 특수부대원들 역시 포위망의 요소요소에 가담했다. 이층에 있던 이들도 어느새 일층으로 훌쩍 뛰어내려 와 있었다.

그러나 이슈인은 여전히 여유로웠다.

펜트린은 그것이 마음에 안 들었다. 상대가 뛰어난 라이더라는 것은 안다. 하지만 이것은 기간테스로 싸우는 전투가 아니다. 직접 검을 들고 싸우는 백병전이다. 그런데 저토록 여유로운 모습이라니. 그것도 여덟의 배틀러를 앞에 두고 말이다.

"네 녀석이 언제까지 그러고 있을 수 있는지 보겠다."

펜트린의 목소리가 살벌하게 울렸다.

CHAPTER 2
아르시안 구출

"오라버니……."

이슈인의 등 뒤에 숨은 아르시안이 그의 옷자락을 꼭 쥐었다. 그녀의 손바닥은 이미 땀으로 흥건했다.

"걱정 마, 내가 지켜줄 테니까."

이슈인이 나직한 목소리로 아르시안을 다독였다.

그사이에도 시시각각 포위망은 좁혀들고 있었다. 배틀러들의 검은 마나를 머금은 채 빛나고 있었다.

"조심하시오. 저 녀석은 익스퍼트 최상급일지도 모르오."

티아론이 경고했다. 그는 이슈인이 마나 블레이드를 남기는 것을 직접 목격했다.

"실력이 아무리 뛰어나다 하나, 실전 경험이 부족한 라이더요. 걱정 마시오."

펜트린이 자신만만한 얼굴로 말하며 한 발 더 앞으로 나아갔다. 이슈인과의 거리는 조금씩 줄어들고 있었다.

그런 적들을 바라보며 이슈인은 피식 웃었다.

"아르시안을 부탁합니다."

이슈인은 도노반에게 아르시안을 맡기고 한 발 앞으로 나섰다. 원을 그리고 둥글게 포위한 상태라 뒤도 조심해야 했으나 이슈인은 아랑곳하지 않았다.

—마스터, 가급적 빨리 끝내주십시오.

그때 아스카론의 말이 머릿속에 울렸다.

'왜 그러지?'

—피를 뒤집어쓰는 것은 그다지 좋아하지 않아서요.

아스카론의 말은 이슈인을 다시 한 번 피식 웃게 만들었다. 살상을 위해 만들어진 검의 자아가 피를 싫어한다니 이런 모순도 없었다.

펜트린은 그런 이슈인의 웃음을 조소로 받아들였다.

"네놈! 언제까지 그렇게 우리를 무시하는지 보겠다. 넷은 전방 방비를! 넷은 피어스 브레이크를 준비해라!"

그 명령과 동시에 전후좌우 네 곳으로 배틀러들이 짝 지어 섰다. 그리고 한 명은 전방을 경계하고 다른 한 명은 마나를 움직이기 시작했다. 그사이 벌어진 틈은 공화국 특수부대원이 메웠다.

이슈인은 그런 적들의 반응에 아랑곳 않고 검을 곧추세웠다.

"뭐, 수련의 성과를 다시 한 번 알아본다고 생각할까?"

아르시안의 안전을 확보한 다음부터 이슈인은 지극히 침착해져 있었다. 이슈인은 록힐 광산 지역에서의 수련을 떠올렸다. 그리고 원글로스에서의 메칸토 백작과의 대결을 떠올렸다.

온몸의 마나가 세차게 돌기 시작했다. 마이너 서클과 그레이트 서클을 이루며 도는 마나는 전신에 활력을 주었다. 몸 안에서만 돌기에는 부족했는지 이윽고 오른손을 통해 검으로 흘러들어 갔다.

그리고,

검에 영롱하게 마나가 맺히기 시작했다. 마나는 곧 검신 전체를 감쌌다. 푸른빛으로 빛나기 시작하는 마나는 이윽고 오러로 변했다.

오러 블레이드.

소드 마스터의 상징이 아스카론에게서 빛나고 있었다.

"헉!"

"어, 어떻게!"

그 모습에 티아론과 펜트린은 깜짝 놀랐다. 설마 적이 소드 마스터일 것이라고는 상상도 못했다. 강해봐야 소드 익스퍼트 최상급이라 생각했고, 그 정도면 충분히 승산이 있었다.

하지만 소드 마스터라면 이야기는 달라진다.

마스터를 상대할 수 있는 것은 오직 마스터뿐이다.

배틀러의 트랜스 아머도 오러 블레이드를 막을 수 없었다. 한두 번은 몰라도 연속적인 검격에는 속절없이 베어져 나갈 뿐이다. 모든 것을 베어서 갈라 버린다는 오러 블레이드가 아니던가.

오러 블레이드는 오직 오러 블레이드로만 막을 수 있었다. 아

니면 마이스릴과 같은 특수한 금속에 마나 블레이드를 입혀야
했다. 하지만 이곳의 누구도 마이스릴 검을 가지고 있지 않았
다.

열여섯의 얼굴이 참혹하게 일그러졌다.

'아스카론.'

—네, 마스터.

'피가 싫다고 했지?'

—그렇습니다.

'알았어.'

이슈인은 다시 한 번 피식 웃었다.

"도노반 경, 아르시안의 눈을."

이슈인의 짤막한 말을 알아들은 도노반은 즉시 손을 움직였
다.

"공주 마마, 신의 무례를 용서하시옵소서."

도노반의 크고 두꺼운 손이 아르시안의 눈을 가렸다. 일순 아
르시안은 암흑에 갇힌 듯한 느낌을 받았다.

"블리자드 블레이드!"

인피니트 소드의 두 번째 수법이 펼쳐졌다. 푸른 오러 블레이
드와 함께 펼쳐지는 눈보라는 푸른 빛을 띠었다.

이슈인을 중심으로 사방으로 몰아치는 푸른 눈보라가 열여섯
의 적을 덮쳤다. 그것은 일순간이었다.

휘몰아친 눈보라는 금세 사라졌다. 그리고 적들의 생명을 앗
았음에도 그 결과는 너무나 아름다웠다.

전사의 모습을 한 열여섯 개의 푸른 얼음 조각상이 서 있었다.

극한 그 이상의 극한을 펼쳐 낸 피어스 브레이크에 의해 그들은 모두 순식간에 얼어붙으며 생을 마감했다.

도노반은 순식간에 드러난 결과에 얼떨떨해했다.

"도노반 경, 언제까지 이러고 있어야 하죠?"

그는 아르시안의 목소리에 정신을 차리고 손을 치웠다. 그제야 주위를 살핀 아르시안 공주는 눈에 들어온 광경에 벌어진 입을 다물지 못했다.

이게 어떻게 된 조화일까.

이 조화를 부린 이슈인은 빙긋 웃을 뿐 아무런 설명도 해주지 않았다.

"어디로 갈 계획이었지?"

이슈인이 아르시안에게 물었다. 아래로 내려오고 있었다는 것은 아마도 지하의 포털 마법진을 이용하기 위함이리라.

이슈인의 물음에 정신을 차린 아르시안이 대답했다.

"바첼러 백작령으로 갈 생각이었어요. 이레아 양이 서둘러 오라고 불러주기도 해서요."

그 대답에 이슈인은 고개를 끄덕였다.

국왕도 바첼러 백작령으로 대피했다고 들었다. 그리고 이안 역시 그녀를 그곳으로 보낼 생각인 듯했다. 아르시안의 선택은 옳았다.

"그러면 어서 가야지. 그래야 내가 마음 놓고 싸울 수 있어."

이슈인의 말에 아르시안은 촉촉이 젖은 눈으로 이슈인을 올려다보았다.

바깥에서 들리는 요란한 굉음은 웡 기간테스의 전투가 격렬히 이루어지고 있음을 말해주고 있었다. 자신의 연인은 자신을 보낸 후 그 전투의 한가운데로 가려 하고 있었다.

그것이 걱정이었다.

과연 저 전장의 한가운데서 살아 자신의 곁으로 돌아올 수 있을지 말이다.

조금 전 보여준 엄청난 실력을 확인했음에도 안심이 되지 않았다. 전쟁이란 그런 것이니까.

아르시안은 이슈인을 꼭 안았다. 절대 떨어지지 않겠다는 듯.

"서둘러야 해. 언제 이곳으로 기간테스가 떨어질지 알 수 없어."

이슈인이 아르시안을 달래듯 말했다.

"네."

이슈인의 말에 아르시안은 살짝 떨어졌다. 그리고 다시 한 번 이슈인을 올려다보았다. 그 얼굴을 자신의 두 눈에 똑똑히 새기려는 듯.

촉촉이 젖어든 아르시안의 눈을 이슈인이 가만히 내려다보았다. 아르시안의 눈이 잘게 떨렸다.

이슈인의 고개가 아래로 숙여졌다.

천천히 아르시안의 얼굴을 향해 다가가는 이슈인의 얼굴.

두 사람의 얼굴은 점점 가까워졌다.

서로를 바라보는 눈동자에 잔떨림이 일었다. 그리고 동시에 두 눈이 감겼다.

부드럽게, 그리고 천천히 닿는 두 사람의 입술.

따뜻하고도 부드러운 입맞춤.

잠시 후, 두 사람은 한 발 뒤로 물러났다.

"정말 서둘러야 해."

점점 크게 들려오는 마나 엔진 기동음에 이슈인의 마음이 급해졌다.

"네."

네 사람은 지하로 향했다.

*　　　*　　　*

케이프는 생각보다 능력이 있었다. 그는 빠르게 동쪽의 마나 캐논을 무력화시켰다. 작전본부에서 반란군이 돌격하고 있으니 조심하라는 연락은 받았으나 마나 캐논 수비대는 병력의 열세를 이기지 못했다.

병력 차이가 어느 정도라야 버틸 수 있다. 더구나 포격 사거리에 레오네인이 들어왔기에 반란군에 대한 직접 포격도 불가능했다. 그야말로 순식간에 동쪽의 마나 캐논을 점령했다.

덕분에 공화국의 브루트들이 훨씬 수월해졌다. 포격의 빈도가 절반으로 줄었고 신경 쓸 방향도 한곳으로 한정되었다.

브루트의 비행이 더 빨라졌고, 그들은 곧 레오네인의 상공에 도착했다. 그러자 서, 남, 북의 마나 캐논이 레오네인의 상공을 향해 포격을 시작했다. 하지만 성벽을 피해서 포격해야 했기에 포각을 일정 한계 이상 낮출 수가 없었다.

그 점을 금세 알아차린 제스터의 명령으로 비행 고도를 급격히 낮추면서 마지막 포격을 별 피해 없이 피할 수 있었다. 그다음은 일사천리다.

일부 지상 병력만이 남아 있는 레오네인에 착륙하여 무자비한 파괴가 시작되었다.

쾅! 콰쾅!

요란한 굉음이 울렸다.

제스터의 블러드는 단연 돋보였다.

그 압도적인 출력으로 브루트 몇 기 이상의 위력을 발휘하고 있었다.

메틀라인의 왕도 레오네인은 그렇게 유린되기 시작했다.

브루트의 라이더 중 한 명인 세일런은 주변을 둘러보았다. 마나 캐논의 포각이 닿지 않는 높이까지 저공비행을 하며 레오네인을 샅샅이 살폈다. 동료들은 레오네인을 초토화시키는 데 여념이 없었다. 어차피 국왕과 고위 귀족들은 포털 마법진으로 피난을 했다고 확신했기에 왕도의 파괴에 초점을 맞춘 공격을 하는 중이었다.

그 와중에 세일런은 특수부대에 있는 형 티아론의 말을 떠올렸다, 아르시안 공주의 목숨을 반드시 취해야 한다던 말.

이미 아르시안 공주가 사는 저택의 위치와 특징에 대해서도 들은 터였다. 세일런은 혹시 이 와중에 형이 자신의 임무를 달성하기 위해 작전을 펼치고 있을지도 모른다는 생각에 아르시안 공주의 저택을 찾았다.

고급 주택가 주변을 비행하고 오래지 않아 찾을 수 있었다.

쿵!

둔중한 소리와 함께 브루트가 착륙했다.

쾅! 쾅!

브루트의 거대한 주먹이 저택의 한곳을 부쉈다.

그리고 눈에 들어오는 일층 홀의 모습에 세일런이 딱딱하게
굳었다.

열여섯의 얼음 조각.

모르는 사람이 본다면 아름답다고 찬탄을 할 얼음 조각이었
다. 하지만 세일런은 그럴 수 없었다. 그중 여덟 개 얼음 조각의
형상이 낯이 익었기 때문이다. 아니, 그중 하나는 절대 잊을 수
없는 얼굴이다.

"혀엉!!"

세일런의 입에서 절규와 같은 외침이 터져 나왔다.

저렇게 얼어 죽었다니.

믿을 수가 없었다.

세일런의 두 눈이 붉게 충혈되었다.

비탄과 분노에 빠진 세일런이 주변을 훑어보았다. 형을 이리
만든 흉수를 찾기 위함이다. 형의 얼음은 슬프도록 빛나고 있었
다. 얼어붙은 지 얼마 되지 않은 모습이었다. 세일런은 절규하
는 와중에 그 사실을 알아차릴 수 있었다.

브루트의 라이더가 되기 위해 수행한 혹독한 훈련이 이런 혼
란스러운 상황에서도 냉정한 판단을 할 수 있게 만든 것이다.

"시간이 얼마 되지 않았어. 그렇다면 갈 곳은 뻔하지."

브루트의 거검이 움직였다.

쾌쾅!

전력을 다해 바닥을 내려치자 요란한 소리와 함께 바닥이 무

너지기 시작했다. 공주가 있던 곳이다. 이런 상황이라면 그들이
갈 곳은 포털 마법진밖에 없었다.

포털 마법진은 보통 저택의 지하에 설치하게 마련. 세일런은
바닥을 부수며 아래로 내려갔다.

지하 3층에 이르렀을 때 거대한 공간이 드러났다.

"여기군."

세일런은 붉게 충혈된 눈을 희번덕거리며 주변을 살폈다.

눈에 보였다. 서둘러 계단을 내려오고 있는 네 사람의 모습이
너무도 명확하게 보였다.

"아직 포털 마법진에 도착하지 못한 모양이군."

잔인한 미소를 지으며 세일런은 주변을 살폈다. 저들이 도착
하기 전에 마법진을 파괴할 요량인 것이다.

"쳇, 저 녀석은 뭐야?"

이슈인의 입에서 낭패한 소리가 튀어나왔다. 쿵쾅거리는 소
리가 불길했는데 갑자기 기간테스가 나타난 것이다.

"어, 어떻게 하죠?"

갑작스런 브루트의 출현에 멈춰 선 아르시안이 떨리는 목소
리로 물었다.

근위기사 두 사람은 재빠르게 아르시안의 주변을 감쌌다. 혹
시라도 모를 일에 대비하기 위함이다.

이슈인은 날카로운 눈으로 갑자기 나타난 브루트를 지켜보았
다. 머리가 좌우로 움직이면서 무언가를 찾는 모습이다.

'설마?'

불길한 생각이 머리를 스쳤다. 자신들이 있음에도 불구하고 당장 공격하지 않고 무언가를 찾는 듯한 모습이다. 그렇다면 저 녀석이 찾는 것은 뻔했다.

"아르시안, 이곳에 포털 마법진은 어디에 있지?"

"저쪽 문으로 나가야 해요."

아르시안이 한곳을 가리켰다. 그때 브루트의 눈과 이슈인의 눈이 마주쳤다.

'저 녀석도 봤다.'

그 순간 이슈인은 직감했다. 브루트의 라이더가 아르시안의 손끝을 분명히 확인했다는 사실을 말이다.

"도노반 경, 저 녀석은 제가 막겠습니다. 그사이 아르시안을 데리고 저희 영지로 가주세요."

이슈인은 돌아보지 않고 말했다. 어느새 아스카론을 뽑아 들고 있었다.

"알겠습니다."

도노반은 고개를 끄덕이며 대답했다. 그 역시 산전수전 다 겪은 노련한 기사다. 지금 저 기간테스가 무엇을 노리고 있는지 짐작할 수 있었다.

"소환."

도노반의 대답에 이슈인은 레퀴엠을 소환했다.

브루트의 맞은편 공간이 서서히 일그러지기 시작했다.

"하, 이제야 기간테스를 소환한다?"

세일런의 얼굴에 비웃음이 떠올랐다. 저 중에 라이더가 있다는 사실도 의외였지만, 딜레이 타임을 무시하는 풋내기라는 사실이 같잖기 그지없었다.

이슈인은 어느새 기간테스의 소환 위치까지 의지로 어느 정도 지정할 수 있게 되었다. 그래서 의도적으로 브루트의 정면을 막는 위치에 소환한 것이다. 첫째로 시야를 가리고, 둘째로 아르시안이 포털 마법진으로 가는 시간을 벌기 위해서다.

"어서 가요!"

이슈인은 계단에서 훌쩍 뛰어내리며 외쳤다. 도노반과 라이센은 아르시안의 팔을 잡고 재빠르게 달렸다. 조금이라도 빨리 움직여야 했다.

브루트의 시선이 살짝 돌아가며 문으로 빠져나가는 세 사람에게로 향했다.

"저곳에 있었던가?"

그사이 이슈인은 재빨리 레퀴엠의 콕피트에 올랐다.

"흥."

세일런은 코웃음을 치며 브루트를 움직였다. 아르시안을 잡으려는 의도였다. 라이더가 기간테스에 오른 것은 아무 상관이 없었다. 어차피 딜레이 타임에 걸려 움직이지 못할 것이기 때문이다. 처음 보는 기종이었지만 그것은 큰 상관이 없었다.

브루트가 한 발 앞으로 내딛었다.

텅.

그때,

요란한 소리가 울리며 두 번째 발을 뗄 수가 없었다.

"응?"

의아한 얼굴로 세일런이 주변을 살폈다.

브루트의 가슴을 막고 있는 상대 기간테스의 팔이 보였다.

"뭐야?"

세일런은 말도 안 된다는 얼굴로 레퀴엠을 바라보았다.

그 순간,

레퀴엠의 오른손이 브루트를 향해 날아갔다.

쾅!

요란한 소리과 함께 얼굴에 강력한 일격을 허용한 브루트는 뒤로 날아갔다.

쿠쿠쿵!

벽을 무너뜨리며 브루트가 쓰러졌다.

"커헉!"

온몸을 두드리는 고통에 세일런의 얼굴이 일그러졌다. 그 와중에도 세일런의 두 눈은 전방을 주시하고 있었다. 그의 얼굴에는 믿을 수 없다는 표정이 역력했다.

주먹을 뻗고 서 있는 기간테스가 그의 상식을 벗어났기 때문이다.

"딜레이 타임은……."

부들부들 떨리는 목소리가 세일런의 입에서 새어 나왔다. 모든 기간테스가 가진 딜레이 타임, 그것을 무시하는 존재가 눈앞에 있다는 사실을 인정할 수 없다는 듯.

브루트가 비틀거리며 몸을 일으켰다. 그때까지 레퀴엠은 굳건히 자리를 지키고 있었다. 이슈인은 현재 이 공간의 마나 흐름을 살피고 있었다.

포털 마법진이 가동되면 마나의 흐름이 바뀐다. 그 흐름은 이곳까지 영향을 미치기 때문에 아르시안이 무사히 떠났는지 확인할 수 있었다. 그랬기에 지금 이슈인에게는 눈앞의 적보다 마나의 흐름이 중요했다.

마나가 격렬하게 움직이며 요동을 치기 시작했다. 그것은 등 뒤의 벽으로 갈수록 심해졌다. 포털 마법진이 가동을 시작했다는 의미다. 잠시 후 다시 마나의 흐름이 잔잔하게 변했다. 이슈인의 얼굴에 안도의 미소가 어렸다.

아르시안이 무사히 바첼러 영지로 떠났다.

그때서야 충격에서 완전히 회복한 브루트가 천천히 레퀴엠을 향해 다가왔다.

[그랬군. 네 녀석이 레퀴엠이었어. 딜레이 타임이 없다더니 정말이었어.]

공용 채널을 통해 세일런의 목소리가 레퀴엠의 콕피트에 울렸다.

[네 녀석이 우리 형을 그렇게 만든 녀석인가?]

세일런의 음성에는 분노가 가득했다.

[무슨 말이지?]

이슈인이 낮은 목소리로 되물었다.

[위층의 얼음이 된 사람들 말이다!]

그제야 세일런이 말하는 바를 알 수 있을 것 같았다. 블리자드 블레이드에 휩쓸린 이들 중 라이더의 형이 있는 것이리라.

[이곳은 전장이다. 우리는 군인이고.]

이슈인은 간결하게 말했다.

자신 역시 무고한 사람을 죽이고 싶은 마음은 없다. 자신은 지극히 정상적인 보통 사람이니까. 하지만 그들은 적이었고, 아르시안을 노렸다. 어쩔 수 없었다.

이것이 전장에 자리한 군인의 숙명이다.

[큭.]

세일런의 입에서 차디찬 웃음소리가 새어 나왔다. 그리고 더 이상의 통신은 없었다.

대신 브루트가 거검을 곧추세웠다. 눈앞의 적을 섬멸하겠다는 결의가 온몸에서 넘실넘실 넘쳐흘렀다.

이슈인 역시 레퀴엠의 검을 소환했다.

레퀴엠은 검을 중단에 세운 채 조용히 서 있었다.

철컹철컹.

먼저 움직인 쪽은 브루트였다. 거검이 맹렬한 기세로 레퀴엠의 허리를 향해 날아왔다. 단번에 쪼개 버리겠다는 흉험한 기세의 검격이었다.

이슈인은 침착했다. 상대의 움직임을 정확히 보고 그 속의 허점을 명확하게 찾아냈다.

거대한 검을 패도적으로 휘두르는 상대다. 그만큼 동작이 컸다.

그 사이로 레퀴엠이 끼어들 틈이 있었다. 레퀴엠의 검이 빛살이 되어 곧게 날아갔다. 레퀴엠 역시 라이트닝 윈드의 수법으로 검과 한 몸이 되어 쏜살같이 쇄도했다.

푸욱.

간결하게 울리는 소리.

레퀴엠의 검은 정확히 브루트의 콕피트를 꿰뚫고 있었다.

비명도 없었다.

세일런은 일격에 즉사한 것이다. 형의 죽음에 대한 분노로 달려든 것치고는 너무나 허무한 최후였다.

콰쾅!

세일런의 죽음으로 움직임을 멈춘 브루트의 손에서 튕겨 나간 검이 벽을 요란하게 무너뜨렸다. 이슈인은 담담하게 검을 뽑고 뒤로 물러섰다. 붉은 피가 눈에 들어왔으나 이슈인은 외면했다.

이것은 전쟁이니까.

그렇게 뇌까리며 스스로를 진정시켰다.

레퀴엠의 등에 주홍빛 날개가 솟아났다. 이제는 적들을 정리할 시간이다. 아르시안의 안전이 확보되었기에 더 이상 거리낄 것이 없었다.

두 발이 서서히 땅에서 떠올랐다 싶은 순간 레퀴엠이 공중으로 솟구쳐 올랐다. 자신이 이곳으로 달려온 바람에 왕도의 방어체계에 심각한 구멍이 뚫렸을 것이라는 사실을 이슈인은 알고 있었다. 그럼에도 달려올 수밖에 없었다, 아르시안이 이곳에 있었기에.

이제는 미뤘던 일을 할 차례였다. 이미 레오네인은 처절한 전쟁터로 변해 버렸다.

레퀴엠은 아르시안의 저택을 부수며 힘차게 하늘로 날아올랐다.

[여기는 레퀴엠. 이슈인 써드 룩. 작전본부 응답 바랍니다.]

하늘로 날아오른 레퀴엠에서 이슈인은 즉각 작전본부에 통신을 넣었다. 일단 현재의 상황을 알아야 대응을 할 수 있었기 때문이다.

[야, 이 망할 자식아! 지금까지 어디서 뭘 한 거야!]

콕피트를 쩌렁쩌렁 울리는 목소리가 통신관을 통해 쏟아져 나왔다. 이안의 목소리다. 이슈인 인생에서 처음으로 듣는 형의 막말이었다. 현 상황이 그 정도로 급박하다는 뜻이리라.

[미안해, 형. 하지만 아르시안이 위험했어. 어쩔 수 없었어.]

[공주님은?]

이슈인의 말에 이안이 물었다.

[무사히 우리 영지로 대피시켰어.]

[그건 잘했다고 해주지. 하지만 현재 상황이 너무 안 좋아.]

이안의 목소리가 어두웠다.

[제일 급한 곳은?]

[전부 다.]

이안의 대답에 이슈인의 얼굴이 어두워졌다. 자신의 형이 저렇게 말할 정도면 정말 현재 레오네인의 상황은 심각하다는 뜻이다.

[어쩌다가 그런 상황에 몰린 거야?]

[괴물이 하나 있거든. 그 괴물 탓에 속수무책이다. 네가 못 막으면 이곳도 곧 정리해야 할지도 몰라.]

이슈인은 이안의 말을 믿을 수 없었다. 그 말은 곧 왕도를 포기하겠다는 뜻이기 때문이다. 지금까지 전쟁의 양상은 소강상태였다. 두 국가 간의 전력이 비슷하단 소리다. 그런데 적 기간테스 부대의 왕도 습격 하나 막지 못하고 이렇게 허무하게 왕도를 적에게 내어준다니, 어찌 쉬이 받아들일 수 있겠는가.

[빌어먹을. 그래서 그 괴물이 어떤 기체야?]

[주변을 살펴보면 금세 찾을 수 있을 거다. 이름만큼이나 섬뜩한 자식을……]

이안의 말에 이슈인은 재빨리 높이 날아올라 왕도 전역을 살폈다. 레퀴엠의 상징인 주홍빛 이카루스를 식별한 마나 캐논에서는 포격을 중지했다.

이미 공화국의 기간테스들은 왕도 곳곳을 파괴하고 있었다. 이대로라면 작전본부도 곧 점령당할 것 같았다.

그때,

하늘을 향해 고개를 든 기간테스가 한 기 있었다. 섬뜩한 붉은색의 장갑을 가진 거대한 기간테스였다.

아래를 살피던 레퀴엠과 눈이 마주쳤다.

제스터는 레퀴엠을 발견하고 미소를 지었다. 드디어 목표가 나타난 것이다.

"후후, 이제야 나타나셨군. 대체 얼마나 더 이곳을 부숴야 하는지 고민하던 참이야."

제스터는 진정으로 기쁜 듯 웃었다.

"아무래도 저놈이겠군."

이슈인은 보는 순간 알 수 있었다.

이름을 알 수 없는 공화국의 신형 기체는 주변에 흐르는 마나부터 달랐다. 얼마나 엄청난 위력을 가지고 있을지 상상조차 할 수 없었다.

"괴물이라 이거군."

이슈인의 목소리가 살짝 떨렸다.

―마스터, 조심하십시오.

그때 아스카론의 목소리가 울렸다.

"뭐가?"

―저 기체는 마나 엔진이 없습니다.

"그게 무슨 말이야?"

이슈인이 어이없다는 얼굴로 되물었다. 마나 엔진이 없는 기간테스라니, 그런 것이 가능하단 말인가.

―어디서 얻었는지 알 수는 없습니다만, 저 기체의 구동원은 마나 엔진이 아닌 마나 코어입니다.

"마나 코어?"

이슈인은 아스카론에게 되물으며 붉은 기간테스를 좀 더 자세히 살폈다.

그제야 발견할 수 있었다. 기간테스라면 모두 가지는 특정한 마나의 흐름이 저 기체에는 없었다.

―마나 코어는 마나 엔진을 대체하기 위해 마도 시대에 만들어진 기간테스의 구동원입니다. 그리고 그 위력과 효율은 마나 엔진을 한참 넘어서 있습니다. 초창기 마나 코어의 출력만 하더라도 4.0이었습니다. 저 기체에 탑재된 마나 코어는 추정 출력이 5.0입니다.

아스카론의 설명에 이슈인은 말을 잃었다.

그런 괴물이 눈앞에 있다니 어떻게 상대해야 할지 감이 잡히

지 않았다.

"정말로 절체절명의 위기로군."

이슈인의 입이 바짝 말랐다.

"론, 보이나?"

─보인다. 흥미로운 기체로군.

론의 대답에 제스터가 고개를 끄덕였다.

"현존하는 대륙 최강의 기체지."

─마도 시대의 향기가 느껴진다.

론의 짤막한 말에도 제스터는 놀라지 않았다. 이미 예상한 바였다. 그렇지 않고는 저런 엄청난 기체가 나올 수 없었다.

"이제는 우리가 최강이 될 차례지."

─동의한다.

제스터가 웃었다. 블러드가 검을 들며 레드 이카루스를 펼쳤다.

온통 붉은 몸체와 날개. 그렇게 불길함을 풍기는 기간테스가 천천히 레퀴엠을 향해 날아갔다.

검을 쥔 이슈인의 손에 서서히 힘이 들어갔다.

CHAPTER 3
블러드의 위력

천천히 다가오는 상대 기체의 모습을 이슈인은 가만히 바라보고 있었다.

[오랜만이야.]

그때 공용 채널을 통해 통신이 들어왔다. 매우 익숙한 목소리다. 전장에서 무수히 부딪쳤던 상대였다.

제스터.

어깨의 문장을 굳이 확인하지 않아도 목소리만으로도 알 수 있었다. 블러디 울프 제스터. 그런 그에게 너무나 어울리는 기간테스였다.

[오랜만이군요.]

이슈인이 공용 채널 통신으로 답했다.

[이제야 빚을 갚을 수 있다는 생각에 절로 웃음이 나는군.]

[정말이지, 무지막지한 녀석을 가지고 나타났군요.]

대화를 나누는 이슈인의 입가에 쓴웃음이 걸렸다. 처참하게 파괴된 왕도 레오네인의 모습이 눈을 가득 메웠다.

[블러드라는 녀석이지. 상당히 까다로운 녀석이라 가지고 나오는 데 시간이 많이 걸렸어. 너와 진작에 만나고 싶었지만 녀석을 제대로 다룰 수가 없었거든.]

제스터의 말에 이슈인은 고개를 끄덕였다.

적어도 출력 5.0의 기간테스다. 운용이 쉬울 리가 없었다. 출력이 높은 기간테스의 위력이 월등한 것은 사실이나 그만큼 라이더가 다루기 어려워진다. 출력이 3.0을 넘어서면 베테랑이라 불리는 라이더라야 다룰 수 있을 정도다.

아무리 출력 3.5의 디스토션을 운용했던 제스터였지만 저 블러드라는 기체는 쉽지 않았으리라.

[네가 없었다면 좀 더 빨리 가지고 나왔을 거야. 하지만 네 녀석에게 빚을 갚으려면 더 완벽해져야 했지. 그 점에 대해서는 무척이나 고맙게 생각하고 있어.]

제스터의 목소리가 자신만만했다.

[좀 더 천천히 나왔으면 좋을 뻔했군요.]

이슈인은 다시 한 번 왕도 레오네인을 둘러보며 말했다. 지금 이 순간에도 자이안에 의한 파괴가 계속 진행되고 있었다.

레퀴엠의 스코프가 향하는 방향을 본 제스터가 피식 웃었다.

[왕도가 걱정되는가? 훗. 그렇다면 그 걱정을 없애주지.]

그는 정당하게 자신의 실력과 블러드의 성능으로 이슈인과 레퀴엠을 꺾고 싶었다. 그 외의 어떠한 외부 요소가 개입하는 것은 싫었다. 제스터는 곧바로 명령을 내렸다.

[전원 공격 중지. 나와 레퀴엠의 전투가 끝날 때까지 그 상태로 대기한다.]

제스터가 명령을 내리는 순간 모든 자이안의 움직임이 정지했다. 그리고 한쪽으로 물러나 조용히 대기했다. 단 한 마디의 불만도 없었다. 제스터는 완벽하게 부하들을 장악하고 있었다. 그가 보여준 경이로운 위력 덕분이었다.

이슈인이 그 모습을 확인했다.

[이슈인, 어떻게 된 거야?]

그때 이안으로부터의 통신이 들어왔다.

[제스터야. 블러드라는군, 저 신형 기체가.]

[흐음.]

이안의 신음 소리가 흘러들어 왔다.

[모든 공격을 중지시킨 걸 보면 제대로 승부를 내고 싶은가 봐. 슬슬 준비해 둬. 어떻게 될지 모르니까.]

[그게 무슨 말이야?!]

이안은 동생의 통신에 안색이 변해서 다급하게 외쳤다. 지금껏 자신의 동생은 이렇게 약한 소리를 한 적이 없었다.

[어려워.]

짤막한 대답이 돌아왔다.

[제대로 말해!]

어느새 목소리도 커져 있었다.

[공화국에서 작심을 하고 만들었나 봐. 레퀴엠으로 감당할 수 없어.]

이슈인은 그렇게 단언했다.

그 말은 작전본부 전체에 울렸기에 그곳에 있는 사람들이 술렁이기 시작했다. 레퀴엠의 위력을 누구보다 잘 아는 그들이었기에 그 말이 가져온 파장은 컸다.

[이슈인!]

이안이 다시 이슈인을 불렀으나 더 이상 대답은 없었다.

이슈인은 눈앞의 블러드에 집중했다. 형에게 전할 말은 모두 전했다. 이제는 전력을 다해 눈앞의 적을 막아야 했다. 출력의 차이가 크다고 하나 그래도 자신에게는 인피니트 소드가 있었다.

지난 깨달음이 이슈인의 투지를 불태우고 있었다.

레퀴엠이 천천히 검을 들며 상대를 노려보았다.

"좋아."

제스터의 중얼거림과 함께 블러드 역시 레퀴엠을 향해 검을 세웠다.

두 기의 기간테스는 잠시 그렇게 대치했다.

긴장되는 순간이다. 지상에서 두 기체의 대치를 지켜보는 기간테스 라이더들은 아무 말도 할 수 없었다. 저 승부의 결과가 오늘 전투의 결과가 되리라는 것을 양측의 라이더들은 모두 알고 있었다.

조금 전까지 참혹한 파괴가 자행되던 레오네인이 조용해졌다.

모두들 고요히 레퀴엠과 블러드를 지켜보았다 그들의 손이 땀으로 축축하게 젖어들었다.

그 와중에 이슈인의 싱크로율은 조금씩 오르고 있었다. 본인 스스로는 인식하지 못하고 있었지만 일생 최대의 강적을 맞아 집중력이 최고조로 오르고 있었다.

아스카론은 그런 이슈인의 집중을 방해할까 봐 싱크로율의 수치를 말해주지 않았다.

레퀴엠의 몸체가 금빛으로 은은히 빛나며 싱크로율을 대변해 주고 있었다.

블러드의 붉은 빛도 점점 진해졌다. 그야말로 온통 피로 물든 듯한 빛깔이었다. 섬뜩한 기운이 주위를 감돌았다.

"타핫!"

"차핫!"

누가 먼저랄 것도 없었다. 두 기는 동시에 허공을 격해 서로 를 향해 쇄도했다.

콰앙!

검의 충돌음이 폭음으로 레오네인의 하늘을 떨어 울렸다.

격돌의 충격이 온몸을 덮쳤다. 5.0의 출력에서 뿜어져 나오는 힘은 대단했다. 콕피트까지 그 충격이 전해져 이슈인의 온몸을 짓눌렀다.

한 번의 격돌.

그것으로 우열은 확실하게 갈렸다.

제자리에 버티고 떠 있는 블러드와는 다르게 레퀴엠은 뒤로 튕겨 날아갔다. 누가 봐도 명백한 블러드의 승리였다.

"저럴 수가……!"

레퀴엠이 출력에서 밀린 것을 보고 메틀라인의 라이더들은 믿을 수 없다는 표정을 지었다. 레퀴엠이 현존하는 마나 엔진 중 최고의 출력을 가졌다는 것은 공공연한 비밀이었다. 이미 메틀라인의 병사라면 누구나 알고 있는 소문이자 전설이 아니던가.

그런 레퀴엠이 밀려났다.

그들의 충격이 어떠하겠는가.

"크윽. 과연 5.0이라 이거로군."

이슈인이 얼굴을 찡그린 채 신음을 흘렸다.

제스터는 담담한 미소를 지은 채 레퀴엠을 바라보았다. 온몸에서 자신감이 용솟음쳐 올랐다.

"아무리 출력이 깡패라지만 그게 전부는 아니야."

이슈인은 온몸의 마나를 불어넣었다. 마나가 회로를 따라 강렬히 레퀴엠의 몸속 곳곳을 누비기 시작했다. 그렇게 완성된 그레이트 서클.

이슈인 자신이 레퀴엠의 마나 스피어로 화했다.

마나 엔진이 강렬히 돌아가기 시작했다. 뿜어내는 출력이 순식간에 3.83까지 치달아 올랐다.

그 순간 찬란한 황금빛이 레퀴엠의 몸체에서 폭발하듯 터져나왔다.

찰나의 섬광일까.

눈을 멀게 할 정도로 밝았던 그 황금의 빛깔은 순식간에 사라졌다. 그리고 평소의 레퀴엠으로 돌아와 있었다. 조금 전의 황금빛이 환상이 아니었나 의심할 정도로 평범한 모습.

하지만 제스터는 그 모습에서 강렬한 기운을 느낄 수 있었다.

"과연. 지금이 풀 파워란 말이지?"

손이 살짝 떨렸다. 등이 땀으로 축축이 젖어들었다.

레퀴엠을 상대하며 또다시 느끼는 이 긴장감. 이제는 은근한 쾌감이 되어 제스터의 전신을 지배했다.

현재 이슈인의 싱크로율은 99.9%!

아스카론은 경악했으나 그 사실을 알리지 않았다. 그랬다가는 최고조에 이른 현재의 상태가 깨질 것 같았기 때문이다. 현재 아스카론이 할 수 있는 일은 그저 자신의 마스터를 지켜보는 것뿐이었다.

이번에 먼저 움직인 쪽은 이슈인이었다.

공중에서 일루젼 문의 수법으로 움직이면서 블러드를 향해 쇄도해 들어갔다.

"역시나 현란한 움직임이야."

제스터는 안력을 최대한으로 올리며 레퀴엠을 지켜보았다. 검을 쥔 그의 손은 적당히 힘을 빼고 있었다. 긴장으로 인해 정신은 팽팽히 당겨진 실과 같았으나 몸은 오히려 최고의 상태를 유지하고 있었다.

블러드에 다다랐을 때 레퀴엠의 움직임은 일루젼 문에서 인피니트 워크로 바뀌었다. 그와 동시에 휘둘러지는 검은 인피니트 소드의 첫 번째 수법인 플레임 블레이드의 방위를 점하며 움직였다.

제스터는 상대로부터 강렬한 열기를 느낄 수 있었다.

"역시 피어스 브레이크인가?"

제스터는 검을 마주 휘두르며 중얼거렸다.

자신 역시 사용할 수 있었다.

　블랙 아머라는 궁극의 방패와 다름없는 피어스 브레이크가 있었다.

　하지만 하루에 사용할 수 있는 횟수는 두 번. 마나 캐논을 막기 위해 한 번 사용했으니 이제 남은 횟수는 한 번이었다. 그것은 결정적일 때 사용해야 했다.

　그리고 블러드라면 피어스 브레이크로 맞상대하지 않더라도 능히 막을 수 있을 것이라는 믿음이 있었다.

　마나 코어가 맹렬히 가동하기 시작했다.

　블러드의 출력이 점점 상승했다. 이윽고 5.0에 이른 출력은 블러드의 검으로 뿜어져 나왔다. 강렬한 열기를 머금고 화염을 일으키며 변화무쌍한 방향으로 치달아 들어오는 검을 막아냈다.

　검의 충돌과 함께 블러드는 붉은 화염에 휩싸였다. 그러나 전신에서 터져 나온 붉은 빛이 집어삼키면서 화염은 사그라졌다.

　이슈인은 그런 현상에도 동요하지 않았다. 그저 자신이 할 수 있는 최선을 다할 뿐이었다. 검은 다음 변화를 일으키고 있었다.

　열기에 이어 냉기가 덮치기 시작했다.

　블리자드 블레이드의 눈보라는 블러드의 사지를 덮쳤다. 팔다리를 향해 뻗어오는 눈보라의 냉기는 통증조차도 잊게 만들 정도로 극한의 정점을 찍고 있었다.

　"이익."

　제스터는 검을 아래에서 위로 휘둘렀다. 강력한 일격이었다.

그 일격이 뿜어내는 기세는 블리자드 블레이드의 눈보라를 날려 보냈다.

보통의 참격으로 피어스 브레이크를 깨어버린 것이다. 이 일을 행한 제스터조차도 믿을 수 없다는 눈으로 상대를 바라보았다.

보통의 공격으로는 피어스 브레이크를 상대할 수 없다는 대륙의 상식을 깨어버린 순간이었기에.

"칫. 결국은 더 강한 일격이 우위를 점한다는 거로군."

출력 5.0의 일격은 피어스 브레이크마저 날려 버릴 정도의 위력을 지니고 있었던 것이다. 이슈인은 다음 공격을 계속해서 이어갔다.

라이트닝 블레이드.

극강의 파괴력과 극한의 빠름, 그리고 예측 불허의 변화.

세 가지를 모두 갖춘, 그야말로 절대의 일격이었다.

"으윽!"

이번만큼은 제스터도 강렬한 압박을 받았다. 번개로 화한 검이 전신을 덮쳐 오는 그 느낌은 온몸에 소름이 돋을 정도였다.

─제스터, 정신 차려라. 블러드는 충분히 강하다.

그때 뇌리를 뒤흔든 론의 말에 제스터는 이를 악물었다.

그리고 조금 전의 일격을 떠올렸다.

제스터는 자신의 검술을 믿었다. 그리고 블러드를, 마나 코어를 믿었다.

원을 그리며 움직이는 검.

블러드를 움직이기 위한 훈련을 하던 중 불현듯 깨달은 움직임이었다. 영감은 이슈인의 검에서 얻었다. 아이노 강변에서의 포위를 풀 때 보였던 그 현란한 검의 움직임.

기억의 한편에 남아 있던 그 움직임이 한 조각의 영감이 되어 제스터가 새로운 세계에 한 발을 내딛을 수 있게 해주었다.

강력한 힘을 머금은 검이 빠르게 원을 그리며 돌자, 주변의 기운이 흡수되기 시작했다.

블러드를 뒤덮은 기운 중 가장 강한 힘이었던 라이트닝 블레이드의 번개가 블러드의 검을 따라 원을 그리며 그 속으로 빨려 들어 갔다. 검은 계속해서 빠른 속도로 움직였다.

이윽고 이슈인의 일격을 모두 빨아 들였다 싶은 순간,

"하압!"

제스터는 강한 기합성과 함께 검을 내질렀다.

번쩍!

강렬한 섬광이 터져 나왔다.

그 섬광은 온 공간을 뒤덮었다. 일순 모두의 눈이 멀었다. 심지어 일격을 내지른 제스터조차도 눈을 뜰 수 없었다.

갑자기 이게 어찌 된 일인가.

모두들 강렬한 빛에 손상을 입은 눈을 어떻게든 뜨려고 하는 그 순간,

콰콰콰콰콰콰콰콰쾅!

강렬한 폭음이 레오네인을 뒤흔들었다. 너무도 강렬한 섬광에 시간차를 두고 뒤이어 터진 폭발.

이슈인이 눈도 뜨지 못한 채, 레퀴엠은 폭발에 휘말렸다.

[크윽. 앱솔루트 실드.]

이슈인이 아무것도 할 수 없었기에 아스카론이 움직였다. 위험을 감지하자마자 즉시 자신이 펼칠 수 있는 가장 강한 방어 마법으로 레퀴엠의 몸을 덮었다.

그러나 폭발의 힘은 파괴적이었다.

라이트닝 블레이드의 모든 힘을 고스란히 흡수해 회전하면서 몇 배로 그 위력을 불려 폭발시킨 것이다.

이 폭발에서 무사한 것은 오직 블러드가 유일했다.

폭발의 중심, 흡사 태풍의 눈과도 같은 위치에서 폭발을 일으켰기 때문이다.

강렬한 폭발과 폭풍이 휘몰아쳤다.

잠시 후,

서서히 사람들이 시력을 되찾았다. 눈의 통증도 조금씩 가라앉았다.

처참했다.

사람들은 두 눈을 뜬 자신을 원망했다.

눈에 보이는 이 현실을 믿어야 하는지 절망했다.

조금 전의 섬광 때문에 눈이 손상을 입어 헛것이 보이는 것은 아닌가 의심했다.

레오네인의 일부가 사라지고 없었다. 고급 주택가의 대부분이 날아갔다. 이것은 파괴가 아닌 소멸이나 다름없었다. 그 폭발에 휘말린 자이안도 두 기나 완파되어 사라졌다.

아군까지 휩쓸린 것이다.

그 결과에 누구도 입을 열지 못했다.

심지어 이런 결과를 만들어낸 제스터조차도 입을 떼지 못했다.

기술을 구사한 당사자마저도 질려 버린 절망적인 위력이었다.

"이, 이 정도라니……."

제스터의 목소리가 떨렸다. 자신이 행하고도 믿지 못하겠다는 심정이 여실히 드러났다.

[데몬즈 스피어(Demon's Spear). 이름에 어울리는 기술이로군.]

론의 짧은 감상에 제스터는 정신을 차렸다.

피어스 브레이크가 아니며 피어스 브레이크를 상대에게 되돌리는 기술.

제스터는 다시 한 번 대륙의 상식을 뒤집어엎었다.

"말도 안 돼."

이안은 믿을 수 없다는 듯 중얼거렸다. 그는 온몸을 떨고 있었다.

"레오네인의 2할은 파괴된 것 같습니다."

부관의 보고가 귀에 들어왔으나 생각하고 싶지 않았다.

"왕궁의 일부도 소실되었습니다."

그렇게 말했으나 기실 왕궁의 절반이 날아갔다. 일찍이 포털을 통해 대피한 것은 참으로 잘한 일이었다.

"레퀴엠이 보이지 않습니다."

그 보고에 이안의 얼굴이 일그러졌다.

가장 가까운 거리에서 그 폭발을 뒤집어썼다.

무사하길 바란다는 것 자체가 헛된 희망인 것만 같았다.

"차관님, 이제 피하셔야 합니다."

그렇게 말하는 부관의 얼굴은 침통 그 자체였다.

움직일 수가 없었다. 동생이 눈앞에서 사라졌다. 적을 막기 위해 전력을 다해 싸우다가 그렇게 사라졌다. 그런데 자신이 살고자 어찌 몸을 피할 수 있을까.

아니, 이안은 무엇보다 레퀴엠을 소멸시켜 버린 적의 압도적인 강함에 전의를 상실해 버렸다.

어디로 피한들 조금 전의 그 기술을 막을 수 있을까? 스스로에게 그런 의문을 던진 이안은 고개를 저었다.

그것은 그야말로 불가능 그 자체였다.

이런 때를 지칭하기 위해 불가능이라는 단어가 존재하는 것은 아닐까 하는 생각까지 했다.

"후우. 엄청나군."

제스터는 그제야 스스로를 진정시킬 수 있었다.

혼자서는 절대 사용할 수 없는 기술이다. 상대의 피어스 브레이크를 되치는 기술의 한계였다.

이만한 위력이 나왔다는 것은 그만큼 이슈인의 피어스 브레이크가 강했다는 반증이기도 했다.

"그야말로 전력을 다했군, 그것이 스스로를 찌르는 칼이 되었지만."

제스터는 담담히 중얼거렸다.

한편으로는 조금 허무하기도 했다. 이런 식의 결말을 상상하지 못했기 때문이다.

제스터가 주변을 둘러보았다. 블러드의 콕피트에 있음에도 생생히 느낄 수 있었다, 자신을 향한 모든 사람의 공포를.

데몬즈 스피어가 어떤 원리로 어떻게 위력을 발하는지 모르기에 느끼는 공포일 것이다. 하지만 사실은 그렇지 않고, 제한이 많다는 사실을 친절하게 설명해 줄 필요는 없었다. 지금 자신에게 공포를 느끼고 있는 이들은 '적'이기에.

"싱겁게 끝났어."

마나 캐논의 포격도 더 이상 없었다. 레퀴엠과의 전투가 끝났음에도 감히 포격할 엄두는 내지 못하는 것이리라.

레퀴엠을 쓰러뜨리면 엄청난 성취감의 희열에 휩싸일 것이라 생각했던 제스터는 쓴웃음을 지었다. 그런 희열과 쾌감은 없었다. 오히려 허전함이 자리했다.

"이제 정리해야겠군."

국왕도 떠난 왕도다. 마지막 패였던 레퀴엠도 없다. 이제 거칠 것은 없었다.

―아직이다.

그때 론의 목소리가 제스터의 머리에 울렸다.

*　　　*　　　*

포털 마법진의 빛에 휩싸였다가 다시 정신을 차리는 순간, 아르시안은 자신을 기다리고 있는 사람들을 볼 수 있었다. 그중에는 이올린도 있었다. 익숙한 사람을 만나서일까? 긴장이 한순간에 풀리며 살짝 비틀거렸다.

"공주님!"

이올린이 놀라서 달려와 부축했다.

"고마워요."

"고생 많으셨습니다."

도노반은 마중 나온 기사에게 가 저간의 사정을 간략하게 이야기했다.

"아버님께서는 지금 국왕 전하를 모시고 있어요. 함께 가요."

"네."

이올린이 아르시안을 안내했다.

불과 몇 시간 동안의 일이다. 국왕을 비롯한 왕족들이 바첼러 영지로 이동해 오고 레오네인이 전화에 휩싸인 것은.

그사이 레오네인의 상황은 시시각각 변했고, 통신으로 그 소식이 들어오고 있었다.

그중에는 레퀴엠이 막 적과 전투를 시작했다는 내용도 있었다. 하지만 그 사실은 아르시안에게는 전해지지 않았다.

갑작스러운 사태에 모두들 너무나 바빴다.

아르시안은 이올린의 안내로 엠피엘 국왕과 바첼러 백작을 만나 인사를 했다.

"국왕 전하를 뵙습니다. 갑작스레 이렇게 폐를 끼쳐 너무나 송구하옵니다."

아르시안의 인사에 엠피엘은 미안한 표정으로 그녀를 맞았다.

"아니. 오히려 내가 미안하네. 내 나라에 온 손님인데 이런 위기를 겪게 하다니."

엠피엘 국왕의 얼굴에는 수심이 가득했다.

"전하, 곧 적의 무리를 완전히 몰아낼 수 있을 겁니다. 너무 심려치 마시옵소서."

곁에서 카를로 백작이 위로했다.

"후우. 그렇게 믿어야지."

그 상황에서 가장 바쁜 사람은 이레아였다.

마도 시대의 지식을 활용하여 그동안 지하에서 미친 듯이 만든 무수한 병기들. 완성하고 시험한 후 한곳에 쌓아놓고 또 새로운 것을 만드는 것이 일상이었다.

그러던 차에 왕도가 습격당했다. 그리고 국왕이 이곳 바첼러 영지로 몸을 피했다. 그렇다면 다음 전장은 이곳이 될지도 몰랐다.

이레아는 왠지 그런 느낌이 들었다.

공화국이 어지간히 자신이 있지 않고서는 절대 이런 공격을 할 리 없다는 생각이 들었다. 아스카론으로부터 전해 받은 마도 시대의 지식을 자신의 것으로 녹여가면서 이레아의 지력은 몰라보게 향상되고 있었다.

'오빠의 레퀴엠이 있다는 것을 뻔히 알면서 이런 노골적인 공격을 했다는 것은 분명 대책이 있다는 거야. 어쩌면 마나 코어를 발굴했는지도 모르지.'

마도 시대의 유산은 분명히 존재한다. 극히 희박한 확률이지만 그 유산 중 마나 코어가 없으란 법은 없었다.

그랬기에 이레아가 바빠진 것이다.

마나 코어를 장착한 기간테스라면 레퀴엠으로도 감당하기 어려울 것이다. 국왕이 이곳에 있다는 것을 알면 분명 적들의 다음 목표는 이곳이 될 것이다. 그렇다면 어떻게든 방어를 할 준비를 해야 했다.

현재 바첼러 영지의 영주성은 보통의 영주성과 다를 바가 없었다. 지금부터 그것을 바꿔야 했다. 철옹성으로 변모시켜야 했다.

재료는 충분했다.

그간 이레아가 만들어낸 무수한 마도 시대의 병기들. 그것을 요소요소에 설치하고 제어하기 위한 관제소를 만들어야 했다. 그것만으로도 시간이 얼마나 걸릴지 알 수 없는 일이다.

이안은 허탈한 얼굴로 의자에 앉았다.

하지만 이내 정신을 추슬렀다. 이럴 때일수록 자신은 침착해야 한다. 왕국의 국방부 차관이자 병력의 운용을 책임지고 있는 자신이다. 자신이 무너지면 왕국군이 무너진다.

그런 생각이 이안의 버팀목이 되었다.

의자에 앉은 이안은 곧 생각에 잠겼다.

톡톡톡톡.

이안의 손가락이 의자의 팔걸이를 두드리는 소리가 울려 퍼졌다.

부관들은 그런 이안의 모습에 안절부절못하고 있었다.

'생각해라, 이안. 레퀴엠은 이미 당했어. 슬프지만 그 사실을 받아들여야 한다. 그럼 앞으로 어떻게 해야 할까? 대체 어떻게 저 블러드란 괴물을 막을 수 있을까?

이안의 머리가 빠르게 돌아가기 시작했다.

단 한 기의 기간테스가 전술을 무용지물로 만들어 버린다는 이 현실이 너무나 슬펐다. 저 정도라면 전략 병기를 뛰어넘은 엄청난 병기다.

전략과 전술을 짜내야 하는 이안으로서는 너무나 허탈한 적이 아닐 수 없었다.

그래도 어떻게든 대책을 짜내야 했다.

'일단 록힐 광산 쪽은 포기해야 한다. 이곳이 점령당하면 록힐에 지원을 할 수가 없어. 그렇다면 그들은 어떻게 해야 하지? 왕도가 무너졌다. 그쪽의 병력을 제대로 보존해야 해.'

이안이 머릿속에서 무수한 경우의 수가 떠올랐다.

짧은 시간이었지만 이안의 머리는 참으로 긴 시간을 보낸 듯 많은 생각을 했고, 정리하며 대책을 세웠다.

일단 결정을 내리자 이안의 동작이 빨라졌다.

그는 즉시 암호화된 통신으로 두 곳에 명령을 내렸다. 이곳의 상황을 정확히 전하며 앞으로의 움직임을 지시했다.

그리고 작전본부에 있는 부하들에게도 명령을 내렸다.

"왕도 레오네인은 포기한다. 즉각 전원 후퇴한다. 일부는 포털 마법진을 이용해서 바첼러 영지로 향할 것이며 일부는 주변 영지로 흩어진다. 공화국의 후속 병력이 들어오려면 아직 시간은 있다. 그사이 최대한 병력을 보존한 채 후퇴한다."

이안의 입에서 왕도를 포기한다는 말이 나오는 순간 부하들의 얼굴에는 깊은 침통함이 어렸다. 그들도 알고 있었고 예상은 했지만 실제로 명령을 받으니 그 감정은 이루 말할 수가 없었다.

"차관님께서는……."

부관이 어렵사리 입을 열었다.

"나는 마지막에 이동한다."

품에서 비상용 공간 이동 스크롤 카드를 꺼내서 보여주었다.

모든 상황이 정리되는 것을 확인하기 전까지 이안은 자리를 비울 수가 없었다. 그는 모든 것을 보고 계산한 후 다음 대책을 또 세워야 했다.

"블러드의 동작이 이상합니다!"

그때 바깥 상황을 보여주는 마법 수정구를 지켜보던 병사 하나가 외쳤다. 그 말에 이안의 시선이 수정구로 향했다.

블러드는 다음 움직임을 보이지 않은 채 한곳을 응시하고 있었다. 그런데 검을 곧추든 모습이 마치 적을 기다리고 있는 듯했다.

"아직이라고?"

제스터가 론에게 되물었다.

─그렇다.

"그럼 레퀴엠이 무사하다는 거야?"

─그것은 확신할 수 없다. 하지만 동쪽 하늘에서 다가오고 있다.

그 말에 제스터는 경계 태세를 취하고 동쪽으로 몸을 돌렸다. 론이 그렇다면 그런 것이리라. 론의 능력을 믿었다. 동쪽의 어느 곳에서 올 것인가. 제스터는 검을 곧추세우고 집중력을 잔뜩 고조시켰다. 언제 어디서 나타나더라도 대응할 수 있도록 준비했다.

먼 하늘에서 작은 점이 보였다.

서서히 그 점은 커졌고, 멀리서 빛나는 주홍색의 날개는 그것이 무엇인지 알게 해주었다.

"레퀴엠, 무사했나?"

그 모습을 작전본부에서도 지켜보고 있었다.

"레퀴엠! 레퀴엠입니다!"

사람들의 얼굴에 화색이 감돌았다. 하지만 이안의 얼굴은 여전히 어두웠다. 동생이 살아 있다는 사실에는 감사했지만 아마도 구사일생했으리라. 절대 무사하지는 않을 것이다.

잠시 후 레퀴엠이 그 모습을 드러냈다. 사람들은 그 모습에 다시 얼굴이 어두워졌다.

"어서 지시대로 움직여!"

이안의 외침에 부하들이 어두운 얼굴로 움직이기 시작했다.

"흐음. 저 상태로 용케도 버텼군."

제스터가 레퀴엠을 보면서 중얼거렸다.

레퀴엠의 모습은 처참했다. 왼쪽 다리가 없었으며 왼팔도 팔꿈치 아래가 허전했다. 가슴의 흉갑도 형편없이 일그러져 있었다. 과연 저 상태로 싸울 수 있을지 의문이었다.

―강력한 방어 마법이 시전되었다.

제스터의 말에 론이 답했다.

"방어 마법?"

제스터가 고개를 갸웃거렸다. 레퀴엠이 마법을 사용할 수 있다는 사실이 의외였기 때문이다. 대륙에서 다양한 마법을 사용할 수 있는 기간테스는 디스토션과 블러드 이 두 기가 전부였기 때문이다.

"후우. 그야말로 죽다가 살았어. 꼼짝없이 죽는 줄 알았다. 고마워, 아스카론."

―제 할 일을 했을 뿐입니다.

이슈인은 호흡을 가다듬으며 블러드를 바라보았다. 구사일생으로 살아나기는 했지만 그야말로 상황은 처참했다. 이 상태로 과연 싸울 수 있을지 알 수 없었다. 그나마 이카루스 덕에 공중전을 수행할 수 있는 것이 다행이었다. 만약 지상전이었다면 한쪽 다리가 없는 이 상태로의 전투는 무리였다.

[후후. 그럼 2차전을 시작해 볼까?]

제스터의 목소리가 공용 통신을 통해 들렸다.

이슈인은 스스로를 추슬렀다.

파손 정도가 극심했지만 이 상태로라도 블러드를 막아야 했다. 자신의 두 어깨에 레오네인의 안위가 걸려 있었다.

CHAPTER 4
접전

첫 격돌 직전과 같은 정적은 없었다.

메틀라인 왕국군이 분주히 움직이기 시작한 것이다. 그 움직임이 공격이 아닌 퇴각이었기에 제스터는 아무런 명령도 내리지 않고 그저 지켜보았다.

[훗. 윗대가리들은 포기한 것 같은데?]

제스터의 목소리가 다시 들렸다.

[아직 끝이 아닙니다.]

이슈인은 담담히 답하며 한 손으로 검을 들었다.

정말로 제약이 많았다. 이슈인의 몸은 멀쩡했으나 기간테스와는 마나로 연결되어 감각을 공유한다. 너무나 엄청난 위력에 순식간에 날아가 버려서 고통은 없었다. 하지만 존재하지 않은 팔다리의 허전함은 다른 움직임에도 큰 방해가 되었다.

─마스터, 조금 전 라이트닝 블레이드를 사용하실 때의 싱크로율이 99.9%였습니다.

이슈인은 아스카론의 말에 놀랍다는 얼굴을 했다.

99.9%.

전인미답의 경지였다. 잠시지만 그런 경지에 자신이 올랐었다는 사실을 믿을 수가 없었다.

─당시 레퀴엠의 한계 출력까지 기동했습니다.

아스카론의 말에 이슈인의 얼굴은 딱딱하게 굳었다.

"결국 99.9%의 싱크로율로 3.83의 출력을 뿜어냈는데도 불구하고 그 결과가 이거란 말이지?"

놀라웠으나 또한 절망적이었다.

이슈인이 할 수 있는 최선을 다했음에도 이런 결과가 나온 까닭이다.

─조금 전 블러드의 공격은 조금 이상했습니다.

블러드를 경계하고 있는 이슈인에게 아스카론이 말했다.

"뭐가?"

─마나 코어가 풀 파워로 전개되기는 했습니다만, 그 에너지가 조금 전의 공격에는 별로 사용되지 않았습니다.

"그 말은?"

─아무래도 우리의 공격을 되친 것 같습니다.

아스카론의 분석에 이슈인은 조금 전의 상황을 다시 떠올려 보았다.

원을 그리고 도는 검과 거기에 흡수되듯 빨려들어 갔던 자신의 검격. 그것이 눈앞에 그려졌다.

"과연……."

그 검의 움직임. 그것은 자신이 바인트 스승에게서 배운 검의 움직임 중 한 가지와 유사했다.

"강력한 힘을 끌어들여 자신을 폭발의 눈으로 해서 사방으로 튕겨내는 기술이라……."

곰곰이 되짚어보니 그 원리를 어느 정도 알 수 있을 것 같았다.

"마나 엔진의 출력이 받쳐 주니까 가능한 기술이야. 그렇지 않다면 내 피어스 브레이크에 휘말렸을 테니까. 그걸 버틸 힘이 있다는 거지."

이슈인은 고민 가득한 눈으로 블러드를 바라보았다.

그런 상황이라면 자신의 인피니트 소드는 봉인당한 것이나 다름없었다.

어떤 수법을 사용하더라도 조금 전의 그 기술로 다 되쳐 버린다면 오히려 레오네인의 피해만 커진다.

[왜 움직임이 없지? 겁먹었나?]

계속 대치 상태가 이어지자 제스터가 먼저 도발을 해왔다. 하지만 그 말이 사실이기도 했기에 이슈인은 솔직히 말했다.

[그런 기술을 보고 겁먹지 않을 사람이 있겠습니까?]

[훗. 데몬즈 스피어 말인가? 하긴 나도 질렀을 정도니.]

이슈인은 그 말에서 자신의 짐작이 어느 정도 맞았음을 확신했다.

[이 정도로 강한 공격에 대응해서 사용해 본 것은 처음인 모양이군요.]

이슈인의 말에 제스터는 깜짝 놀랐다. 단 한 번 본 것으로 이

녀석은 그 요체를 파악한 듯했다.

[과연! 놀랍군. 벌써 알아차렸나? 데몬즈 스피어가 오직 되치기만 가능하다는 것을. 네가 아니었으면 이런 무지막지한 결과가 벌어지지도 않았지.]

제스터는 순순히 시인했다. 이미 알고서 묻는 사람에게 시치미를 떼어 봐야 소용이 없다는 것을 알기 때문이다. 아니, 그런 구차한 협잡 따위는 제스터가 가장 싫어하는 일이었다.

[네가 피어스 브레이크를 사용하지 않으면 나 역시 더 이상 데몬즈 스피어를 사용할 수 없지. 하지만 그렇다면 네가 과연 이 블러드를 막을 수 있을까?]

[데몬즈 스피어라……. 과연 그 이름대로군요. 그렇지 않아도 방법을 찾느라 지금 머리가 부서질 지경입니다.]

[후후후.]

이슈인의 말에 제스터는 웃음으로 답했다.

여유롭게 제스터와 대화하고 있지만 실상은 입 안이 타들어가고 있는 지경이다. 도무지 방법이 보이지 않았다.

―마스터, 상태가 불안정합니다.

점차 하락하는 싱크로율에 아스카론이 경고했다.

"치잇."

방법이 보이지 않았다.

적의 수법을 알고 나니 더 막막해졌다.

'어떻게 해야 할까?'

"네게 가르쳐 줄 검법의 이름은 인피니트 소드(Infinite

Sword), 즉 무한지검이다. 그 끝을 알 수 없는 힘을 가진 절대적인 검법이란 뜻이지."

그때 문득 스승인 바인트가 인피니트 소드를 처음 가르쳐 줄 때 했던 말이 떠올랐다.

그랬다.

자신이 익힌 인피니트 소드는 그 끝을 알 수 없는 힘을 지닌 검법이다. 이렇게 튕겨진 것은 자신이 그 힘을 제대로 끌어내지 못했기 때문일 것이다.

이슈인은 그렇게 마음을 다잡았다.

일단 믿음이 생기니 마음이 안정되었다.

그리고 서서히 싱크로율도 회복되었다.

―싱크로율이 98%까지 회복되었습니다.

한 번 99.9%라는 경지까지 올라갔던 덕분일까. 이제 98% 정도는 쉽게 도달했다.

이슈인의 눈빛이 점차 담담하게 가라앉았다.

검법에 대한 믿음이 생기자 자신에 대한 믿음이 생겼다. 비록 절체절명의 위기일지라도 믿음이 생기니 마음이 안정되었다.

그런 기세가 레퀴엠에서 은은히 뻗어나갔다.

"흠. 뭔가 한 수가 있는 건가?"

제스터는 본능적으로 그런 변화를 감지했다.

이슈인은 검을 제자리에서 천천히 움직이기 시작했다. 흡사 록힐 광산에서의 수련과 같은 움직임이었다.

극한의 느림을 보여주는 검의 움직임이었다. 한 팔과 한 다리가 없음에도 검의 움직임에는 흔들림이 없었다.

"대체 뭐지?"

아무런 기운도 느껴지지 않았기에 제스터를 그저 경계를 하며 지켜보고 있었다.

—지금 끝장을 내는 것을 권한다.

그때 론의 목소리가 제스터에게 울렸다. 제스터는 고개를 끄덕였다. 자신 역시 그래야 한다는 생각이 들었다.

한 치의 방심도 허용할 수 없었다.

이미 모든 상황이 끝난 듯 보이지만 어떤 일이 언제 어떻게 일어날 것인지 알 수 없는 곳이 전장 아니던가.

블러드가 붉은 잔상을 남기며 레퀴엠을 향해 달려들었다. 이슈인은 적이 다가오는지 어떤지 신경도 쓰지 않았다. 오직 검의 움직임에만 집중했다.

어떻게 이런 급박한 상황에 이럴 수 있는지 스스로도 알지 못했다.

다만 수련 때의 그 감각이 다시 온몸을 지배하기 시작했다는 것을 느꼈고, 그것에 몸을 맡겼을 뿐이다. 검은 여전히 느릿느릿 움직였다.

블러드는 빛살 같은 속도로 레퀴엠을 향해 날아들었다.

레퀴엠을 두 쪽으로 쪼개 버리겠다는 의지가 넘치는 블러드의 참격이 머리를 향해 떨어졌다.

막을 수 있는 수단은 아무것도 없었다. 이제 레퀴엠은 두 쪽이 나고 이 싸움은 끝이라는 생각이 제스터의 머리를 지배했다.

캉!

그 순간 검과 검이 부딪치는 소리가 울렸다.

다른 곳을 향해 느릿느릿 움직이던 검이 어느새 나타나 블러드의 검을 막았다.

'어떻게?'

순간 제스터는 의문에 휩싸였다. 어떻게 이런 일이 일어난 것인지 이해할 수 없었다.

재빨리 뒤로 물러선 후 다시 검을 대각선으로 휘둘렀다. 레퀴엠은 전혀 다른 방향으로 움직이고 있었다. 제스터는 두 눈으로 똑똑히 그것을 확인했다.

캉!

하지만 이번에도 블러드의 검은 막혔다.

'공간 이동이라도 한단 말인가!'

있을 수 없는 일이다. 하지만 그것 이외에는 이 상황을 설명할 말이 없었다.

제스터가 당혹해하는 것과 상관없이 이슈인은 검에 몸을 맡겼다. 아니, 검과 하나가 되었다고 해야 할까?

이슈인의 모든 의식은 검에 집중되었다. 느릿느릿 움직이는 듯했지만 그 무엇보다도 빨랐다. 이슈인은 기분이 가는 대로 검을 움직였다. 검이 가고 싶어하는 곳으로 움직였다는 것이 맞을 것이다.

"크윽."

제스터의 입에서 짙은 신음 소리가 새어 나왔다. 레퀴엠의 검격이 더욱 날카로워진 것 때문이다. 상대는 한 팔과 한 다리를 잃었다. 그 상황에 적응하지 못해 당황해야 하는 것이 정상일진대 오히려 공격이 더욱 날카로웠다.

덕분에 오히려 제스터가 당황했다.

—제스터, 싱크로율이 떨어지고 있다. 정신 차려라.

그때 론의 목소리가 제스터의 머리를 두드렸다.

정신이 번쩍 들었다. 제스터는 재빨리 물러섰다. 블러드는 레퀴엠과 거리를 두고 멀찍이 날아올랐다.

"후우! 후우!"

제스터는 숨을 거칠게 몰아쉬었다. 갑작스러운 레퀴엠의 변화 때문이었다.

이슈인은 멀어진 블러드를 가만히 바라보았다. 오른손에 든 검은 여전히 곧게 세워져 있었다.

"대체 저 변화는 뭐야?"

제스터는 어이가 없다는 눈으로 레퀴엠을 바라보았다.

—상대방에게 휘둘리고 있다. 객관적으로 모든 것이 블러드가 우위에 있다. 이렇게 밀릴 이유가 블러드에게는 없다.

론의 말에 제스터의 얼굴이 딱딱하게 굳었다. 그의 말속에 숨은 뜻을 알아들었기 때문이다. 블러드가 레퀴엠에 모든 것이 우위에 있다. 밀릴 이유가 없다. 그런데 밀린다. 결국은 라이더의 문제라는 것이다.

"젠장. 아주 사람 속을 제대로 긁는군."

—글쎄. 모든 것을 고려했을 때도 여전히 블러드가 우위에 있다. 그 사실을 명심해라.

"훗."

라이더의 차이를 고려해도 결국은 블러드가 더 강하다는 뜻이리라. 그러나 제스터로서는 썩 기분 좋은 말이 아니었다.

"반병신이 된 레퀴엠을 상대로 이렇게 물러나서 지켜봐야 한다니, 우습군."

이제야 복수를 한다고 생각했더니 갑작스러운 레퀴엠의 변화에 당황해 버렸다.

저 녀석은 항상 그랬다. 첫 만남에서도 궁지에 몰았을 때 상상도 할 수 없는 움직임을 보이며 위기를 벗어났다. 보통의 라이더에게는 없는 것을 가지고 있는 녀석이다.

"하지만 나도 달라졌다."

블러드가 다시금 검을 고쳐 잡았다.

—싱크로율이 회복되었다.

론의 말에 제스터의 입가에 미소가 맺혔다.

"간다."

낮게 중얼거린 제스터의 말이 끝날 때쯤 블러드의 붉은 날개가 사방으로 뻗었다. 제스터가 뿜어낼 수 있는 최고 출력을 뿜어내고 있는 것이다.

빠른 속도로 블러드가 레퀴엠을 향해 날아들었다.

쾅!!

요란한 소리가 공중에 울렸다.

레퀴엠이 미처 막을 수 없는 왼쪽 어깨를 블러드가 숄더 차징으로 들이받은 것이다. 이런 직접적인 격돌에서 출력의 차이는 어떻게 할 수 없었다.

레퀴엠이 충격에 뒤로 날아갔다. 블러드는 공격을 쉬지 않았다. 뒤로 날아가는 레퀴엠을 쫓아 전력을 다한 참격을 내려쳤다.

챙!

힘없이 뒤로 날아가고 있다 생각한 레퀴엠이 검을 들어 참격을 막았다. 전력을 다했음에도 너무나 쉽게 막았다. 하지만 제스티는 조금 전과 같이 당황하지 않았다. 검과 검의 부딪침에서 생긴 반탄력을 이용해 블러드의 몸을 반대방향으로 회전시켰다.

왼쪽 허리를 향해 날아가는 블러드의 돌려차기.

왼쪽 반신이 날아간 레퀴엠으로서는 막을 방도가 없었다. 그대로 왼쪽 허리에 블러드의 일격을 허용한 채 또 오른쪽으로 날아갔다.

이슈인은 당황하지 않았다. 연이은 공격을 허용하면서도 자신이 할 수 있는 것을 다 하고 있었다. 여전히 록힐 광산에서의 수련을 떠올리고 있었던 것이다.

이슈인의 눈은 침착하게 가라앉아 있었다.

빠른 속도로 레퀴엠을 따라잡은 블러드는 순식간에 레퀴엠의 등 뒤에서 나타났다. 그리고는 아래에서 위로 검을 휘둘렀다.

최대한 빨리 몸을 회전하려 하였으나 반신이 파괴된 상태에서는 몸의 움직임이 생각처럼 되지 않았다.

서걱.

섬뜩한 소리와 함께 레퀴엠의 오른 다리의 무릎 아래가 잘려나갔다.

이슈인은 그런 타격에 신경 쓰지 않았다. 오히려 자신이 할 수 있는 반격을 했다. 검이 블러드를 향해 날아들었다.

역시나 이번에도 갑자기 눈앞에 나타난 검.

제스터는 재빨리 검을 들어 레퀴엠의 공격을 막았다. 이미 몇 번 겪은 때문일까? 당황하지 않았다. 어떻게 된 것인지 알 수 없지만 그것뿐이다.

"아아……."

레오네인의 작전본부에 홀로 남아 이슈인의 분투를 지켜보던 이안의 입에서 탄식이 흘러나왔다.

이제 사지 중 남아 있는 것은 검을 든 오른팔밖에 없었다. 도저히 승산이 없어 보였다.

[이슈인, 이제 됐다. 후퇴해라. 나도 곧 포털을 이용해서 탈출할 거다.]

동생을 걱정하는 마음에 이안은 레퀴엠에 통신을 보냈다. 그러나 아무런 답이 없었다.

*   *   *

시아라인 만 입구에 한 무리의 선단이 모습을 드러냈다.

메틀라인과 벨런시아 공화국 국경 근처의 먼 바다를 항해하며 그 모습을 숨기고 있던 비바체 함대였다.

기함의 함교에서 바다를 바라보고 있는 바츠란 사령관의 얼굴이 어두웠다.

"즉시 시아라인 만 깊숙이 들어가서 록힐 전선의 모든 병력을 함대에 태워서 모습을 숨기라니."

조금 전 이안으로부터 급히 들어온 명령을 바츠란 사령관이 되뇌었다. 이미 레오네인은 적의 손에 넘어갔으니 일단 전력을 보존하여 반격의 때를 기다린다고 했다.

갑자기 무슨 일이 일어났단 말인가. 현 상황에 대한 자세한 설명은 생략된 짧막한 명령서가 가슴을 무겁게 했다.

"전 함대 전속 전진!"

무거운 마음 때문일까. 한시라도 빨리 아군 병력을 구하기 위해 바츠란 사령관은 같은 명령을 벌써 세 번째 내리고 있었다.

"빨리 빨리 서둘러라!"

록힐 광산과 매트 성의 병사들은 정신없이 움직였다. 얼마 전 본국에서 긴급히 날아온 명령서 때문이었다.

아덴은 랩터2 윙에 올라서 하늘 높이 떠 있었다. 후퇴 준비를 하는 중에 적의 공격이 없는지 경계하기 위함이다. 레퀴엠이 긴급히 레오네인으로 가버린 지금, 이곳에서 가장 강한 기체는 아덴의 랩터2였다.

"대체 무슨 일이 벌어지고 있는 거야?"

아덴이 답답한 듯 중얼거렸다.

이슈인이 긴급 소환 명령을 받고 포털을 통해 레오네인으로 가고 나서 고작해야 몇 시간이다. 그런데 레오네인이 위험하다는 명령이 날아왔다. 병력 보존을 위해 시아라인 만으로 이동해서 비바체 함대에 승선하라는 명령.

너무나 황당한 상황이었다.

하지만 그것이 명령의 전부였기에 다들 바쁘게 움직였다. 지금은 의문을 가진 시간에도 움직여야 했다.

"후우."

아덴은 답답한 듯 한숨을 내쉬었다.

그때였다.

서쪽의 먼 하늘에서 붉은 빛이 반짝였다.

"빌어먹을."

붉은 빛이 반짝인다면 생각할 것도 없었다. 공화국의 윙 기간테스였다. 어쩐지 요즘 들어 전선이 너무 조용하다는 생각이 들었다. 모든 것이 이 한 수를 위한 준비였던 것이다.

[비상! 서쪽 상공에 적의 윙 기간테스 발견! 현재 육안에 보이는 것은 한 기! 추가 병력의 존재에 대해서는 확신할 수 없습니다.]

통신을 통해 즉시 적의 존재를 알렸다. 록힐 광산의 병력은 더욱 바빠졌다. 그렇지 않아도 철수 준비로 정신이 없는 와중에 적의 습격이라니.

경계를 서고 있던 기간테스들은 즉각 마나 엔진을 가동했다. 이미 준비 기동을 해둔 상태라 딜레이 타임은 없었다.

즉각 거대한 방패를 들고 본진 주위를 에워쌌다.

"저 녀석이 랩터2 윙인가?"

완벽하게 수리가 된 디스토션에 탑승한 카로니안이 멀리 보이는 랩터2를 보며 중얼거렸다. 바톤 윙이라는 장치를 달고 있는 듯 공중에 떠 있음에도 아무런 빛이 보이지 않았다.

"기대되는군."

자신의 조국이자 아버지의 원수.

그 원흉에게 복수는 했으나 아직 카로니안의 가슴속에 있는 분노는 사그라지지 않았다.

온몸의 마나가 들끓어 올랐다.

"일단 인사를 먼저 해야겠지?"

온몸에서 폭풍같이 몰아치는 마나가 디스토션의 마나 회로로 몰아쳐 들어갔다. 디스토션의 검이 빛나기 시작했다.

"파이어 크로스!"

상대가 가까워지자 열십자로 그어지는 검. 그 검에서 뿜어져 나가는 겁화의 불꽃.

그 모습은 록힐 광산에서도 볼 수 있었다. 모두가 하던 일을 멈추고 딱딱하게 굳었다. 자신들이 두 눈으로 똑똑히 보고 있는 것이 의미하는 바를 알기에 입을 벌리고 멍하니 있을 수밖에 없었다.

"큭. 디스토션이 어떻게?"

아덴은 깜짝 놀랐다. 그리고 적에게서 날아오는 불꽃에 한 번 더 놀랐다.

본부에서 온 통신에 의하면 레오네인을 박살 낸 것은 제스터가 움직이는 신기종이었다. 그런데 이곳에 디스토션이 나타나다니.

의문은 떠올랐다가 순식간에 사라졌다.

급한 것은 그것이 아니다. 지금 록힐 광산을 향해 떨어져 내리고 있는 저 겁화의 십자가를 막아야 했다.

"쳇. 이러려고 성공한 건가?"

이슈인의 도움으로 사흘 전에 겨우 성공했다. 그날 성공하지 못했더라면 어떻게 됐을지 모르는 일이다.

랩터2 윙은 최대 속도로 날아갔다. 그리고 파이어 크로스의 진로를 막아섰다.

"후우."

아덴은 깊게 숨을 들이쉬었다. 그리고 온몸의 마나를 최대한 일으켰다. 마나가 수정구를 통해 랩터2의 마나 회로로 들어갔다.

"좋아."

마나의 움직임이 느껴졌다.

"브릴리언트 스톰(Brilliant Storm)!"

랩터2 윙이 참격을 내려쳤다. 그 순간 검끝에서 몰아치는 찬연한 빛의 폭풍.

빛의 폭풍이 사방으로 몰아치며 겁화의 십자가를 향해 날아갔다.

그 모습에 카로니안은 깜짝 놀랐다. 설마 기간테스로 피어스 브레이크를 사용할 수 있는 라이더가 메틀라인에 이슈인말고도 있을 것이라고는 상상도 하지 못한 때문이다.

콰콰콰쾅!

두 개의 피어스 브레이크가 충돌하면서 엄청난 폭풍이 휘몰아쳤다. 광폭한 바람에 사람들은 눈도 제대로 뜨지 못했다. 다행히 충돌 지점이 멀어 그 정도였지 가까웠으면 사람들도 폭풍에 휘말려 들었을 것이다.

아덴이 긴장한 눈으로 주변을 살폈다.

후속 윙 기간테스 병력의 존재를 살피기 위해서였다. 다행히 이곳으로 날아온 것은 디스토션 한 기가 전부인 듯했다.

무모했다.

아무리 디스토션이라지면 단 한 기로 록힐 광산을 공격하다니.

[적은 디스토션 한 기가 전부인 듯합니다. 제가 막을 테니 후퇴는 계획대로 진행해 주십시오.]

아덴은 본부를 향해 통신을 보냈다.

[알았다.]

대답을 들은 아덴은 천천히 디스토션을 향해 날아갔다.

[겁도 없군. 혼자서 이곳을 찾다니.]

[아아, 남은 윙 기간테스가 이것 한 기라서 말이야.]

공용 채널로 대화가 오갔다.

[한 기만 남았다고?]

[나머지는 너희들의 후퇴와 연관되어 있지 않을까?]

카로니안은 이미 이들이 왜 후퇴하고 있는지 안다는 투로 대답했다.

[넌 누구지?]

아덴이 물었다.

[카로니안.]

카로니안은 짤막하게 답했다.

[역시 네 녀석인가? 피어스 브레이크를 사용할 때 예상했지만… 네놈이 디스토션을 가지게 되다니, 혼자서 올 만하군.]

[날 아나?]

[이슈인에게 들었지.]

두 사람의 대화는 거기까지였다.

두 기의 기간테스는 검과 방패를 든 채 서로를 경계했다.

현재 유리한 쪽은 카로니안이었다. 아덴은 어떻게든 아군이 무사히 후퇴할 수 있도록 해야 했기 때문이다. 카로니안으로서는 굳이 아덴과 싸울 이유가 없었다. 후퇴하는 메틀라인에 피해를 주려면 아덴을 피해서 공격하면 될 일이다.

그런데 그는 굳이 랩터2 윙과 대치하고 있었다.

라이더로서의 자존심 때문일 것이다.

한참을 대치하던 랩터2 윙과 디스토션은 동시에 서로를 향해 돌진했다.

챙!

검과 검이 부딪치는 소리가 하늘에 울렸다. 반탄력에 살짝 뒤로 물러난 두 기는 다시 서로를 향해 검을 휘둘렀다. 검광이 번쩍였다. 서로를 베고, 피하고 막는 공방이 빠르게 이루어졌다.

두 사람 모두 보통의 라이더의 한계는 한참이나 넘어서 있었다.

"이슈인 말고도 이런 라이더가 있었나?"

카로니안이 놀랍다는 듯 중얼거렸다.

"쳇. 제스터가 전부가 아니었단 말이지?"

아덴이 입술을 깨물었다.

서로의 검이 상대의 약점을 노리며 얽혀들었다. 한 치의 물러섬도 없는 접전이었다. 너무나 빠르게 진행된 때문일까? 둘 모두 자신의 피어스 브레이크를 사용할 타이밍을 잡지 못하고 있었다.

두 사람의 공방은 점점 더 치열하게 전개되었다.

'이거 이슈인에게 감사해야 하나?'

아덴은 상대의 검을 쳐내며 생각했다. 기간테스의 성능은 열 세였으나 지금까지 이슈인을 상대로 연습해 왔다. 아무리 디스 토션이라고 하나 레퀴엠에 비하면 손색이 있는 기체였다. 덕분 에 조금씩 아덴에게 유리하게끔 전투가 진행되고 있었다.

'어렵군.'

카로니안의 얼굴이 딱딱하게 굳었다. 설마 이슈인과 제스터 를 제외하고 이렇게 뛰어난 라이더가 있을 것이라고는 생각지 못했다. 의외의 복병에 카로니안은 깜짝 놀랐다.

"이게 자이안이었으면 내가 패했을 거야. 분명."

비장의 수인 피어스 브레이크는 상대방도 사용할 수 있었다. 자이안 윙으로는 죽었다가 깨어나도 이기기 힘든 상대였다.

"하지만 이건 디스토션이야."

중얼거리는 카로니안의 입가에 작은 미소가 걸렸다.

그렇다.

윙 기간테스가 등장하기 전, 레퀴엠이 나타나기 전, 전장을 지배했던 기간테스인 디스토션이었다.

디스토션에는 다른 기간테스는 따라올 수 없는 비장의 무기 가 있었다.

"아이스 스피어."

카로니안의 시동어와 함께 마법이 발동되었다.

세 발의 아이스 스피어가 빠른 속도로 랩터2 윙을 향해 날아 갔다.

아덴은 재빨리 아이스 스피어를 쳐냈다. 능숙한 솜씨였다. 하지만 그 순간의 틈을 놓칠 카로니안이 아니었다. 디스토션의 숄더 차지가 랩터2 윙의 흉부 장갑을 두드렸다.

충격이 콕피트까지 전해졌다.

"큭."

아덴의 입에서 절로 신음이 새어 나왔다.

"파이어 볼."

일단 승기를 잡은 카로니안은 틈을 주지 않았다. 다시금 이어진 파이어 볼이 랩터2 윙의 등을 노리고 날아들었다. 아덴은 재빨리 급강하해서 파이어 볼을 피했다. 하지만 디스토션이 따라붙었다.

이어진 참격.

챙!

요란한 소리가 하늘에 울렸다.

두 기체 모두 마나 엔진의 출력은 3.0이었다. 출력에서는 차이가 없었다.

"과연, 쉽지 않다 이건가?"

일단 승기를 잡자 카로니안에게 여유가 생겼다.

"쉴드!"

간단한 방어 마법이다. 하지만 그 사용 방법이 달랐다.

쉴드는 랩터2 윙의 등 뒤에 나타났다. 그리고는 랩터2 윙의 등을 떠밀었다. 상대의 공격을 막는 방어 마법의 전혀 다른 사용이었다.

"젠장. 이딴 식의 마법이라니."

상대의 변칙적인 공격에 아덴은 깜짝 놀랐다.

검과 검이 맞부딪친 상태의 대치가 깨졌다. 뒤에서 갑작스러운 힘이 작용했기에 랩터2 윙의 자세가 무너졌다. 카로니안은 그 틈을 놓치지 않았다. 디스토션의 무릎차기가 다시금 랩터2 윙의 가슴을 두드렸다.

"빌어먹을 놈."

아덴은 몸을 돌리며 검을 휘둘렀다. 랩터2 윙의 검이 요란하게 공기를 찢으며 휘둘러졌다. 하지만 카로니안은 여유롭게 피했다.

그 틈에 아덴은 디스토션과의 거리를 벌였다.

"훗. 소용없어."

다시금 세 개의 파이어 볼이 디스토션 주변에 나타났다. 세 개의 파이어 볼은 순차적으로 랩터2 윙을 향해 날아갔다. 시간차 공격이었다.

"쳇. 마지막은 네놈이겠지?"

아덴은 파이어 볼을 피하는 와중에도 디스토션에서 눈을 떼지 않았다. 언제 그의 공격이 날아올지 몰랐기 때문이다.

"미안하군."

카로니안은 그런 아덴의 의도를 충분히 짐작하고 있었다. 그랬기에 그의 예상을 벗어나는 공격을 했다.

"윈드 커터."

강렬한 바람이 랩터2 윙의 바톤 윙을 덮쳤다.

갑작스런 기류의 변화에 바톤 윙이 휘말려 들어갔다. 난기류에 휘말려 랩터2 윙은 격렬하게 흔들렸다. 공중에서 제대로 중심을 잡지 못했다.

"생각대로야."

카로니안은 확신에 찬 얼굴로 고개를 끄덕였다.

사실 바튼 윙에 대한 풍계 마법의 공격은 카로니안이 세운 하나의 가정을 토대로 한 것이었다. 에너지 윙인 이카루스와 달리 마법을 발현하는 기계식 윙인 바튼 윙은 주변의 기류에 영향을 받지 않을까 하는 의문이 그것이다.

그리고 그 의문은 지금 이 공격으로 사실로 증명되었다.

"메틀라인의 윙 기간테스를 상대할 수 있는 좋은 단서를 얻었군."

그렇게 중얼거리며 카로니안은 랩터2 윙을 향해 달려들었다. 아직도 랩터2 윙은 중심을 잡지 못하고 있었다.

"젠장, 저 녀석이 대체 무슨 짓을 한 거야!"

정신없이 흔들리는 콕피트에서 아덴은 전력을 다해 중심을 잡으려 했다.

그 순간 랩터2 윙을 향해 날아오는 적의 검.

재빨리 왼손의 방패를 들어서 막았다.

쾅!

요란한 소리가 사방으로 퍼졌다.

제대로 중심을 못 잡고 난기류에 휘말린 탓인지 콕피트에 전해지는 충격은 더 컸다.

[이곳 상황은 정리되었다. 아덴 경은 이쪽으로 후퇴해라. 지상의 마나 캐논으로 디스토션을 요격하겠다.]

그때, 지상에서 통신이 들어왔다.

록힐 광산을 요새화하면서 설치한 두 문의 마나 캐논의 마나 엔진 예열이 완료되었다. 후퇴 중 가지고 가기에는 덩치가 너무 커서 폭파할 예정이었는데 갑작스러운 적의 출현에 사용하게 된 것이다.

아덴이 힐끔 지상을 바라보았다. 예열이 완료되어 언제든 마나를 뿜어낼 듯한 마나 캐논의 모습이 믿음직했다.

"그러면 일단 시선을 돌려야지."

여전히 방패로 디스토션의 검을 막은 채 대치 중이었다.

"타핫!"

힘찬 기합성과 함께 왼팔에 힘을 주면서 오른발을 앞으로 내질렀다.

너무 근접한 탓일까? 디스토션은 랩터2 윙의 발차기에 뒤로 물러섰다. 그 틈에 랩터2 윙은 재빨리 디스토션과 거리를 벌렸다. 그사이 난기류는 사라지고 없었다.

아덴은 황급히 온몸의 마나를 뿜어냈다. 급하게 펼쳐 내는 거라 5할의 위력도 없을 것이지만 어차피 목적은 카로니안의 시선을 돌리는 것이었다.

마나가 랩터2 윙의 몸체를 휘도는 것이 느껴지는 순간 아덴은 검을 떨쳤다.

"브릴리언트 스톰!"

랩터2 윙의 검격과 함께 빛의 폭풍이 디스토션을 향해 몰아쳐 갔다.

"미친……."

이런 식으로 펼친 피어스 브레이크가 제 위력을 낼 리 없었다. 궁지에 몰렸기 때문일까? 적은 지금까지의 모습으로는 상상도 할 수 없는 허술한 모습을 보였다.

그래도 일단은 피어스 브레이크였다. 방어는 해야 했다.

"쉴드!"

디스토션에 내장된 마법을 펼쳤다. 혹시나 싶어 세 겹의 쉴드로 디스토션의 앞을 막았다.

콰콰콰쾅!

요란한 폭음이 울렸지만 큰 충격은 없었다.

단지 하나.

빛의 폭풍인 만큼 제대로 눈을 뜨고 적을 바라보기가 어려웠다.

"크윽."

따갑게 동공을 찌르는 빛살에 카로니안은 얼굴을 찡그렸다.

"좋았어."

아덴은 디스토션의 모습을 확인하고 카로니안이 어떤 상황에 처했는지 쉬이 짐작할 수 있었다.

하늘 한가운데 터진 빛의 폭풍은 적의 시야를 막는 효과도 있었지만 동시에 훌륭한 표적이 되기도 했다. 아덴은 즉시 최대 속도로 상승했다.

"발사!"

그 순간 지상에서 발사 명령이 떨어졌다.

고오오오, 콰앙!

포신의 끝에 강렬한 에너지가 모이더니 일순간 디스토션을 향해 쏘아졌다. 두 문의 마나 캐논이 동시에 발사되었다.

강렬한 마나가 대기를 찢고 디스토션을 향해 날아갔다.

"응?"

눈을 제대로 뜰 수 없었지만 카로니안은 빛의 폭풍 뒤에 무언가 엄청난 빛이 쏟아져 오고 있음을 느낄 수 있었다.

불길했다.

느끼는 순간 움직였다. 망설임 따위는 없었다. 카로니안은 자신의 직감을 믿었다.

전력으로 상승했다.

콰앙!

그때 다리에서 느껴지는 둔중한 충격!

"빌어먹을. 마나 캐논이라는 건가?"

충격을 받는 순간 느낄 수 있었다.

"방심했어. 이곳에 배치되어 있다는 정보는 받았는데……."

아덴과의 전투에 심취한 탓이다. 적을 몰아붙이는 데 몰두한 나머지 적의 전술 병기를 까맣게 잊어버린 것이다.

적의 포격에 적중되었다는 것을 깨닫는 순간 카로니안은 미련없이 후퇴했다. 더 있어봐야 이런 상태로는 랩터2 윙을 상대할 수 없었다. 언제 추가 포격이 있을지도 몰랐다.

아덴은 굳이 후퇴하는 카로니안을 쫓지 않았다.

현재 중요한 것은 자신들의 후퇴였다.

"후우. 운이 좋았어."

정말 그랬다. 마나 캐논의 도움이 없었다면 자신이 어떻게 되었을지 몰랐다.

"저 녀석도 운이 좋았고."

이제는 작은 점이 된 붉은 빛을 보며 아덴이 중얼거렸다.

용케도 마나 캐논을 피했다. 두 발이 동시에 날아들었는데 그 중 한 발에, 그것도 왼다리 무릎 아래만 맞았다. 그곳은 흔적도 없이 사라졌지만 기동에 영향을 줄 정도는 아니었다.

제대로 명중하면 기간테스 한 기를 완파시키는 마나 캐논에 겨우 그 정도의 손상만 입고 후퇴한 것은 참으로 운이 좋았다. 그것도 라이더의 실력일 것이다.

디스토션이 사라지고 얼마 후,

마지막까지 남아 있던 병사의 조작에 마나 캐논이 폭발했다.

가루가 되듯 박살 나 사방으로 흩어졌다. 이 잔해에서는 마나 캐논에 대한 어떤 정보도 얻을 수 없을 것이다.

아덴의 호위 속에 마지막 병력까지 후퇴했다.

CHAPTER 5
싱크로의 극한

　남은 것이라고는 몸통과 오른팔뿐이다. 오른 다리도 있지만 무릎 아래가 잘려 나갔기에 있으나 마나였다.

　지상전이었으면 이미 적에게 생포당했을 상황이다. 이카루스의 힘으로 하늘을 날 수 있기에, 공중전이기에 그나마 이렇게 버티고 있는 것이다.

　이상했다.

　분명 절체절명의 위기인데 마음이 차분했다.

　"왜 그럴까?"

　이슈인은 스스로에게 물어보았지만 그 답을 알 수 없었다.

　제스터 역시 침착함을 유지하고 있었다. 이렇게 몰아붙였는데도 굳건한 레퀴엠의 모습에 감탄하면서 자신이 할 수 있는 것을 해나갔다.

"보통은 저런 상황이면 포기하게 마련인데……."

─훌륭한 오퍼레이터다.

자신의 중얼거림에 론이 말하자 제스터는 고개를 끄덕였다.
그것은 자신도 동의하는 사항이다.

이슈인의 의식은 점점 그날의 상태와 같아지고 있었다. 검의
움직임은 점점 느려졌고, 눈동자의 초점도 흐려져 갔다.

"타핫!"

제스터의 블러드가 맹공을 펼쳤음에도 이슈인은 그 공격을
잘 받아넘겼다. 그것도 느릿느릿한 움직임으로 말이다.

시작할 때는 분명 느릿느릿하였으나 순식간에 눈앞으로 다가
오는 검의 움직임은 기괴하게까지 보였다. 이슈인은 제스터도
잊은 듯 점점 자신의 세계로 빠져들어 갔다.

그 때문에 형이 보낸 통신도 듣지 못했다.

─싱크로율 다시 99.9%까지 올라갔습니다.

아스카론의 말소리도 의식하지 못했다. 귀가 아닌 의식에 울
리는 소리임에도 이슈인은 그것을 인지하지 못했다. 아스카론
도 그 사실을 깨달았다. 하지만 더 이상 이야기하지 않았다.

현재 이슈인의 의식은 완전히 다른 세계로 날아가 있었다.

그곳에서 이슈인은 바인트를 보았다.

아니, 그것은 이슈인의 기억 속에 있는 바인트였다. 카이럴
산에서 바인트를 만나 그에게서 검을 배우는 그때였다.

인피니트 소드에 대해 처음으로 배우던 날.

바인트가 몸소 보여주는 시범이 다시 눈앞에 펼쳐졌다. 이슈
인은 바인트와 자신을 바라보았다. 이슈인의 의식은 제3자가

되어 그 모습을 가만히 보고 있었다.

너무나 명확하게 보였다.

그때는 도무지 알 수 없었던 것들이, 이해할 수 없었던 것들이 모두 보였다.

록힐 광산에서 수련을 하면서 깨달았던 것들은 물론, 그때 미처 알지 못했던 것들까지 보였다.

이슈인은 대체 왜 자신에게 이런 일이 생기고 있는지 알 수 없었다. 그저 받아들일 뿐이었다.

적과의 전투 중 이슈인은 자신을 가로막고 있던 벽을 하나 부수려 하고 있었다, 그것도 본능적으로.

그는 제스터가 떨쳐 내는 무수한 공격을 자연스레 받아넘기고 있었다.

"공격은 빨라야 한다, 적이 나를 베기 전에 내가 적을 베어야 하니까. 하지만 빠른 것만이 능사는 아니다. 가장 빠른 것은 곧 가장 느린 것이다. 의식을 뛰어넘는 느림을 이루면 그것이 곧 의식을 뛰어넘는 빠름이니 극과 극은 하나다. 속도를 이야기한 것은 지극히 많은 것 중 하나에 지나지 않는 예일 뿐이다. 극과 극이 하나라는 것을 깨닫고 그 너머로 한 걸음을 내디딘 다음에야 인피니트 소드의 무한이라는 개념에 비로소 입문했다 할 수 있을 것이다."

바인트가 이슈인과 헤어지던 날, 나직이 읊조렸던 말이다. 이슈인이 듣고 깨우치길 바랐는지, 아니면 듣지 못해도 상관없다고 생각했는지 알 수 없었다. 그야말로 작게 중얼거렸던 말이니까.

이슈인은 지금껏 그 말을 까맣게 잊고 있었다. 과연 자신이 그 이야기를 들었는지도 기억나지 않았다.

한데, 지금 자신의 아래에 존재하는 바인트가 이슈인에게 하는 말소리가 똑똑히 귀에 박혀들어 왔다.

온몸이 부르르 떨렸다.

"빌어먹을 놈."

제스터가 이를 악물었다. 그사이 20분의 시간이 흘렀다. 그런데 여전히 제대로 된 결정타를 먹이지 못하고 있었다.

오른팔만 남아 있는 레퀴엠을 어쩌지 못하고 있는 것이다. 그러자 그의 평정심이 조금 흔들렸다.

—제스터, 진정해라.

론은 그 순간을 놓치지 않고 끼어들었다.

"응?"

그제야 제스터는 자신의 상태를 깨달았다. 제스터는 일단 레퀴엠과의 거리를 벌렸다. 일단 호흡을 고를 필요가 있다고 판단한 것이다.

"설마 블러드로 이런 식으로 고전할 줄이야."

제스터가 레퀴엠을 바라보며 나직이 중얼거렸다.

—네가 미숙해서다. 넌 아직 나의 성능을 완전히 끌어내지 못하고 있다. 반면 저 레퀴엠이라는 기체의 오퍼레이터는 훌륭하다. 압도적인 성능 차를 스스로의 기량으로 메우고 있다.

너무나 솔직한 론의 말이 제스터의 가슴을 헤집었다.

"인정할 건 인정해야지."

제스터의 목소리는 씁쓸함이 가득했다.

"그리고."

그다음 말을 내뱉는 순간 제스터의 두 눈에는 비장함이 어려 있었다.

"인정한다고 해서 굴복했다는 것은 아니야. 내가 할 수 있는 최선을 보여주마."

그 순간 제스터의 몸에서 마나가 폭풍처럼 몰아치기 시작했다.

레퀴엠의 피어스 브레이크를 대비해 아껴뒀던 자신의 피어스 브레이크다. 그러나 데몬즈 스피어로 충분히 막을 수 있었기에 더 이상 아끼는 것은 의미가 없었다.

방어용 피어스 브레이크였기에 공격 중 사용하지 않았다. 급박한 공방 중에 사용하다가는 오히려 적에게 허점만 드러내는 꼴이었기 때문이다.

하지만 지금은 상관없었다.

레퀴엠은 블러드가 공격을 하면 반응을 했지만, 아무런 공격도 하지 않으면 그저 멍하니 가만히 있을 뿐이다. 그런 모습에 더 열받아 제스터가 평정심을 잃은 것이다.

"블랙 아머!"

제스터의 외침과 동시에 블러드의 주변에 검은 막이 쳐졌다. 상대의 공격을 모두 막아내는 방어막이다.

"이게 꼭 방어용으로만 쓰이라는 법은 없지."

그렇게 중얼거린 제스터는 곧장 레퀴엠을 향해 날아갔다.

레퀴엠은 블러드의 공격에 반응을 보였다. 검이 다시 느릿느릿 움직인 것이다.

"시작은 저렇지, 하지만……."

느린 검을 주시하면 제스터가 중얼거린 순간,

챙!

블랙 아머에서 요란한 소리가 울렸다. 어느새 레퀴엠의 검이 블랙 아머를 두드린 것이다. 하지만 제스터는 아무런 충격도 받지 않았다. 그러기 위해 있는 블랙 아머 아니던가.

"남은 시간은 30초."

블랙 아머가 영원히 유지되는 것은 아니다. 대략 40초에서 50초 내외로 유지된다.

제스터는 더욱 빠른 속도로 돌진했다.

레퀴엠의 검이 점점 뒤로 밀렸다.

이윽고,

쾅!

레퀴엠의 오른팔이 블러드의 추진력을 이기지 못하고 뒤로 튕겨 나가는 순간, 블랙 아머가 레퀴엠의 가슴을 두드렸다.

20분 만의 결정타였다.

레퀴엠의 가슴 부분이 쩌적 벌어지면서 금이 갔다. 그 정도로 강렬한 충격이었다. 은은한 빛이 새어 나오면서 스스로 복구하려 하였으나 충격이 너무 컸다. 쉬이 갈라진 금이 접합되지 않았다.

온몸을 떨던 이슈인은 갑자기 뇌리를 뒤흔드는 충격에 의식이 돌아왔다.

블러드의 블랙 아머가 레퀴엠의 가슴을 두드리는 순간이었다.

"아아."

아쉬움에 찬 한탄이 이슈인의 입에서 흘러나왔다.

인피니트 소드의 본모습을 제대로 보고 있는 순간이었다. 그런데 블러드의 공격에 의식이 다시 이곳으로 돌아와 버린 것이다.

아쉬웠으나 이슈인은 현재 자신의 상황을 자각했다. 자신은 전투 중이었다.

"아스카론, 내가 얼마나 넋을 놓고 있었지?"

─21분 28초입니다, 마스터.

아스카론의 대답에 이슈인은 깜짝 놀랐다.

"그런데 아무 일이 없었어?"

믿기지 않는 듯 물었다.

─그것보다는 지금이 더 중요한 것 같습니다.

아스카론의 말에 그제야 이슈인은 거칠게 레퀴엠을 몰아붙이고 있는 블러드를 확인했다. 블러드는 검은색 구체에 싸여서 레퀴엠을 압박해 왔는데, 외장갑의 갈라짐이 점점 심해지고 있었다.

"저건?"

─적 라이더의 피어스 브레이크로 보입니다.

"제스터도 가능하단 말인가?"

이슈인은 낮게 중얼거린 후 마나 제어구에 마나를 불어넣었다. 이렇게 당할 수는 없었다.

이카루스가 빛을 뿜었다. 그리고 빠른 속도로 뒤로 날았다.

갑자기 몸이 쑥 빠지는 허전한 느낌에 제스터는 깜짝 놀랐다. 그 순간 이미 레퀴엠은 아래로 내려가고 있었다. 자신의 공격에서 빠져나간 것이다.

"어떻게 된 거지?"

제스터는 고개를 갸웃거렸다. 지금까지 아무런 반응이 없던 레퀴엠의 갑작스러운 기동을 이해할 수 없었기 때문이다.

그리고 그때 블랙 아머가 사라졌다. 유지 시간이 모두 지난 것이다.

이슈인은 천천히 주변을 둘러보았다. 왕도 레오네인의 전투는 어느새 거의 끝이 난 듯 보였다. 이슈인의 데몬즈 스피어에 입은 손실이 이만저만이 아니었다.

이어서 레퀴엠의 상태를 살폈다. 검날이 듬성듬성 빠져 있었고, 외장갑의 곳곳이 갈라져 있었다. 그야말로 처참했다.

"후우."

절로 한숨이 나왔다. 이내 이슈인은 검을 고쳐 잡았다. 비록 오른손으로만 쥐고 있는 검이지만 금세 레퀴엠의 주변으로 은은한 기세가 흘러나오기 시작했다.

"이렇게 되도록 정신을 빼앗긴 성과를 확인해야지."

레퀴엠의 검이 다시 천천히 움직이기 시작했다.

지금까지 보여준 움직임 중 가장 느린 것이었다. 안력을 집중해서 봐야지만 아주 미세하게 움직이고 있다는 것을 알 수 있을 정도였다.

그 모습에 제스터는 기분이 나빠졌다. 지금까지보다 더 느려진 움직임이라니. 대체 이번에는 어떤 황당한 모습을 보여주려는 것일까.

그런 생각이 드는 순간 레퀴엠을 향해 돌진했다. 더 이상 이대로 두어서는 안 된다는 생각이 들었다. 조금 전, 블랙 아머에 의한 공격으로 상당한 타격을 입었을 터. 더 이상 지금까지처럼 흘려낼 수는 없으리라.

그때,

레퀴엠의 검이 블러드를 향해 날아왔다.

레퀴엠의 손에 들린 검은 여전히 느릿느릿 움직이고 있었다. 그런데 갑자기 나타난 거대한 검이 블러드의 진로를 가로막고 있었다.

"뭐야?"

제스터는 깜짝 놀랐다. 그 순간 검에서 강렬한 불꽃이 솟구치기 시작했다. 사방을 뒤덮는 맹렬한 홍염.

"새로운 피어스 브레이크인가?"

제스터는 그 순간 멈춰서 검을 휘둘렀다. 우연한 기회에 하나의 벽을 넘어서 얻은 자신만의 기술. 피어스 브레이크 봉인기, 데몬즈 스피어.

블러드의 검이 거대한 원을 그리며 기운의 결을 따라 움직였다. 불꽃이 원의 움직임에 따라 블러드의 검에 빨려들어 갔다.

―99.91%, 99.915%, 99.92%…… 싱크로율이 점점 상승합니다.

아스카론의 목소리에서 격동이 느껴졌다.

이슈인은 그런 것에 신경 쓰지 않았다. 계속해서 검을 휘두를 뿐이다.

불꽃.

플레임 블레이드가 제스터의 데몬즈 스피어에 모두 먹히는 순간.

레퀴엠의 검은 처음 위치에서 대략 1미터쯤 움직인 상태였다.

"이제 돌려주마."

다시 한 번 엄청난 폭발이 일어날 것이다. 그러면 레퀴엠도 흔적도 없이 사라지리라.

제스터는 그렇게 생각하며 데몬즈 스피어를 뿌렸다.

블러드의 검이 그린 원에 모여서 압축된 피어스 브레이크가 터지려는 순간, 또 한 자루의 거대한 검이 블러드의 앞을 가로막았다.

그리고 검에서 뿜어져 나오는 눈보라.

그때,

데몬즈 스피어가 발동했다. 강렬한 섬광이 흩뿌려지며 어마어마한 폭발이 터져 나가기 시작했다.

새로이 나타난 검에서 휘몰아치는 극빙(極氷)의 폭풍이 폭발에 부딪쳐 갔다.

콰콰콰콰쾅!!!

어마어마한 폭발음이 레오네인을 떨어 울렸다.

두 개의 피어스 브레이크는 그대로 충돌해 소멸했다. 압축해서 더 강한 위력으로 튕겨 보낸 데몬즈 스피어임에도, 플레임 블레이드 다음에 펼쳐진 블리자드 블레이드를 이겨내지 못했다.

"이건 대체……."

제스터가 얼떨떨하게 중얼거렸다.

—출력을 올린다.

그때 론의 목소리가 들렸다.

블러드의 출력은 5.0이지만 그 출력이 항상 뿜어져 나오는 것은 아니었다. 아직은 제스터의 몸이 버티지 못했다. 그래서 보통 때는 4.0 정도의 출력을 유지하다가 필요할 때 순간적으로 5.0까지 출력을 올리는 방식을 사용하고 있었던 것이다. 그런데 론이 먼저 출력을 올리겠다고 했다.

즉각 평균 출력이 4.2 정도로 상승했다.

제스터는 자신의 감각이 더욱 예민해짐을 느꼈다. 동시에 몸에 걸리는 부하도 더 커졌다.

이슈인은 그런 환경에 아랑곳 않고 계속해서 검을 휘둘렀다. 두 눈동자가 맑고 또렷하게 빛났다. 그는 지금 자신이 펼치는 검에 무한한 신뢰를 가지고 있었다.

제스터가 올라간 출력에 적응하는 사이, 다시 한 자루의 검이 모습을 드러냈다.

라이트닝 블레이드다.

백광의 뇌전이 검에서 뿜어져 나왔다.

"이건가?"

제스터는 다시 검을 휘둘렀다. 이 피어스 브레이크에 레오네인은 어마어마한 타격을 입었다.

그것을 다시 펼치다니…….

이번에도 아까와 마찬가지로 검이 회전하는 중심에 압축하여 모았다.

그때,

다시 나타나는 검 한 자루.

"역시."

조금 전의 경험으로 이럴 것이라 예상했다.

"이번에는 내가 먼저다!"

재빨리 데몬즈 스피어를 발동했다. 아까와 같이 같은 타이밍에 발동하면 부딪쳐 소멸할 거라는 생각에서다.

고오오오.

묵직한 저음이 하늘에서 울리며 강렬한 폭발이 아래로 쓸어내려 갔다.

그때 새로이 나타난 검에서 역시 강렬한 폭발이 터져 나왔다. 온 하늘을 뒤덮는 노도와 같은 폭발이었다. 하늘을 검게 뒤덮은 흑풍의 폭발은 라이트닝 블레이드의 데몬즈 스피어를 집어삼키면서 솟아오르기 시작했다.

"크윽."

강렬한 기세에 제스터의 입에서 신음이 흘렀다.

─출력을 높인다.

다시금 들리는 론의 말. 온몸을 짓누르는 압력에 출력이 또 한 단계 올라갔음을 알게 되었다.

폭발의 검, 익스플로젼 블레이드의 위력이었다.

이번에도 역시 두 가지 힘이 맞부딪쳐 소멸했다.

"저 녀석 괴물이야. 진정으로."

제스터는 질린 목소리로 중얼거렸다.

어느새 블러드의 평균 출력은 4.7까지 상승해 있었다.

─싱크로율이 99.95%에 도달했습니다.

아스카론의 목소리가 거세게 떨리기 시작했다. 이슈인은 그런 아스카론의 변화를 눈치채지 못했다. 지금 이슈인은 자신이 새로이 깨달은 인피니트 소드를 펼치는 데 집중하고 있었다.

거친 바람이 광풍이 되어 레오네인의 하늘을 휘감았다. 지상의 기간테스들은 최대한 몸을 낮춰 바람의 영향을 피하려 했다. 폭발의 여진이 레오네인을 휩쓸었다.

창문은 세차게 덜컹거렸으며 정원수들은 꺾여 나갔다. 어느 집은 문짝이 떨어져 바람을 타고 하늘로 치솟아올랐다. 레오네인의 주민들은 숨을 죽인 채 집 안 깊숙이 몸을 숨겼다. 적의 공격도 공격이지만 갑자기 이 무슨 조화인가 싶어 겁에 질려 그저 무사하기만을 간절히 기도했다.

레퀴엠의 검은 멈추지 않고 계속해서 움직였다.

이제는 제스터도 이다음에 무슨 일이 벌어질지 알고 있었다. 또다시 거대한 검이 나타나면서 피어스 브레이크가 몰아칠 것이다.

제스터는 스스로에게 분노했다, 알고 있음에도 당할 수밖에 없는 현실에.

마나 엔진 출력 5.0의 기간테스 블러드를 손에 넣고도 이런 전투밖에 할 수 없는 스스로에게 화가 났다. 충분히 이길 수 있을 것이라, 복수할 수 있을 것이라 생각했건만 현실은 지금과 같았다.

자신이 이것밖에 안 되는가 하는 자책감이 온몸을 휘감았다. 마나가 흘렀다. 제스터의 감정에 따라 몸속을 휘돌았다. 그것은 블러드의 마나 회로를 따라 돌았다. 이어서 마나 코어에까지 흘러들어 갔다. 그러다가 다시 제스터의 몸으로 흘러들어 왔다.

마나가 제스터의 몸을 따라 흐른다.

그리고,

마나가 등에 이르렀다.

마나 문신이 은은히 빛을 뿌리기 시작했다. 제스터는 등이 욱신거리는 것을 느꼈다. 하지만 그런 것은 아무래도 좋았다.

마나 문신이 제스터의 몸에서 흐르던 마나를 빨아들이기 시작했다.

몸속에서 마나의 폭풍이 몰아치기 시작했다. 은은한 빛은 곧 옷을 뚫고 밖으로 새어 나올 만큼 밝게 변해 있었다.

"크윽."

고통도 커졌다. 제스터의 입에서 신음이 흘러나왔다. 고통이 정신이 들게 만들어주었다. 그리고 제스터는 자신의 몸에서 일어나는 일에 깜짝 놀랐다. 마나가, 자신의 마나가 자신의 제어를 벗어나 있었다.

"이제 대체……"

입술을 비집고 간신히 흘러나오는 한마디.

그때,

등에서 폭발이 일어났다.

"아악!"

온몸을 불로 지지는 듯한 고통에 제스터는 비명을 질렀다.

─이건……

그제야 론은 제스터의 체내 마나의 변화를 감지했다. 마나가 일단 블러드의 마나 회로를 따라 마나 코어를 거쳐 다시 제스터의 몸으로 돌아갔기에 알 수 있는 일이었다.

그런 마나의 연결이 없었다면 론도 알아차리지 못했으리라.

마도 시대에 만들어진 마나 코어의 자아, 론.

그런 만큼 상당한 지식을 가지고 있었다. 자아가 생성될 때

가해진 금제로 그 지식을 풀어낼 수는 없었지만 말이다.

―로메나타 학파의 문신술이 어떻게…….

론은 깜짝 놀랐다.

로메나타 학파의 문신술.

그것은 오퍼레이터의 동조율을 한계 이상으로 끌어올려 주는 혁신적인 방법이었다. 오퍼레이터가 가진 재능의 한계를 수명과 맞바꾸어 부수어주는 편법.

수명이 줄어드는 것을 감수하고서라도 동조율을 높이고자 하는 오퍼레이터는 넘쳐 났다. 동조율이 곧 실력이었고, 그 실력이 신분의 상승을 가져왔기 때문이다. 그랬기에 오퍼레이터가 간절히 원하는 경우에 한해서 이루어졌던 시술이다.

끔찍한 부작용이 알려지기 전까지는 말이다.

부작용의 키워드는 '절망(絶望)'.

문신술의 기본 줄기에 들어간 흑마법의 룬이 원인이 된 부작용이다. 흑마법의 룬은 피시술자의 감정 중 절망이라는 감정을 먹고 자랐다. 그리고 절망의 감정이 임계치를 넘어서는 순간 룬의 의지대로 피시술자를 움직여 파멸로 몰고 갔다.

버서커(Berserker)의 룬.

잠재력을 끌어올리기 위해 사용된 룬이 결국은 피시술자를 광전사로 만들어 버리는 부작용을 낳은 것이다. 발동 조건인 절망이라는 감정은 인간이라면 누구나 한 번쯤은 겪게 되는 시련이다.

근간이 되는 룬이 문제를 가지고 있었다. 그리고 문제의 격발은 인간 본연의 감정.

도저히 사람에게 사용할 수 있는 시술법이 아니었다. 해결을 하려면 근간을 뒤집어야 했지만 그것은 불가능한 일.

결국 로메나타 학파의 문신술서는 금서(禁書)가 되었고 문신술은 절대금술(絶對禁術)이 되었다.

바스테리안이 전한 것은 로메나타 학파의 문신술이 초기에 정립되었을 때 만들어진 책이다. 금서 지정 이후의 파쇄를 극적으로 벗어나 남아 있는 몇 안 되는 책 중 하나를 페니카이아가 손에 넣었던 것이다.

론은 로메나타 학파의 문신술이 금해진 이후에 만들어진 마나 코어 자아였다. 때문에 로메나타 문신술에 대한 정보를 가지고 있었다. 만약 시술받은 오퍼레이터를 접하게 될 경우 보고해야 했기 때문이다.

지금 제스터의 몸에 일어나고 있는 변화는 문신 폭주의 일종이었다.

—이건 조금 다르군.

제스터와 연결된 마나로 제스터의 몸에 일어난 변화를 탐색한 론이 중얼거렸다. 자신이 가진 정보와 제스터의 몸에서 일어나는 변화의 양상은 달랐다.

그럴 수밖에 없었다.

문신술이 먹고 자라는 감정은 '절망'.

조금 전 제스터가 극심히 느낀 감정은 '자책'.

자책은 절망과 비슷하지만 또한 다른 감정이다.

때문에 폭주의 양상도 다르게 진행된 것이다. 하지만 폭주는 폭주였다. 이대로 진행된다면 결국 제스터는 버서커가 된 후 마나의 폭주를 못 이겨 생명을 잃을 것이다.

―어쩌면 간섭할 수 있을지도…….

그렇게 중얼거린 론의 간섭이 시작되었다.

원래라면 절대 불가능한 일이었다. 하지만 몇 가지의 단초가 그런 일을 가능하게 만들어주었다.

일단은 마나 코어를 거친 마나가 제스터의 몸에 흘러들어 가 론과의 연결을 유지하고 있다는 점이었다. 제스터의 마나였기만 론의 마나도 어느 정도 섞여들었기에 간섭의 여지가 있었다.

그리고 버서커 룬의 발동이 절망이 아닌 자책이라는 감정에 의해 이루어졌다는 것이다. 그것이 폭주를 불완전하게 하였기에 여기에 또 간섭의 여지가 있었다.

론은 즉각 자신의 자아의 의식을 제스터에게 집중했다. 폭주가 진행되는 과정에서 제스터의 의식이 점점 소실되어 갔기에 그 과정에 어려움은 없었다.

진짜 어려운 것은 지금부터였다.

폭주하는 마나를 바로잡아야 했다. 하지만 그것은 불가능한 일이다. 론의 지식에 그런 내용은 없었다. 단지 다른 지식을 응용하여 폭주가 생명을 앗는 것만은 막는 방향으로 마나의 흐름을 유도했다.

몇천 년 만에 만난 오퍼레이터를 이렇게 허무하게 잃고 싶지 않다는 마음에서 행하는 일이었다.

의식은 점점 멀어짐에도 고통은 점점 뚜렷해졌다.

제스터의 입에서는 쉬지 않고 비명이 터져 나왔다.

근육이 뒤틀렸다가 펴졌다. 피부가 울룩불룩 솟아올랐다가 원래대로 돌아갔다. 뼈가 늘었다가 줄었다. 얼굴이 흉신악살처럼 일그러졌다.

제스터의 몸에서 수많은 변화가 일어났다 사라졌다. 그야말로 생과 사의 간극을 넘나드는 변화였다. 론의 간섭이 없었다면 그대로 죽음의 강을 건넜을 것이다.

─조금만 더……

어느 정도 마나의 흐름을 조정했다. 제스터의 몸에 어떤 변화가 일어날지 알 수 없었지만 적어도 죽지는 않으리라는 것을 확신했다.

─저 기간테스의 공격을 피해야 한다는 전제 조건이 있지만.

론이 씁쓸하게 말했다.

레퀴엠의 검의 움직임에 따라 서서히 거대한 검이 형체를 드러내고 있었다. 론은 블러드를 움직이지 못한다. 그것을 할 수 있는 것은 오직 라이더인 제스터뿐이었다.

─끝났다.

론의 작업은 끝났다. 이제 모든 일은 하늘에 달려 있었다. 제스터가 제정신을 차리고 무사히 적의 공격을 피할 수 있을지 없을지는 론으로서도 알 길이 없었다.

근육과 피부와 뼈의 변화가 점차 격렬해지다가 잦아들었다. 그 순간, 제스터의 등에서 강렬한 빛이 피어올랐다. 그 빛은 순식간에 제스터의 몸을 집어삼켰다.

철컥. 철컥. 철컥.

제스터는 머릿속에 울리는 기이한 환청에 서서히 정신을 차렸다. 그것은 참으로 기이한 소리이며 느낌이었다. 마치 몸속에 있는 빗장이 풀리는 듯했다. 사람의 몸에 빗장이 있을 리가 없는데 말이다.

제스터의 두 눈에 초점이 돌아왔다. 그 순간 제스터의 온몸을 감싸고 있던 빛이 사그라졌다. 제스터의 몸은 온통 문신투성이였다. 등에만 있던 문신이 온몸을 뒤덮고 있었다. 일부는 얼굴에까지 올라와 있었다.

제스터는 자신의 그런 변화를 알 수 없었다.

대신 다른 변화를 느꼈다. 온몸에 활력이 넘쳤다. 어찌 된 일인지 모르겠지만 자신감도 넘쳤다.

무엇이든 할 수 있을 것 같았다.

눈앞에 어느새 거대한 검이 완성되어 있었지만 문제없을 것 같은 자신감이 들었다.

"론, 출력 최대로."

자신에 가득 찬 목소리는 힘찼다.

─알았다.

블러드의 평균 출력이 5.0까지 상승했다. 론이 조절할 수 있는 출력은 여기까지였다. 이제 라이더의 싱크로율에 따라 5.0을 넘는 출력을 기록할 수도 있었다.

5.0의 출력을 모두 발하자 블러드의 몸이 핏빛으로 은은히 빛나기 시작했다.

그때,

레퀴엠의 피어스 브레이크가 터져 나왔다.

세상을 뒤덮은 광휘의 난무.

순간 하늘의 태양이 지상으로 강림한 듯했다.

하지만 제스터는 똑똑히 볼 수 있었다. 모든 이의 시력을 앗아가는 강렬한 빛의 춤 속에서도 제스터는 시력을 잃지 않고 모든 것을 똑똑히 볼 수 있었다.

"신기하군."

대체 자신에게 무슨 일이 생긴 걸까. 자신도 알지 못하는 변화. 잠깐 기억에 없는 찰나의 순간.

모든 것이 의문투성이였지만 잠시 한쪽으로 미뤄두었다.

이 순간 중요한 것은 레퀴엠이 뿌린 피어스 브레이크였다.

블러드의 검이 앞으로 뻗어나갔다. 검 역시 은은한 붉은 빛을 토해내고 있었다. 검이 세차게 움직였다. 모든 것을 밀어내는 새하얀 빛의 세상 속에 은은한 붉은 빛의 검이 원을 만들고 있었다.

새하얀 세상에 나타난 붉은 원.

제스터는 원을 그리며 몸속의 마나가 따라 움직이는 것을 느꼈다.

느끼는 순간 터져 나갔다.

데몬즈 스피어가 어느새 피어스 브레이크로 변해 있었다.

붉은 선의 원이 빛을 발하며 세상을 덮은 하얀 빛을 집어삼켰다.

붉은 구멍.

그랬다. 세상의 빛은 붉은 구멍으로 하나도 남김없이 빨려 들어갔다.

—놀랍군. 싱크로율이 80%를 넘어섰다.

론이 감탄했다. 제스터는 온몸에서 은은한 붉은 빛을 발하고 있었다. 정확히는 문신에서 나오는 빛이었다.

"대단하군."

블러드의 검에 가해지는 압력이 제스터에게 그대로 느껴졌다. 덕분에 제스터는 이번의 피어스 브레이크가 얼마나 어마어마한 위력을 가지고 있는지 알 수 있었다.

"어쩌면 레오네인이 사라질지도 모르겠어."

그랬다. 그 정도의 위력이었다.

블러드에게 변화가 있다는 것을 아스카론은 알아차렸다. 조금 전과는 보여주는 모습이 전혀 달랐기 때문이다. 하지만 이슈인에게 말하지는 않았다.

지금은 이슈인에게 아주 중요한 순간이었다.

이슈인은 지금 인간의 한계를 마주하고, 그 벽을 부수기 직전이었다. 아스카론은 그것을 알고 있었다.

이슈인의 싱크로율을 직접 느끼고 있었기 때문이다.

99.9%라는 싱크로율만 해도 엄청났다. 그 정도의 싱크로율을 기록한 오퍼레이터는 마도 시대에도 없었다. 그런데 수천 년이 지난 지금, 라이더라고 칭하는 이슈인이 99.9%를 기록했다.

거기에서 멈추지 않고 지금도 싱크로율은 계속해서 상승하고 있었다.

─99.98%…….

아스카론은 이슈인에게 그 사실을 전하지 않았다. 그저 스스로 놀라고 있을 뿐. 아스카론의 자아에도 알 수 없는 변화가 찾아오기 시작했다. 하지만 아스카론은 그것을 느끼지 못하고 있었다.

블러드가 검의 회전을 멈추고 머리 위로 치켜들었다. 붉은 빛의 광구가 검끝을 따라 머리 위에 떠 있었다.

피를 머금은 작은 태양과도 같은 모습이다.

"좋은 이름이 생각났어."

현재 자신의 모습을 머릿속에 그린 제스터가 중얼거렸다.

"블러디 헬리오스(Bloody Helios)."

헬리오스는 태양신의 이름이었다.

피로 물든 태양신. 그 모습에 딱 어울리는 이름이었다.

데몬즈 스피어는 피어스 브레이크화하면서 그 성질이 변했다.

적의 공격을 모두 흡수한 다음에 바로 터뜨렸는데, 지금은 저렇게 압축된 광구로 유지할 수 있게 되었다. 그것을 터뜨리는 것이 또 다른 피어스 브레이크가 된 것이다.

그 이름은 블러디 헬리오스.

제스터는 검을 치켜든 채 레퀴엠을 가만히 내려다보았다.

레퀴엠은 여전히 느릿느릿 검을 움직이고 있었다.

검에 변화가 생겼다. 느리게 움직인다 싶은 검이 순간 사라졌다. 다시 나타났을 때에는 가운데 곧추세워져 있었다.

그리고 다시 한 번 거대한 검이 나타났다.

"지겹군."

그 모습에 제스터가 중얼거렸다. 온몸을 가득 채운 자신감 때문일까. 그 목소리는 나른하게 변해 있었다.

"이 블러드 홀(Blood Hole)에는 너의 힘만이 아니라 블러드의 5.0의 출력의 힘도 함께 들어가 있다. 이전의 공격보다 강한 공격을 한다고 해도 이번이야말로 마지막이야."

누구에게 하는 말일까.

제스터는 그렇게 중얼거린 후 팔을 뒤로 젖혔다.

그때 거대한 검이 완성되었다. 이제 적의 피어스 브레이크가 발동할 차례다.

"사라져라, 레퀴엠. 블러디 헬리오스."

그렇게 말하면서 제스터는 핏빛 태양, 블러드 홀을 레퀴엠에게 던졌다.

순간 블러드 홀이 폭발했다. 하늘을 뒤덮는 혈광우(血光雨).

레퀴엠은 그 엄청난 빛 속으로 집어삼켜졌다. 강렬한 에너지가 레퀴엠에게 몰아쳤다. 남아 있는 오른팔과 검이 서서히 녹아내리며 사라져 가기 시작했다.

이슈인은 그 와중에도 인피니트 소드에 집중한 채였다.

ㅡ99.99%.

집중이 극한에 올랐을까.

아스카론의 의식이 부르르 떨렸다.

거대한 검이 혈광우 속에서 빛을 발하며 움직이기 시작했다.

이제 레퀴엠의 머리도 녹아내려 외부를 볼 수 없었다. 무릎 위로만 남아 있던 다리도 사라졌다. 남아 있는 것이라고는 그야말로 몸통뿐이었다. 그것도 언제 사라질지 몰랐다.

어느새 어깨가 녹아내리고 있었다.

제스터는 만족스러운 얼굴로 그 모습을 지켜보고 있었다. 새빨갛게 물들어 육안으로는 볼 수 없었음에도 제스터만은 볼 수 있었다.

"끝이군."

복잡한 감정이 얽히고설킨 한마디였다.

그렇게 레퀴엠의 몸체도 곧 녹아들 것이라 생각할 때, 거대한 검이 빛을 뿌리며 움직이기 시작했다. 검이 직접 움직이는 것은 처음이었다.

—1··· 100%······.

그 순간 이슈인의 싱크로율은 100%를 기록했다.

인간은 절대 도달할 수 없다는 경지, 그 경지를 이룩한 것이다.

그제야 이슈인은 몰입 상태에서 벗어나 주변을 돌아보았다.

그때는 이미 콕피트의 해치마저 녹아버린 상태였다. 덕분에 스코프가 망가졌음에도 밖을 볼 수 있었다.

이슈인은 보았다, 온몸으로 날아드는 피의 비를.

"이렇게 끝인가. 제대로 완성하고 싶었는데······."

이슈인은 아쉬움 가득한 말을 중얼거리며 씁쓸히 웃었다.

블러디 헬리오스는 레퀴엠과 아스카론, 그리고 이슈인을 집어삼켰다.

CHAPTER 6
레오네인 합락 그 후

블러드라는 어마어마한 기간테스가 등장하고 사흘이 흘렀다. 그사이 메틀라인의 왕도 레오네인은 완벽하게 벨런시아 공화국의 손에 떨어졌다. 공화국군은 그 여세를 몰아 아이노 강을 도강하기 시작했다.

왕도가 무너지는 순간 이안이 중앙군의 운용 가능한 병력을 모처로 이동시켰기에 공화국군을 막을 병력은 부족하기만 했다. 각 지방 영지의 영주들이 가진 병력으로 막아야 했으나 그들로서는 역부족이었다.

그 와중에 중앙의 고위 귀족들은 속속들이 바첼러 백작령으로 모여들었다. 그곳에 국왕이 있었기 때문이다. 이제는 바첼러 백작령이 메틀라인의 임시 왕도로 화해 있었다.

"흐음."

임시 대전으로 삼은 거대한 홀의 중앙에 역시 임시로 만들어진 왕좌에 앉아 있는 엠피엘 국왕의 얼굴은 어둡기만 했다. 그로서도 이렇게 갑작스레 적에게 쫓겨 올 것이라 상상도 못했기 때문이다.

"다른 곳의 상황은 어떻소?"

엠피엘 국왕이 주변을 둘러보며 물었다.

"아이노 강 전역에 걸쳐 공화국군이 건너오고 있습니다. 왕국의 서부 국경의 영지들은 거의 모두 적의 손에 넘어갔습니다."

하이드론 공작이 어두운 얼굴로 말했다. 왕도가 혼란한 와중에 몸을 피해 이곳까지 온 그다. 그런 그의 얼굴은 엠피엘 국왕보다 더 어두웠다.

예전의 패기와 야망은 찾아볼 수 없었다.

아들들 때문이었다.

작은아들은 원글로스의 내전에 참가하여 폐인이 되어 돌아왔다.

큰아들은 이번에 반란을 일으켰다. 그 때문에 왕도의 네 방위를 지키고 있던 마나 캐논을 제대로 사용하지 못했다. 왕도가 무너진 데 아주 큰 역할을 한 것이다.

순식간에 역적의 아버지가 되어버린 공작이다. 하지만 아무도 그에게 책임을 묻지 않았다. 그에게 책임을 묻기에는 지금 돌아가는 상황이 너무나 급박했다.

어쩌면 메틀라인이라는 나라가 사라질지도 모른다.

은연중 그런 생각을 하고 있으나 감히 그 생각을 입 밖에 내는 이는 없었다. 아니, 머리에 떠오르자마자 서둘러 지웠다. 절대 일어나서는 안 될 일이다.

"레오네인의 상황은 어떻소?"

이어진 국왕의 물음에 아무도 답하지 않았다.

"왜 아무 말이 없는 것이오?"

이어진 재촉에 다들 눈치만 볼 뿐 쉬이 입을 열지 못하고 있었다. 엠피엘 국왕의 얼굴에 불쾌한 기색이 점점 커지자 카를로 바첼러 백작이 주변의 눈치를 본 후 한 발 앞으로 나섰다.

국왕의 시선이 그에게 향했다.

카를로 백작은 잠시 하이드론 공작의 눈치를 살폈다. 그는 모든 것을 체념한 듯 모든 것을 받아들이겠다는 자세로 그저 고개를 숙이고 있을 뿐이다.

"레퀴엠과 블러드의 전투의 여파로 상당히 파괴되었다고 합니다. 특히 고위 귀족들의 저택가가 거의 대부분 소실되었다고 합니다."

카를로 백작의 보고에도 엠피엘 국왕의 안색에는 변화가 없었다.

카를로 백작은 그 이유를 알고 있었다. 국왕은 지금 레오네인의 상황을 알고 싶은 것이다. 조금 전 말한 것은 국왕도 이미 알고 있는 사실 아니던가.

"현재 왕도에 남은 정보국 요원들의 보고로는 지금 레오네인은 케이프 자작이 임시 총독으로 임명되어 관리하고 있다 합니다."

"흐음."

"허어, 어떻게……."

곳곳에서 갖가지 소리가 흘러나왔다. 하이드론 공작은 그저 땅만 보고 있을 뿐이다.

국왕의 표정은 여전했다. 그 소식도 이미 다른 편으로 들은 듯했다.

"그 외 다른 소식은 없는가?"

"네, 현재로서는 그것이 전부입니다."

카를로 백작의 대답에 엠피엘 국왕의 얼굴은 더욱 어두워졌다.

"레퀴엠에 대한 소식은 없는가?"

직접적인 물음에 아무도 대답하지 못했다. 카를로 백작의 얼굴에 짙은 그늘이 드리워졌다. 그 모습에 엠피엘 국왕은 아무 말도 하지 않았다. 그것만으로도 충분한 대답이 된 것이다.

분위기는 무겁게 가라앉았다. 어느 것 하나 희망적인 것이 없었다.

이안 역시 그중 한 사람이었다. 단지 혹시라도 있을 만약의 순간을 대비하고 있다는 것이 다른 이들과는 다를 뿐이었다.

이레아는 바빴다.

국왕과 귀족들이 지금 어떤 분위기인가는 중요하지 않았다.

왕도가 무너지고 사흘이나 흘렀다는 사실이 중요했다.

공화국군이 벌써 서부 국경 지대 대부분의 점령을 마쳤다는 소식을 들었다. 아무리 바첼러 영지가 메틀라인의 동부 최남단에 위치해 있다 해도 적들이 이곳까지 치고 오기까지 오래 걸리지 않을 것이다.

중앙군은 잠적했고, 지방 귀족들의 병력은 보잘것없었다. 파죽지세의 공화국군을 막기에는 역부족이다.

그때를 대비해야 했다.

과연 국왕이 있는 곳에서 자신이 마도 시대의 지식으로 만든 것을 사용해도 될까란 걱정이 들기도 했다. 하지만 이제 그런 것은 아무래도 좋았다.

다시 이슈인 오빠가 행방불명이 되었다.

레퀴엠이라는 최고의 기간테스에 타고 아스카론이라는 마도 시대 최강의 유물과 함께했음에도 적과 전투 후 사라졌다.

블러드.

공화국 최신예의 기간테스라고 했다. 그 한 기가 레퀴엠을 꺾었고, 그 한 기 때문에 레오네인이 적의 수중에 떨어졌다고 했다.

"마나 코어를 사용한 게 틀림없어."

아스카론으로부터 마도 시대의 지식을 전수받은 이레아다. 레퀴엠은 마나 엔진 타입 기간테스의 최종형이라 해도 좋을 정도로 완성된 기체다. 마나 코어가 아니고는 레퀴엠의 패배가 설명이 되지 않는다.

마나 코어를 탑재한 기간테스, 블러드. 레오네인에서 보여준 위력이라면 그것은 이미 전략 병기다. 단 한 기로도 충분히 하나의 도시를 도모할 수 있는 병기인 것이다.

현재, 바첼러 영지의 전력으로는 블러드를 막을 수 없었다. 블러드 한 기만 이곳으로 날아와도 이곳도 레오네인과 같은 꼴을 면치 못할 것이다.

공화국군이 완전한 점령을 목적으로 지상 병력으로 차근차근 정리하면서 진군하기에 시간을 좀 벌 수 있을 뿐이다. 만약에 생각이 바뀌어 이곳을 먼저 쓸어버리겠다고 블러드를 보낸다면 그 순간 메틀라인 왕국은 종말이다.

국왕과 고위 귀족이 모두 사라진다면 과연 국가가 국가로 존재할 수 있을까? 공화정이라는 형태라면 몰라도 왕국은 존재할 수 없었다.

블러드를 막아야 했다. 그러자면 자신이 만든 모든 것을 내보여야 했다.

"너희들의 생각만큼 호락호락하지 않다는 것을 보여주겠어."

중얼거리는 이레아의 목소리는 결연했다.

소중한 오빠를 잃게 만든 공화국이기에 그럴 수밖에 없었다.

그런 이레아를 묵묵히 지켜보는 검은 눈동자가 있었다.

아르시안이었다.

대책 회의로 정신이 없는 귀족들과 그녀는 함께할 수 없었다. 이곳에서도 그녀는 여전히 손님이었다. 차라리 이레아와 함께 있는 것이 마음이 편해 그녀를 찾아왔으나, 그녀도 바빴다.

이곳에서 아르시안이 할 수 있는 것이라고는 그저 조용히 이레아를 지켜보는 것뿐이었다.

자신을 이곳으로 보내준 이슈인. 그때의 모습이 설마 마지막일 줄이야.

"나는 행복해지면 안 되는 걸까?"

작게 중얼거렸다. 문득 그런 생각이 들어 무심코 입 밖으로 흘린 것뿐이다. 그런데 소리가 되어 자신의 귀에 들리는 순간 정말 그런 것만 같았다.

자신도 모르게 두 눈에서 눈물이 아롱져 흘러내렸다.

"공주님, 괜찮을 거예요. 걱정 마세요."

그때 등 뒤에서 다정한 목소리가 들렸다. 이올린이었다.

이레아를 돕는 와중에 아르시안의 눈물을 보고 위로하기 위해 다가온 것이다.

"이슈인은 괜찮을 거예요."

이올린이 아르시안 공주의 어깨를 감싸며 말했다.

"지난번에도 그렇게 돌아왔잖아요. 이번에도 그럴 거예요."

이올린의 말에 아르시안은 고개를 끄덕였다.

"저도 그렇게 믿고 있어요, 언니."

아르시안의 대답에 이올린은 살풋 미소 지었다. 아르시안을 위로하기 위해 한 말이지만, 그녀의 바람이기도 했다.

이올린이 다시 바삐 움직이기 시작했다.

바첼러령을 지키려면 일분일초가 아까웠다.

"왠지 이 모든 것이 나 때문인 것 같아요. 행복해지면 안 되는 내가 곁에 있기 때문에……."

아무도 들을 수 없는 작은 소리로 속삭이듯 작게 중얼거린 아르시안의 얼굴은 어두웠다. 그녀는 조용히 자신의 거처로 향했다.

"이슈인 오라버니……."

너무나 그리운 이의 이름을 나직이 중얼거리며 남기고서는.

*　　　*　　　*

"현재 상황은?"

"모두 순조롭게 진행 중입니다."

엥겔스의 대답에 박스터는 흡족한 미소를 지었다. 이제야 모든 것이 계획대로 흘러가고 있었다. 자신이 예정보다 조금 과하게 간섭을 하긴 했지만, 그 정도는 오차 허용 범위 내라고 스스로를 다독였다.

"레오네인은 어떤가?"

"제스터 장군이 잘 정리하고 있습니다."

"총독으로 세운 애송이는?"

"기고만장해져서는 마치 제 세상인 양 까불고 있다는군요."

그 말에 박스터는 피식 웃었다.

"아비와 조국을 배반한 녀석이 그러다니, 어떤 면에서는 참으로 대단하군. 그 녀석 때문에 방해되는 것은 없나?"

"없습니다. 제스터 장군의 전투를 본 덕인지 제스터 장군에게는 아주 협조적이라고 하는군요."

그 말에 박스터는 고개를 끄덕였다.

"그럴 만도 하지, 그런 위력을 보였으니까."

블러드에 내장된 영상 기록 장치로부터 받은 전투 영상은 엄청났다. 블러드의 위력에 진심으로 감탄했고, 레퀴엠의 성능에 간담이 서늘해지기도 했다.

레오네인의 일부를 날려 버린 그 일격은 정녕 대단했다.

박스터가 아닌 바스테리안으로 자신이 나서도 그 정도 위력을 내리려면 제법 힘을 써야 하리라.

'인간들이란⋯⋯.'

잠깐 박스터는 상념에 잠겼다.

"앞으로는 어찌할 계획이십니까?"

"뭘 말인가? 지금 모든 것이 순조롭게 진행 중인데."

박스터가 고개를 갸웃거리면서 물었다.

"그래도 일단 매트 성과 록힐 광산에 포진해 있던 병력이 고스란히 사라졌습니다. 별다른 피해 없이 무사히 비바체 함대를 통해 후퇴했습니다. 그들이 언제 뒤통수를 칠지 모릅니다. 그리고 엠피엘 국왕와 왕족들 역시 무사히 몸을 피했습니다. 그들에 대한 처리도 시급합니다."

그 말에 박스터는 고개를 가로저었다.

"이미 메틀라인은 이빨과 발톱이 모두 빠진 늙은 사자야. 왕도를 우리에게 빼앗겼고, 레퀴엠 역시 잃었어. 비바체 함대가 남아 있다고 해도 그들 정도로는 전세에 영향을 주지 못해. 우리에게는 블러드가 있지 않은가?"

그렇게 말하는 박스터 통령의 얼굴에는 만족감이 가득했다. 앓던 이를 시원하게 뽑고 난 후의 기분이랄까.

그간 그의 계획대로 되지 않던 메틀라인을 처리한 것이 아주 기쁜 듯했다.

하지만 엥겔스의 표정은 그렇지 않았다. 블러드가 실전에 투입되면 엄청난 위력을 보일 것이라 예상은 했지만 이것은 너무 순조로웠다. 박스터의 말이 모두 맞다는 것을 알고 있지만, 그래도 너무 순조로우니 그것이 오히려 불안했다.

"이제 천천히 사방에서 메틀라인을 점령해 가면 될 일이야. 국왕이 바첼러 영지에 몸을 피했다고 했나? 동쪽 구석이니 그곳까지 점령해 가는 데 시간이 좀 걸릴지도 모르겠군. 후후. 천천히 목을 졸라가는 거야. 알겠나?"

웃음을 흘리는 박스터 통령의 입가는 잔인한 곡선을 그리고 있었다.

"네."

엥겔스는 고개를 숙이며 답했다. 불안했으나 그것에는 아무런 근거가 없었다. 그도 모든 것이 잘될 것이라 믿으며 통령의 집무실을 빠져나왔다.

전쟁이 재개되면서 그가 할 일이 많아졌다. 더군다나 순조로운 진격에 그의 일은 더욱 불었다.

*　　　*　　　*

처참하게 파괴된 도시가 눈 아래에 펼쳐져 있었다.

이곳이 불과 며칠 전까지 한 왕국의 왕도였다는 사실을 누가 믿을까? 이곳을 파괴한 장본인인 제스터는 무표정한 얼굴로 왕궁의 테라스에서 레오네인을 바라보고 있었다.

점령군이 바쁘게 움직이고 있었다.

소수 정예의 기간테스 부대로만 습격을 했기에 왕도를 손에 넣고도 혼란이 있었다. 반항하는 사람들을 모두 기간테스로 밟아버릴 수는 없었기 때문이다.

본국에서 비공정을 이용해 보병 병력이 당도하는 데 이틀이 걸렸다. 그사이 레오네인의 치안을 담당한 이는 케이프였다. 자신의 지지 세력을 이끌고 왕도를 진압하는 데 앞장섰다.

그야말로 무자비하게 점령했다.

과연 어제까지 메틀라인의 귀족으로 이곳에 있던 이가 맞는지 의문이 들 정도의 행동이었다. 덕분에 제스터는 편했지만 과히 보기 좋은 광경은 아니었다.

레오네인의 사정을 가장 잘 알고, 마나 캐논을 무력화시킨 공을 인정해 케이프에게 일단 레오네인의 총독의 자리를 주었다. 그러나 그것은 흘러가는 상황 때문에 어쩔 수 없이 준 것일 뿐 절대 그를 인정하는 것은 아니었다.

"한 번 배신한 놈은 두 번도 하지. 뭐든지 첫 번째가 어렵지 두 번째부터는 쉬운 법이야."

멀리 망가진 레오네인을 헤집고 다니는 케이프의 모습이 보이자 제스터가 중얼거렸다.

제스터는 그가 마음에 들지 않았다. 조국과 부모를 배신한 기회주의자였으니.

"이래서 귀족들은……."

그렇게 중얼거리며 고개를 저었다.

잠시 후 제스터는 하늘을 올려다보았다.

사흘 전 레퀴엠과 치열하게 싸웠던 하늘이다.

그때 무슨 일이 있었냐는 듯 눈이 시리도록 푸르기만 한 하늘이지만 제스터의 머릿속에는 수많은 상념이 떠올랐다가 스러졌다.

"과연 그렇게 끝이 난 것일까?"

레퀴엠이 자신의 데몬즈 스피어에 녹아내리는 것을 두 눈으로 똑똑히 확인했다. 그런데도 레퀴엠을 물리쳤다는 확신이 들지 않았다.

천천히 녹아내리는 듯하던 레퀴엠이 마지막 순간, 순식간에 소멸되는 것처럼 보여서 그런지도 모른다.

"고도의 집중 상태였으니까……."

어느 한계점을 넘긴 집중 상태에 빠지면 주변의 시간이 느리게 가는 것처럼 보일 때가 있다. 물론 높은 경지에 이른 이들에게만 해당하는 아주 특수한 경우다.

제스터는 그때 자신이 그런 상태에 도달했다고 생각했다. 그러지 않고서야 순식간에 레오네인을 쓸어버린 자신의 데몬즈 스피어에 레퀴엠이 천천히 녹아내리는 것처럼 보일 리 없었다.

그렇다면 마지막 순간에 갑자기 레퀴엠이 소멸되어 버린 것은 설명이 되지 않는다.

"중간에 집중 상태가 깨진 것인가?"

제스터는 스스로에게 의문을 던지고 스스로 답을 말했다.

오늘 하루 종일 이 자리에서 이러고 있었다, 자신이 제시한 답이 맞기를 간절히 바라면서.

그렇지 않다면 다시 어디선가 레퀴엠이 나타날 것 같았다.

다시 싸운다면 또 이길 자신은 있었다.

하지만 다시 싸우고 싶지 않았다.

레퀴엠은 생각하는 것만으로도 등이 축축이 젖어들게 만드는 강적이었다.

푸른 하늘에 레퀴엠의 모습이 환상으로 나타나 자신을 향해 날아드는 것만 같았다.

제스터는 두 주먹을 꽉 쥐었다.

분명히 승리했으나 승리하지 않은 것 같은 찝찝함을 안겨준 상대. 레퀴엠, 그리고 이슈인.

"승자는 나야."

찝찝함을 가슴에서 털어버리려는 것일까.

제스터는 그렇게 중얼거리며 테라스를 떠났다.

＊　　　＊　　　＊

"어이! 빨리 빨리 움직여! 어서 성 안으로 움직이라구!"

"아이고, 나리. 이곳은 저희가 평생을 살아온 터전입니다. 그런데 이곳을 두고 성으로 들어가라니요."

병사의 짜증 섞인 재촉에 한 농부가 허리를 숙이며 사정했다. 자신의 터전을 떠날 수 없다는 절박함이 그의 얼굴에 가득했다.

영주성 주변 영지민의 수용 작업이 한창이었다. 그중 북문 쪽을 담당한 병사 중 한 명인 티멕의 얼굴에 어린 짜증이 더욱 진해졌다. 벌써 나흘째였다. 처음에는 이들의 딱한 사정을 봐 설득을 하며 어떻게든 안심하고 성에 들어가게끔 했다.

하지만 그것도 한두 번이다.

이렇게 모두가 바짓가랑이를 잡고 작업이 늦어지게 하면 일개 병사인 그로서는 짜증이 날 수밖에 없었다. 이 모든 것이 이들을 위해 하는 것임에도 아무것도 모르고 갈 수 없다 하니 어찌 답답하지 않겠는가.

"이봐, 이곳은 곧 전쟁터가 된다고. 이곳에서 멍하니 있다가 공화국 놈들에게 죽고 싶어? 그놈들이 언제 쳐들어올지 몰라. 이게 다 너희들을 살리려는 영주님의 자비로운 은혜야. 이렇게 질질 끌 시간 없어."

티멕은 농부를 거칠게 밀치며 짜증 섞인 얼굴로 말했다.

전쟁이 벌어질 거란 말에도 사람들은 쉬이 움직이지 않았다. 그럴 수밖에 없었다. 이들에게 전쟁은 현실감이 없는 이야기였다.

공화국의 점령도 아직은 서부 지역에 한정되어 있고, 이 땅에 전쟁이 일어나지 않은 지 백 년이 넘었다.

살기 좋게 이 땅을 다스려온 영주, 카를로 바첼러 백작이 아무 이유 없이 이런 일을 할 사람이 아니라는 것은 믿었다.

하지만 반대로 전쟁이 일어날 것이란 소리는 믿을 수가 없었다. 덕분에 일의 진척이 생각보다 느렸다.

이런 상황은 동문, 서문, 남문에서도 마찬가지였다.

다그치고 재촉하는 것밖에 방법이 없었다. 그저 공화국군이 하루라도 늦게 오기를 바랄 뿐이다. 그래야 한 명이라도 더 성안으로 들어가게 할 테니까.

영주성 내부도 혼란은 마찬가지였다.

갑자기 성 밖에 살던 많은 이들이 성안으로 들어왔다. 갑작스러운 인구의 증가는 자연히 치안을 혼란시켰다. 때문에 성 내부의 주민들의 불만도 쌓여갔다.

공화국군이 도착하기도 전에 주민들 사이에서 내분이 일어나고 있었다.

카를로 백작은 그 모습을 걱정스러운 얼굴로 지켜보고 있었다. 이래서는 차라리 공화국군에 빨리 쳐들어오기를 바라야 할 판이었다.

외부의 적은 내부의 결속을 다져 주는 법이기에.

하지만 그런 일이 벌어져도 곤란했다. 아직 이쪽은 공화국군과 싸울 준비가 되지 않았다. 이레아가 잠도 못 자고 시꺼멓게 변한 얼굴로 동분서주하고 있었지만 해야 할 일이 너무 많았다.

성 주변의 혼란과 인력의 부족으로 작업은 더디게 진행되고 있었다.

"빨리빨리 움직이세요. 일단 성 외곽으로 마나 캐논 16문은 설치해야 해요."

이레아가 기술자들을 따라 움직이며 재촉했다.

거대한 수레에 대포가 실려서 움직이고 있다. 이레아가 말한 마나 캐논이다. 그런데 레오네인에 설치된 것과는 달랐다.

작았다. 수레에 실어 움직일 수 있을 정도였다. 물론 큰 수레로 운반해야 하지만 그냥 보기에도 이안이 만들어낸 것의 1/3 정도의 크기였다.

성벽 위에서 그 모습을 확인한 이안이 고개를 절레절레 저었다. 대체 마도 시대의 기술은 어느 정도란 말인가. 저것도 시간이 없어 빨리 만들 수 있는 모델로 제작을 했기에 크기가 큰 편이라고 했다.

"오빠! 뭐 해!"

뒤에서 들린 이올린의 호통에 이안은 정신을 차렸다. 자신들은 따로 할 일이 있었다.

그들의 뒤에 늘어선 사람들의 손에는 거대한 구체가 들려 있었다. 성인의 몸통만 한 구체였다.

성벽의 상, 중, 하단에 각기 서른여섯 개씩 모두 백여덟 개를 박아 넣어야 했다. 어디에 쓰이는 것인지는 아직 이레아에게 듣지 못했다.

꼭 필요한 것이라 했기에 작업을 서둘렀다.

그사이 작은 대포들이 성벽 위에 올라오고 있었다. 이것 역시 마나 캐논이었다. 크기가 소형화된 만큼 사거리와 위력이 감소했지만 충분히 쓸 만한 위력을 보였다.

기술자들이 성벽에 매달려 또 다른 작업을 하고 있었다.

이 며칠 새 바첼러 성은 완전히 변모하고 있었다.

작업 상황을 확인한 이레아는 성의 지하로 내려갔다. 그곳에서는 마법사들이 거대한 마법진을 그리고 있었다.

일단 바닥에만 그린 마법진이었다.

"끝, 끝냈습니다."

마법진의 마지막 부분을 그린 마법사가 풀썩 주저앉으며 힘겹게 말했다. 그 외에도 여섯 명의 마법사가 쓰러져 있었다.

이들은 꼬박 사흘 동안 이곳에서 마법진을 그렸고, 드디어 지금 완성한 것이다.

이레아는 고개를 끄덕였다.

다행히 자신이 예상한 시간에 작업이 끝났다.

'조금만 더, 조금만 더 자만하고 있어.'

이레아는 마음속으로 공화국군이 하루라도 늦게 오기를 간절히 빌었다.

그리고 마법진의 중앙으로 가서 섰다.

성 지하의 거대한 기간테스 주기장의 바닥을 가득 채운 마법
진이다.

이레아가 마법진의 한가운데 서서 주문을 외우기 시작했다.

이레아는 마법사가 아니다.

마나 공학을 연구하는 학자이자 기술자였다. 그런 그녀는 마
법진을 구동할 수 없다. 몸에 마나의 서클이 없기 때문이다. 그
것은 당연한 일이다.

그런데 이레아가 주문을 외우기 시작하자 마법진이 반응을
보였다.

탈진한 마법사들은 두 눈을 부릅뜨고 그 모습을 뚫어져라 바
라보고 있었다. 이레아의 꽉 모아진 손에서 은은한 빛이 뻗어
나왔다.

마나석이다.

지금 이레아는 마나석의 마나를 빌어 마법진에 최종 작업을
하는 중이었다. 이것은 마법진의 발동이 아니라 마법진의 완성
을 위한 과정이었다.

이미 처음 설계된 마법진에 이 과정에 대한 수식이 포함되어
있었다.

"살라카 다움 데 트라이 데멘 아스 마나게 홈."

이레아의 입에서 흘러나온 고대어로 이루어진 주문이 완성되
는 순간, 거대한 원형의 마법진이 변화를 보였다. 마법진의 가
장자리 경계가 강렬한 빛을 토하며 서서히 회전을 시작했다.

이레아를 중심으로 빙글빙글 도는 회전이 아니었다.

마법진을 이루는 원의 지름을 축으로 빛의 원이 비스듬히 바닥에서 일어나기 시작했다. 그렇게 일어나기 시작한 원이 천천히 회전을 함에 따라 마법진의 수많은 도해와 수식들이 허공에 수 놓여졌다.

천천히 움직이는 마법진의 광륜(光輪)은 이윽고 마법진을 구체로 만들었다. 마법구의 내부는 온갖 주문과 도해, 수식으로 가득 차 있었다.

마법구가 완성되자 이레아의 입술이 다시 움직이기 시작했다. 그녀의 주문과도 같은 말에 따라 수식들이 둥둥 떠다니며 자리를 바꾸기 시작했다. 주문과 도해, 수식들의 움직임이 점차 빨라져 눈으로 쫓을 수 없을 지경에까지 이르렀다.

그리고 한순간,

모든 움직임이 멈췄다.

이레아는 마법구의 중심에서 여전히 양손을 그러모아 쥐고 두 눈을 감고 있었다.

마법구 전체가 강렬히 빛나기 시작했다.

마법구진.

마도 시대에만 존재했다는 삼차원의 마법진이 지금 일곱 명의 마법사의 눈앞에 나타났다.

"오오!"

"이럴 수가!"

"내 평생 이런 날이 오다니!"

마법사들은 감격에 몸을 떨었다. 그들은 지금 감격 속에서 자신들이 처한 상황을 완전히 잊었다.

그때,

"발동."

이레아가 눈을 뜨며 짤막하게 외치는 순간,

빛의 폭발이 일어났다.

마법구가 사방으로 터져 나갔다. 강렬한 빛이 공간을 가득 채웠고, 이윽고 완전히 사라졌다.

빛이 가시자 이레아가 덩그러니 서 있었다.

마법사들이 고생해서 그린 마법진은 흔적도 없이 사라졌다.

"헉! 어떻게……."

그 모습에 마법사들은 깜짝 놀랐다.

"설마……."

한 명이 실패한 것이 아닌가 하는 생각에 조심스레 입을 열려했다.

이레아가 미소를 지으며 고개를 저었다. 이미 그의 의중을 알아차린 것이다.

"아니에요. 마법진은 이제 성 전체에 펼쳐졌어요. 삼차원의 마법진인데, 바닥에 그려져 있을 수는 없잖아요."

그 말에 마법사들은 고개를 들어 사방을 살폈다.

과연이었다.

벽에서 은은한 빛이 새어 나왔다. 마법 수식이었다.

한 명이 서둘러 밖으로 뛰어나갔다. 체력이 약한 마법사의 몸에서 어찌 그런 힘이 나왔는지 신기할 정도였다.

그는 평생을 살면서 가장 빠른 속도로 달려 영주성을 빠져나와 성벽을 살폈다. 성벽에도 있었다. 영주성에도 있었다. 저택에도 있었고, 길에도 있었다.

그야말로 바첼러 성 전체에 마법진이 새겨진 것이다.

그럼에도 사람들은 아무 일 없었다는 듯 바쁘게 움직이고 있었다. 사방에서 은은하게 비춰져 나오는 마법 수식의 빛도 보지 못했다.

그것은 오직 마법사들만이 알아차릴 수 있는 빛이었다.

이윽고 빛은 천천히 사그라졌다.

마법사들도 이제는 아무것도 알아차리지 못하게 되었다.

"참으로 놀랍구나."

한 마법사가 두 눈을 감고 조용히 중얼거렸다.

그는 오늘 새로운 세계를 겪었다.

"이걸로 어느 정도는 적을 막을 수 있을 거예요. 성벽에 박아 넣는 수정구와도 연계할 수 있는 마법진이니까요."

이레아가 피곤한 얼굴로 싱긋 웃으며 말했다.

"자, 그럼 다음 작업하러 가야지요? 미니 마나 캐논 80문을 성벽 위에 올려야 해요."

이레아가 아직도 감격에 떨고 있는 마법사들을 재촉해 움직였다. 일분일초가 아쉬운 상황이었다.

카를로 백작은 영지민들의 이동 상황을 확인하고 성으로 돌아왔다. 영주성으로 돌아왔을 때 엠피엘 국왕은 성에서 가장 높은 첨탑에 올라 있었다.

"전하."

백작이 그 소식에 국왕을 찾았다.

"아, 왔는가? 내가 부덕한 탓에 자네에게 큰 폐를 끼치는군."

"아닙니다, 전하. 이번 일은 불가항력이었습니다. 공화국에서 그런 수를 준비했을 것이라 어찌 상상이나 했겠습니까?"

카를로 백작의 말에 국왕은 쓴웃음을 지었다.

"요 며칠 새 귀족들이 쓸데없는 말싸움만 하는 동안 이곳은 차곡차곡 준비를 하고 있더군. 과연 자네의 영지야."

국왕이 아래를 둘러보며 말했다.

"아닙니다."

"그간 못 보던 것도 보이고, 조금 전에는 성 전체가 환한 빛에 휩싸이기도 했다더군."

궁정마법사가 삼차원 마법진이 펼쳐진 순간 성의 변화를 국왕에게 보고한 것이다. 그도 그것이 무엇 때문에 일어난 일인지는 알아내지 못했다.

국왕의 말에 카를로 백작의 등에 땀이 살짝 배어 나왔다. 말속에 있는 뼈를 느꼈기 때문이다.

"모두 연구 중인 것들입니다. 얼마 전 가문 서고에서 오래된 고서를 하나 발견했습니다. 바톤 프로젝트 때문에 바빠서 살피지 못하다가, 프로젝트가 끝나고 여유가 생긴 제 막내딸 아이가 그것을 살피다가 무언가를 얻은 모양입니다."

"그런가?"

"그렇습니다. 고서를 연구하느라 두문불출이더니 얼마 전부터 시험작이라면서 이것저것 만들기 시작했습니다. 미처 테스트도 못한 것들입니다만, 상황이 상황인만큼 닥치는 대로 일단 배치부터 하는 것입니다."

카를로 백작의 대답에 국왕이 고개를 끄덕였다.

"그야말로 기연이로군. 부디 그 기연이 우리에게 큰 도움이
되었으면 좋겠어."

국왕은 그 말을 남기고 아래로 내려갔다. 먼저 자리를 뜨는
국왕의 뒷모습이 카를로 백작에게는 너무나 작게 보였다. 원대
한 계획을 가지고 있었으나 채 실현하지 못한 자의 뒷모습이었
다.

잠시 후 백작도 자신의 방으로 돌아와 조용히 이안을 불렀다.

"무슨 일이십니까?"

이안이 바쁜 중에 방에 들어서며 물었다. 그의 얼굴이 며칠
새 제법 수척해져 있었다. 그사이 많은 일을 겪은 때문일 것이
다.

"전하가 미심쩍어하시더구나."

그 말에 이안의 얼굴이 딱딱하게 굳었다.

이 일을 시작할 때부터 그것을 걱정했었다. 하지만 그냥 손
놓고 적에게 당할 수 없다는 이레아의 주장에 준비를 시작했다.

왕도 레오네인도 단 한 기로 무너뜨린 블러드였다. 마나 캐논
이 배반으로 인해 너무나 쉽게 무력화되었다는 점도 있었지만,
한 나라의 왕도가 손도 못 써보고 적에게 넘어갔다.

겨우 백작의 영지에 있는 성이야 말할 필요도 없다. 그랬기에
이레아의 주장에 따라 준비를 시작한 것이다. 그녀는 아스카론
에게 얻은 고대 마도 시대의 지식을 발판으로 충분한 준비를 할
수 있다고 하지 않았던가.

문제는 시간일 뿐이라 했다.

이안은 거기에 더해 국왕도 문제라 생각했다, 왕도에서 못해 낸 일을 이곳에서 해낸다면 틀림없이 의심할 것이라고. 그리고 바첼러 백작가를 못 마땅해하는 귀족들에게 좋은 먹잇감이 될 것이라 생각했다.

그래서 이올린까지 네 명이 머리를 맞대어 핑계를 생각했다.

그것이 조금 전 첨탑에서 카를로 백작이 국왕에게 말한 것이다.

"그래도 다행입니다. 두 분만 계신 곳에서 그렇게 운을 띄우셨다니요. 귀족들이 있는 자리에서 그 이야기가 나왔다면 틀림없이 좋지 않게 끝났을 겁니다."

이안의 말에 백작이 고개를 끄덕였다.

"역모 이야기까지 갈 수도 있었겠지."

귀족들의 침소봉대 능력은 그야말로 대단했다. 특히나 정적을 매장하려 할 때의 그 능력이란 소드 마스터가 울고 갈 정도였다.

"이레아에게 준비하라 해야겠군요. 전하가 그리 느끼셨다면 분명 조만간 귀족들에게서도 이야기가 나올 겁니다."

"그래, 바쁠 텐데 이레아가 고생이 많아."

"네."

이안은 서둘러 방을 떠나 곧장 지하로 내려갔다.

이레아가 작업을 하는 곳이다. 예전에는 기간테스 연구를 하던 곳이었지만, 며칠 전부터는 이레아의 전용 작업장으로 바뀌었다. 지금 영주성을 변모시키는 것은 전적으로 그녀의 작품이었다.

"무슨 일이야?"

무언가를 열심히 만들던 이레아는 이안의 방문에 고개를 들고 물었다. 그녀가 알기로 이안은 아직 자신이 맡은 일을 끝내지 못했다. 그런데 이렇게 찾아왔다면 무언가 다른 일이 있다는 것이다.

"전하가 어찌 된 일인지 궁금해하신다고 하더라."

이안이 짤막하게 말했다.

"후우. 그래?"

이레아가 하던 일을 멈추고 자리에서 일어났다. 그녀의 눈 밑이 거무죽죽하게 죽어 있었다. 그 모습을 본 이안은 깜짝 놀랐다. 아름답기만 하던 자신의 동생이 이런 모습이라니.

"잠은 자고 있는 거야?"

"이틀에 한 시간쯤?"

걸음을 옮기며 이레아가 답했다.

"그러다가 죽는다."

이안은 진심으로 걱정하며 말했다.

"걱정 마. 아직은 견딜 만해. 준비만 다 할 수 있다면 이 정도가 대수야? 이렇게 안 하면 모두 죽는걸."

이레아의 목소리에는 아픔이 묻어 있었다. 이안은 그 원인을 알았기에 굳이 더 이상 말하지 않았다.

이레아는 지하 작업실을 벗어나 이층의 자신의 방으로 향했다. 그리고 옷장을 열어 깊숙이 보관된 상자를 꺼내 이안에게 건넸다.

"그 안에 내가 찾은 고서가 들어 있어. 몇천 년 흐른 고서처럼 보이게 만드는 데 적어도 이틀은 걸려서, 그 이야기가 나왔을 때 바로 만들어두었어."

그 말에 이안이 깜짝 놀랐다.

처음 이 핑계에 대한 이야기가 나왔을 때 이레아가 방법이 있다고 해서 그렇게 말을 맞췄다. 그런데 설마 아예 고서를 만들어 버릴 줄은 몰랐다.

다시 생각해 보면 이렇게 고서를 만들지 않고는 사람들을 납득시킬 수 없을 것이다. 주변에서 천재라는 소리를 듣는 이안이 거기까지 생각을 하지 못하다니, 이번 레오네인 사태가 그만큼 그에게 큰 충격을 준 것이리라.

"고서도 만들 수 있는 거냐?"

"아스카론이 준 지식에 그런 내용도 있더라고."

"그런데 궁정마법사가 해독해 내면 어떻게 하지?"

이안이 문득 그런 걱정이 들어서 물었다. 물론 궁정마법사가 해독을 해서 왕국에 좋게 쓰이면 좋았다. 하지만 안 좋게 쓰일 때도 생각을 해야 했다. 이런 것은 천천히 전해져야 한다. 이번은 정말 특수한 경우였다.

"절대 해독 못해. 고대 마도 시대 언어 중에서도 일부 마법사들만 아는 암어로 만들었거든. 마도 시대 언어랑 비슷하지만 지금까지 알려진 언어로는 말 자체가 되지 않아."

이레아는 대수롭지 않게 말하고 자신의 방을 나섰다. 멈춘 작업을 계속해야 했다.

이안은 멍하니 그 모습을 보고 있었다.

"이슈인, 대체 너 무엇을 얻은 거야?"

이안이 작게 중얼거렸다. 엄청나다는 것은 알았지만 이 정도 일 줄은 몰랐다.

"그리고 이레아 네 머리는 도대체 어떻게 생겨먹은 거야?"

방대한 지식을 전해준다 하더라도 받은 이가 그것을 제대로 활용하지 못하면 모두 휴지조각에 지나지 않는다. 그런데 조금 전 이레아의 말을 생각해 보면 그녀는 아스카론이 준 모든 것을 완전히 자기 것으로 만들어 버린 듯했다.

"진짜 천재는 너로구나."

그렇게 중얼거리며 이안은 다시 아버지를 찾았다. 이레아에 게 건네받은 것을 국왕에게 전해야 했다.

이안에게 상자를 건네받은 카를로 백작은 좀 전의 이안과 똑 같은 표정을 지었다.

그 후 시간을 봐서 은밀히 엠피엘 국왕을 찾았다. 어차피 이 레아가 알아서 잘 만든 고서일 것이다. 해독할 수 없게 만들었 다 했으니 사실 확인으로 끝이 날 것이다. 그리고 궁정마법사는 어떻게든 해독하려고 이 고서에 매달리겠지만 그것은 아무래도 좋은 일이다.

"이런 책이 백작의 서고에 있었단 말인가?"

상자 속에 놓인 낡디낡은 고서를 보며 국왕이 물었다.

"네. 저도 딸아이에게 전해받고 나서야 알았습니다."

"허어."

카를로 백작의 대답에 국왕은 물끄러미 고서를 바라보았다. 곁에 있던 궁정마법사의 두 눈에 욕망이 불꽃처럼 피어올랐다. 백작도 국왕도 모두 그 사실을 알았다.

"앙헬 후작께서 한번 연구해 보시겠습니까? 제 딸아이는 이제는 필요없다고 하더군요."

"그래도 되겠습니까?"

바라 마지않던 제안이기에 그는 국왕과 백작을 번갈아 보며 물었다.

"물론입니다."

백작의 허락에 앙헬 후작은 조심스레 국왕의 눈치를 살폈다.

"백작이 된다고 하지 않은가. 이곳에서 자네가 할 일은 그리 많지 않아 보이니 하고 싶은 대로 하게."

"감사합니다."

국왕의 허락이 떨어지자 앙헬 후작은 인사를 남기고 고서를 들고는 부리나케 사라졌다. 엠피엘 국왕은 그 모습을 쓴웃음을 지은 채 바라보았다.

"참으로 묘한 우연이야. 하지만 저렇게 고서도 있으니 귀족들은 이 우연을 믿을 수밖에 없겠지."

지나가듯 한 국왕의 말이지만 백작은 그 말에 가슴 한쪽이 뜨끔했다. 역시 노회한 국왕은 만만한 상대가 아니었다.

국왕과 왕국을 향한 충성심에는 변함이 없지만 아스카론에 대한 사실은 숨겨야만 했다. 이 사실이 다른 이의 귀에 들어간다면 바첼러 가문은 그대로 사라질 것이다.

그것이 카를로 백작과 이안의 판단이었다.

아스카론의 힘은 그 정도로 어마어마한 것이었다.

"그러게 말입니다."

백작은 미소를 지으며 답했다.

"그런데 도나텔 공작은 아직 소식이 없습니까?"

백작이 이어서 물음을 던졌다.

"아무 소식도 없군. 답답하게 말이야."

도나텔 공작은 왕립마법원의 원장으로 정치와는 거리를 둔 마법사였다. 방금 사라진 앙헬 후작은 마법원의 부원장으로 도나텔 공작을 대신해 궁정마법사의 직위에 있는 것이다.

"그가 있으면 좀 나을 텐데 말이야."

국왕이 답답한 듯 말했다.

"무언가 다른 일이 있을 겁니다."

도나텔 공작은 국왕의 최측근 중 한 명이다. 그런 그가 레오네인이 무너지는 날 사라져서 소식이 없었다. 국왕으로서는 답답한 노릇이었다.

CHAPTER 7
공화국의 진격

망망대해가 눈앞에 펼쳐져 있다.

절로 가슴이 시원해질 광경이건만 바다를 바라보는 이의 가슴은 무겁기만 했다. 그럴 수밖에 없었다. 조국의 왕도가 무너졌는데, 어찌 편안한 마음으로 바다를 보고 있을 수 있겠는가.

바츠란 함장의 가슴은 꽉 막혀 답답하기 그지없었다.

"너무 그렇게 어두운 표정으로 있지 말게."

그때 함장의 뒤에서 누군가 다가왔다.

"공작님."

바츠란 함장이 뒤돌아서며 자신에게 말을 건넨 상대를 바라보았다.

노회한 이의 하얀 수염이 그가 보내온 세월을 말해주고 있었다. 도나텔 공작이었다. 레오네인이 무너지던 날, 포털 마법진과 텔레포트 마법을 이용해 비바체 함대로 온 것이다.

그날 바츠란 함장이 얼마나 놀랐던가.

"왕국의 제너럴이라면 이 난관을 어찌 타개해 나갈지 연구를 해야지 그리 상심만 하고 있어서야 어디 쓰겠는가?"

도나텔 공작의 말이 맞았다. 하지만 도무지 어떻게 반격을 해야 할지 실마리가 보이지 않았다. 그랬기에 더욱 답답하고 갑갑한 것이다.

도나텔 공작이 이곳으로 온 이유는 간단했다.

그날 레오네인에서 무슨 일이 벌어졌는지 보여주기 위해서였다.

비바체 함대는 적의 수도에 대한 직접 타격 작전을 위해 바다에 대기 중이었다. 그리고는 매트 성과 록힐 광산의 병력을 급히 탑승시키라는 명령에 바쁘게 움직였다.

레오네인이 무너졌다는 이야기만 들었을 뿐 왜, 어떻게 무너졌는지는 전혀 몰랐다.

도나텔 공작이 그 의문을 해소해 주기 위해서 찾아온 것이다. 그는 자신이 비바체 함대에 있는 것이 앞으로의 반격에도 도움이 될 것이라 판단했다.

또한 자신의 거취를 아무에게도 알리지 않았다. 자신의 행방을 공화국에서도 모르게 하기 위해서였다.

도나텔 공작과도 같은 고위마법사는 그 존재만으로도 전략 병기에 버금가는 위력을 발한다. 기간테스의 등장으로 그 존재감이 약해지기는 했지만, 그래도 고위 마법사는 고위 마법사였다.

"알고는 있습니다만, 정말 무시무시하더군요."

무거운 어조로 바츠란 함장이 말했다. 도나텔 공작은 그 심정을 이해한다는 듯 고개를 끄덕였다. 왕립 마법원에서 실제로 그 전투를 보았기에 도나텔 공작은 누구보다 그 무서움을 잘 알았다.

"그런 녀석이 적이라면 최대한 숨는 수밖에 없습니다. 함대도 안전을 장담할 수 없습니다."

바츠란 함장의 말에 도나텔 공작은 아무 말도 하지 않았다.

"일단은 최대한 찾기 어려운 곳으로 가야지요. 무작정 망망대해에서 시간을 보낸다고 되는 것이 아니니 작은 무인도에 정박할 겁니다. 침투 훈련 때 종종 정박을 하던 곳이라 임시 접안 시설도 있고, 작다지만 우리가 있기에 충분한 섬입니다. 주변 해류가 복잡해 접근이 쉽지 않기에 숨기에 더욱 좋습니다. 공화국의 영해에 있습니다만, 공화국에서도 제대로 모르는 섬입니다. 그러니 모두가 시간을 보내는 데는 문제없을 겁니다."

"역시 바츠란 제너럴이야."

도나텔 공작의 말에 바츠란 함장은 고개를 저었다.

"적이 무서워 도망가는 졸장일 뿐입니다."

그것이 바츠란 함장의 가슴을 무겁게 만들고 있었다.

한 달이라는 시간이 흘렀다.

이제 메틀라인의 서부 지역은 완전히 공화국의 손에 떨어졌다. 빠른 진군과 확실한 후속 조치로 그곳이 원래 공화국의 영토였는지, 메틀라인 왕국에서 편입되었는지 알 수 없을 지경이었다.

일부 영지의 왕국민들은 오히려 공화국을 환영하기도 했다.

이유는 간단했다. 세금이 줄었기 때문이다. 하루하루 겨우 먹고살던 그들이 공화국 덕분에 여유있게 먹고살 수 있게 되었다. 그런 이들은 공화국을 열렬히 환영했다.

서부 지역이 완전히 안정화가 되었다는 생각에 박스터 통령이 메틀라인으로 들어섰다. 자신이 직접 나서서 민심을 다독이기 위해서다. 그렇게 이 땅들은 공화국이 되는 것이다.

서부에서 공화국군에 패퇴한 귀족들은 동부로, 다시 바첼러 백작령으로 몸을 의탁해 왔다. 더 이상 귀족들을 위한 저택을 마련해 줄 수 없을 지경이었다. 바첼러 백작령이 큰 영지라 하지만, 왕국의 모든 귀족들을 수용할 만큼은 아니었다.

귀족들은 요구 사항이 많았기에 바첼러 백작의 입장에서는 엄청난 민폐였다. 하지만 어쩔 수 없었다. 국왕이 이곳에 있는 이상, 이곳이 곧 왕도였다.

"귀족들의 행패가 극에 달하고 있습니다. 이대로는 영지의 민심이 날로 흉흉해질 뿐입니다."

이안의 말에 카를로 백작의 이마에 골이 파였다.

하이드론 공작에 미켈란 후작, 그리고 수많은 백작들. 이들은 그래도 나았다. 고위 귀족이라는 자각을 가지고 있었기에 오히려 자신들의 명예에 반하는 행동은 하지 않았다.

문제는 수많은 자작과 남작이었다. 귀족이라고 어깨에 힘이 잔뜩 들어가고 하늘 높은 줄 모른 콧대는 영지민들에게 민폐가 이만저만이 아니었다. 하지만 그래도 귀족이라고 어떻게 제재를 하지 못하고 있었다.

"그렇지 않아도 성 밖의 영지민들까지 모두 성내로 수용하느라 치안이 불안합니다. 그런데 어제는 멀쩡한 상인의 집을 빼앗으려 한 자작이 있었다 합니다. 이대로 가다간 적의 침입보다 오히려 영지민의 폭동이 먼저일 것 같습니다."

이안의 목소리에는 절박함이 가득했다. 자신이 나고 자란 영지고, 어릴 때부터 함께한 영지민들이다. 그들이 어려움을 겪는 모습을 차마 제대로 볼 수가 없었다.

"어쩔 수 없구나."

카를로 백작이 결단을 내리고 엠피엘 국왕을 찾았다.

"백작, 무슨 일인가?"

여유로운 오후를 보내던 엠피엘 국왕이 카를로 백작을 맞았다. 한 달 사이 그는 부쩍 늙었다. 패기도 자신감도 없었다. 그저 하루하루 소일하는 노인이 카를로 백작의 눈앞에 있을 뿐이다.

그것이 카를로 백작은 너무나 안타까웠다. 한때 그와 함께 원대한 야망을 그리던 국왕이 불과 한 달 만에 이리 변해 버리다니.

"귀족들의 횡포가 날로 심해집니다. 제재를 할 수 있게 해주십시오."

"그게 무슨 말인가?"

"서부가 완전히 공화국의 손에 떨어지면서 영지를 잃고 이곳으로 몸을 피한 귀족들이 영지민들에게 막대한 피해를 주고 있습니다. 이대로 가다간 폭동이 일어날지도 모릅니다."

"흐음."

카를로 백작의 말에 엠피엘 국왕은 고민에 잠겼다.

하나 곧 귀찮다는 듯 손을 내저었다.

"백작이 알아서 하게. 난 그저 쉬고 싶어."

"알겠습니다."

국왕이 허락했다 생각하고 카를로 백작은 방을 나섰다. 그리고 즉각 영지의 기사단을 동원해 강력하게 귀족들을 제재하기 시작했다.

당연히 귀족들의 불만이 하늘을 찔렀다. 그러나 깡그리 무시했다.

이곳은 자신의 영지였다. 허영심으로 똘똘 뭉친 돼지같은 귀족 나부랭이보다는 영지민이 더 소중했다.

바첼러 영지는 하루하루가 혼란이었다.

그나마 다행인 것은 그 와중에 어느 정도 방어 준비가 끝났다는 것이다.

이레아는 정말 모처럼 숙면을 취할 수 있었다. 이올린이 질렸다는 얼굴로 그런 동생의 자는 모습을 바라보았다.

"독종."

단 한 마디였다. 그 말을 남기고 이올린도 쓰러지듯 잠들었다.

그날, 한 손님이 영주성을 찾았다.

너무나 반가운 얼굴이었다.

레이나 바첼러. 바첼러 백작가의 장녀였다.

"누나!"

이안이 놀란 얼굴로 레이나를 맞았다. 도저히 이곳에 올 수 없는 사람이 왔기에 놀람은 너무나 컸다.

"건강해 보이네. 다행이야."

레이나는 미소를 띠며 말했다. 그녀의 얼굴에는 안도한 표정이 가득했다. 메틀라인 왕국의 소식을 듣고 걱정을 많이 한 듯했다.

"네가 어떻게 이곳에 온 것이냐? 마탑은?"

이안의 뒤를 따라 나온 카를로 백작이 놀란 얼굴로 물었다.

마탑은 국가 간의 전쟁에는 관여하지 않는다. 그것이 마탑들의 불문율이었다. 기간테스를 팔거나 거래를 할 뿐 어느 한곳만 선택적으로 지원하지 않는다. 기간테스를 팔아도 전쟁 중인 양 국가에 모두 파는 이들이 마탑이었다.

모든 국가들이 마탑의 잠재적인 고객이었기 때문이다. 마탑이 위치한 국가에서는 불만일 수도 있는 노릇이었지만, 마탑을 원하는 국가는 많았고, 마탑의 숫자는 적었다. 당연히 마탑으로서는 어느 편도 들지 않는 노선을 택했다.

그런 사실을 잘 알았기에 카를로 백작과 이안이 놀란 것이다.

"관뒀어요."

레이나가 생긋 웃으며 말했다.

그녀의 말에 두 사람의 몸이 흠칫 굳었다.

흙의 마탑의 부탑주다. 그 자리가 보통 자리인가. 조금 더 있으면 마탑주가 될지도 모른다.

마탑주.

제국의 공작 앞에서도 당당할 수 있는 신분이다.

레이나가 그런 미래를 차버리고 돌아왔다고 지금 말하고 있는 것이다.

"그게 대체 무슨 소리냐?"

"말 그대로예요. 레이나 부탑주에서 레이나 바첼러로 돌아온 거예요. 우리 집이 위기에 처했는데 어찌 저 혼자만 마탑에서 편하게 있을 수 있겠어요. 저도 한 팔 거들어야죠."

"하지만……."

레이나의 말에 이안이 채 말을 잇지 못했다.

이안은 너무나 잘 알고 있었다. 마탑에 들어가기는 어렵지만 나오기는 쉽다. 마탑의 비밀을 누구에게도 알리지 않겠다는 서약이 담긴 금제 마법을 받기만 하면 된다.

그러나 한 번 나온 마탑에 다시 들어가는 것은 불가능하다. 다른 마탑에 들어가는 것은 더더욱 불가능하다.

레이나는 지금 그 일을 행한 것이다.

"하아."

이안은 한숨을 내쉴 뿐이다.

"이올린과 이레아는요?"

레이나는 마탑을 뛰쳐나온 것 따위 전혀 아무렇지도 않다는 듯 웃으며 귀여운 두 동생의 안부를 물었다.

"아마 지쳐서 자고 있을 거다. 지난 한 달 동안 정말 바빴거든."

어쩔 수 없다는 듯 카를로 백작이 말했다. 이미 엎질러진 물 아닌가.

"그런데 계속 이렇게 세워두실 거예요?"

레이나의 물음에 그제야 두 사람은 그녀와 함께 방 안으로 들어갔다. 갑작스런 그녀의 등장으로 너무 놀라서 그 자리에 그대로 서 있었던 것이다.

소파에 자리한 세 사람의 앞에 차가 놓였다.

찻잔을 두 손으로 잡아 입으로 가져가 한 모금 마신 레이나가 아버지와 남동생을 보며 물었다.

"이슈인 소식은 아직 없어요?"

그녀의 물음에 두 사람의 안색이 어두워졌다. 대답은 그것으로 충분했다.

레오네인에서의 격전은 각국과 각 마탑의 정보원들에 의해 신속하게 대륙으로 퍼졌다. 너무도 엄청난 블러드의 위력에 모든 국가와 마탑이 숨을 죽이고 메틀라인을 주시하고 있었다.

메틀라인과의 전쟁이 끝난 다음, 그때는 어떻게 될 것인가.

그것이 현재 대륙 초유의 관심사였다.

그들은 이미 메틀라인은 끝났다고 단정하고 있었다.

"앞으로는 어떻게 할 계획이시죠? 이미 서부는 완전히 적의 손에 넘어간 것 같은데요. 현재와 같은 상황이라면 이곳도 위태로워요."

서부의 점령전에 블러드는 나서지 않았다. 대신 디스토션이 앞장서서 차곡차곡 영지들을 무너뜨렸다.

현재 공화국의 기간테스 전력은 대륙 최강이었다. 전략 병기나 다름없는 블러드의 존재가 그것을 가능하게 만들었다.

레이나의 물음에 이안이 주변을 살폈다. 이곳이 자신들의 성이라 하지만, 이제는 수많은 귀족들이 와 있는 곳이다. 조심해야 했다.

그 기색에서 눈치를 챈 것일까? 레이나의 입술이 조용히 움직였다.

"사일런트."

방 전체에 걸쳐 침묵 마법이 펼쳐졌다. 역시 마탑의 부탑주에 오른 실력이었다.

그제야 이안은 조용히 그간의 일을 소상히 설명하기 시작했다.

*   *   *

"이 정도면 서부는 안정되었다고 봐야겠군."

레오네인 왕성의 왕좌에 앉은 박스터가 만족스러운 얼굴로 말했다.

"제스터 장군, 그대가 수고가 많았어."

"과찬이십니다."

박스터의 말에 제스터가 허리를 숙이며 답했다.

"아니. 그대가 아니었다면 이렇게 손쉽게 전쟁을 이끌 수 없었을 거야. 레퀴엠이라는 난적을 처리한 것만도 대단해. 이번 전쟁의 일등공신은 누가 뭐라고 해도 자네야."

박스터는 매우 기분이 좋은 듯했다.

"라파엘 장관, 그대도 긴 세월 동안 고생했어."

라파엘은 공화국으로 돌아가자마자 국방부 장관의 자리에 올랐다. 그간 긴 세월의 노고를 인정받은 것이다.

"아닙니다. 다 통령 각하의 통찰력 덕분입니다."

"엥겔스, 자네도 아주 고생이 많았어."

엥겔스는 미소를 지으며 묵묵히 서 있을 뿐이었다. 이번 전쟁의 일등공신은 사실 둘이었다. 엥겔스가 없었다면 블러드가 없었을 테니까. 하지만 실제로 전장에서 싸운 공을 조금 더 인정해 제스터를 일등공신으로 내정한 것이다.

박스터는 전쟁이 모두 끝난 양 이번 전쟁에서 고생한 이들 하나하나에게 치하를 했다. 그 모습에 한 인물이 안달이 난 얼굴로 계속해서 박스터를 바라보았다.

케이프였다.

결정적인 순간에 왕국을 배신해서 레오네인을 더욱 궁지로 몰고 간 자.

그가 없었다 하더라도 레오네인을 점령하는 것은 문제가 없었을 것이다, 블러드가 있었기에. 하지만 케이프 덕에 전력의 손실을 최소화한 것 또한 사실이었다.

"케이프 자작, 그대도 수고했네. 그대 덕에 용맹한 공화국군의 손실을 최소화할 수 있었어. 곧 직위가 정해질 걸세."

"성은이 망극합니다."

이제나저제나 하고 때를 기다리던 케이프는 박스터의 말이 떨어지자마자 쏜살같이 튀어나와 바닥에 엎드릴 듯 허리를 굽히며 말했다.

그런 그의 모습에 공화국의 실세들은 얼굴을 찌푸렸다.

공화정의 통령에게 성은이 망극하다는 표현 따위는 사용하지 않는다.

공화국은 국민의 국가다. 통령은 단지 국민의 대표일 뿐이다. 그것이 공화국의 가장 기본적인 근간이었다.

"이제는 적의 머리를 쳐야 합니다."

실세들에 대한 치하가 모두 끝나자 엥겔스가 한 발 앞으로 나서며 말했다.

완전한 점령을 위해 들인 시간이 한 달이다. 너무나 바쁜 한 달이었다.

사실 메틀라인 서부의 광활한 영토를 불과 한 달 만에 완전히 점령한다는 것 자체가 말도 안 되는 일이다. 지금도 일부 영지에서는 영지민들에 의한 소요 사태가 벌어지고 있었다. 그래도 이 정도면 한 달이란 시간을 생각했을 때 충분히 훌륭하게 점령했다고 할 수 있었다.

엥겔스의 말에 박스터는 고개를 끄덕였다.

그 역시 이제 후방은 충분히 다졌다고 생각한 참이었던 것이다.

"바첼러 영지라고 했지?"

"네. 동부 반도의 최남단입니다."

박스터의 물음에 엥겔스가 답했다.

"그렇다면 육로와 해로 두 군데에서 동시에 공략하는 것은 어떤가?"

박스터가 대전 중앙에 크게 펼쳐진 지도를 보면서 물었다.

"그것이… 적의 비바체 함대의 행방이 묘연한지라……."

엥겔스의 대답에 박스터는 즉각 해로는 단념했다. 육지라면 몰라도 바다 위에서 비바체 함대의 마나 캐논에 대응할 방법이 없었다. 더군다나 그들은 매트 성과 록힐 광산의 병력까지 흡수한 상태다.

해군의 승부는 공화국이 전적으로 불리했다.

"그렇다면 역시 육로에 모든 전력을 집중해야겠군."

"그렇습니다."

"최남단이라…… 서부를 점령했다 하더라도 확실히 후방이 불안해지겠는걸?"

박스터가 얼굴을 찡그리며 말했다.

"괜찮습니다. 서부를 점령하며 저들의 남은 병력이 얼마나 형편없는지 확인하지 않았습니까? 카로니안의 디스토션 부대로 동부의 영지를 정리하면서 제스터 장군의 블러드로 바첼러 영지를 공략하면 될 일입니다."

그럴듯한 작전이다.

이미 메틀라인엔 자신들에게 대항할 만한 병력은 남아 있지 않았다. 남아 있다면 오직 한 곳, 바첼러 영지뿐이었다.

"어떤가?"

박스터 통령의 시선이 카로니안을 향했다.

"맡겨만 주십시오!"

카로니안이 우렁찬 목소리로 외쳤다. 그는 이미 라이오네 공작가의 영지를 초토화시킨 터다. 아버지의 원수를 그렇게 갚았다.

이제는 이 나라에 아버지의 원수를 갚을 차례다.

카로니안의 대답을 들은 박스터 통령의 시선이 제스터를 향했다.

"문제없습니다."

박스터의 대답을 들은 박스터는 만족스러운 미소를 지었다.

"좋아, 그렇게 하지. 내일 당장 진군한다."

"네!"

박스터의 결정에 대전에 모인 모두가 한목소리로 우렁차게 답했다.

*   *   *

"흐음."

도나텔 공작의 이마에 잔주름이 생겼다.

무언가를 고민할 때 흔히 나타나는 그만의 버릇이었다.

똑똑.

그때 노크 소리가 도나텔 공작의 집중을 깨뜨렸다. 그가 일어나서 문 쪽으로 걸음을 옮겼다.

"누군가?"

어차피 잠시 쉬려던 참이었기에 불청객에 대한 불쾌함은 없었다.

"접니다."

바츠란 함장이었다.

"어쩐 일인가?"

"계속 방에만 계신다 하기에 건강을 해치실까 염려되어 찾아왔습니다."

무인도에 도착한 지도 어느새 4주라는 시간이 흘렀다. 그 시간 동안 도나텔 공작은 두문불출 계속해서 자신의 방에만 머물 렀다.

"대체 무엇을 하고 계신 겁니까?"

바츠란 함장의 물음에 도나텔 공작은 스윽 문에서 비켜섰다. 그리고는 등 뒤의 책상에 놓여 있는 수정구를 눈짓으로 가리켰 다.

"저것은?"

"레오네인에서 레퀴엠과 전투를 벌이고 있는 블러드지. 내가 본 내용을 영상으로 저장해서 가지고 왔다네."

"그렇군요."

"일단 들어오게."

도나텔 공작의 안내로 바츠란 함장은 소파에 앉았다. 특별히 신경을 써 배정한 방이었기에 무인도에 임시로 지은 건물임에 도 제법 갖출 것은 갖추고 있었다.

"이제 레퀴엠은 없네."

도나텔 공작이 어두운 목소리로 말했다. 바츠란 함장의 얼굴 도 그 목소리만큼 어두워졌다.

"블러드를 막을 수 있는 기간테스가 없다고 해야겠지. 그래 서 계속해서 살핀 거야. 혹시라도 블러드의 약점을 찾을 수 있 지 않을까 하고."

"그래서 결과는 어떻습니까?"

바츠란 함장이 혹시나 하는 생각에 물었다. 도나텔 공작은 고개를 저었다. 바츠란 함장의 얼굴에 역시라는 기색이 떠올랐 다.

"출력이 깡패라는 말밖에 달리 할 말이 없구먼. 어떻게 저런 출력이 가능한지도 의문이고, 대체 라이더는 저 출력을 어떻게 버티는지도 수수께끼야."

절망적인 말이다.

"그래도 얼마 전에 한 가지 알아낸 것은 있다네."

바츠란 함장의 두 눈이 반짝였다.

"레오네인의 일부를 날려 버린 기술 말이야."

"그것에 무슨 비밀이 있는 겁니까?"

바츠란 함장의 물음에 기대감이 가득했다.

"있지. 암, 있고말고."

도나텔 공작이 고개를 끄덕이며 말했다.

"뭡니까?"

"레퀴엠이 너무 강했다는 거지. 그런 레퀴엠을 쓰러뜨린 블러드란 녀석은 더한 괴물이고."

"그게 대체 무슨 말씀이십니까?"

알 수 없는 도나텔 공작의 말에 바츠란 함장이 답답하다는 듯 물었다.

"후우. 말 그대로일세. 레오네인의 고급 저택가의 절반을 날려 버린 그 기술. 그것은 아무리 봐도 상대의 피어스 브레이크를 튕겨내는 기술이야."

도나텔 공작의 말에 그제야 무언가를 깨달은 바츠란 함장의 몸이 부르르 떨렸다.

"그 말씀은?"

"그래. 그때 당시 레퀴엠이 사용한 기술이 그만큼 엄청난 위력을 가진 것이었다 그 말일세. 그것을 블러드는 튕겨낸 것뿐이야. 그리고 마지막에 레퀴엠을 집어삼킨 기술 역시 말이야."

도나텔 공작의 체념 어린 말에 바츠란 함장은 더 이상 말을 잇지 못했다. 잠시 가졌던 기대가 절망으로 바뀌는 데 걸리는 시간이 이토록 짧을 줄이야.

"그 기술만 봉쇄한다면 블러드를 처리할 수 있을까요?"

바츠란 함장의 조심스러운 물음에 도나텔 공작은 고개를 저었다.

"레퀴엠이었기에 그 기술이 그렇게 엄청난 위력을 보였지. 사실 다른 기간테스 라이더들은 피어스 브레이크를 사용할 줄 모르니, 오히려 그 기술은 걱정할 필요가 없어. 정작 걱정인 것은 블러드 자체의 엄청난 위력이야. 레퀴엠도 단순한 성능 면에서는 블러드보다 아래였으니."

가슴이 먹먹했다.

무려 한 달 동안 블러드의 약점을 알아내기 위해 두문불출했다. 그리고 얻은 결론이 막을 수 없다라니 어느 누가 허탈하지 않을 수 있을까?

"그나저나 이안 차관에게는 아직도 아무 이야기가 없는가?"

"그저 기다리라고만 하더군요."

도나텔 공작의 물음에 바츠란 함장이 고개를 저었다.

"너무 오래 웅크리는 것은 아닌가 싶군. 나에 대해서는 이야기하지 않았겠지?"

"네, 공작님께서 이곳에 있는 것은 알리지 않았습니다. 이안 차관에게라면 이야기해도 좋을 것 같은데요. 다들 궁금해하고 있습니다."

"아군이 몰라야 적군도 모르지. 더욱이 지금 같은 상황에서는. 리퍼블릭에 제대로 한 방 터뜨려 주려면 말이야."

도나텔 공작의 말에 바츠란 사령관은 수긍할 수밖에 없었다. 이안 차관 근처에 첩자가 있다고 믿고 싶지는 않지만, 만약의 상황이라는 것이 있었다. 더군다나 지금같이 압도적으로 밀리는 상황에서는 돌다리도 두들기고 또 두들기는 치밀함이 필요했다.

*　　　　*　　　　*

"자, 서둘러라! 저곳만 점령하면 메틀라인은 끝이다! 적의 심장에 비수를 박고 승리의 축배를 들자!"

지휘관들이 병사들을 독려하는 외침이 여기저기서 터져 나온다. 그들의 독려에 힘을 얻은 것일까? 병사들은 묵묵히 발걸음을 옮겼다.

수많은 군사들의 행군에 먼지가 자욱이 피어올랐다.

군부회의를 통해 공화국에서 결정한 바첼러 성 공략 방법은 간단했다.

포위섬멸전.

대규모의 병력으로 성 전체를 포위해 압박을 가하는 전술을 사용하기로 한 것이다. 기간테스를 먼저 보내 일단 목표지를 파괴한 후 후속 보병 병력이 점령 작업을 하던 것과는 다른 작전이었다.

"이 전투가 마지막이 될 겁니다. 그런 만큼 압도적인 힘의 차이를 보여줘야 합니다. 그래야 전후 정리 작업도 편안히 진행할 수 있습니다."

제스터의 설명이 주효했다.

그 덕에 블러드라는 압도적인 전략 병기를 보유하고 있음에도 전 병력이 이렇게 진군해 나가고 있는 것이다.

그중에는 박스터를 비롯한 제스터와 엥겔스 등 공화국 수뇌부도 모두 포진해, 중군의 선두에서 말을 타고 당당히 함께 진군하고 있었다.

전군을 집결해 진군을 시작한 지 나흘이 흘렀다. 그러나 진군 속도를 적절히 조절했기에 병사들의 얼굴에서 피로를 찾아보기는 힘들었다. 오히려 곧 메틀라인 왕국을 완전히 무너뜨린다는 생각에 얼굴마다 투지가 가득했다.

"좋군."

박스터가 조용히 중얼거렸다.

"이제 이틀 후면 바첼러 영지에 진입합니다."

"바첼러 성까지는 얼마나 걸리지?"

"나흘입니다."

제스터의 대답에 박스터가 미소를 지었다.

"이제 곧이군."

"그렇습니다. 제가 통령과 함께 꿈꾼 세상에 한 발 더 다가가게 될 겁니다."

제스터 역시 웃음을 지으며 말했다.

"그렇지. 메틀라인을 정리하면 내전으로 힘이 빠진 원글로스는 금방이야. 그저 관망만 하고 있는 슈프림도 그 여세를 타면 어려울 것이 없지.”

박스터는 자신의 야망을 다시 한 번 상기하며 말했다.

“그러면 두 제국과도 충분히 자웅을 결할 수 있을 정도의 영토를 가지는 겁니다.”

“그렇게 되면 대륙은 세 개의 국가로 나뉘게 됩니다. 로헨 왕국 따위야 신경 쓸 것이 없지요.”

엥겔스가 끼어들었다.

대륙을 세 개의 나라로 나누어 일단 균형을 잡는다. 그리고 차후 전 대륙을 도모한다.

이것이 공화국 혁명을 일으킬 당시 박스터와 제스터, 그리고 엥겔스 세 명이 머리를 맞대고 구상한 커다란 밑그림이었다.

그렇게 제이드 대륙 전체를 공화정의 세상으로 만드는 것.

그것이 제스터와 엥겔스의 삶의 목표였다.

벨런시아 왕국을 공화정으로 바꾸는 혁명이 그들의 꿈을 위한 첫발이었다면, 메틀라인 정복은 그 두 번째 걸음이 되는 것이다. 자연히 두 사람의 얼굴은 잔뜩 들떠 상기되어 있었다.

메틀라인 왕국 정복까지는 마지막 한 걸음이 남았을 뿐이다.

*   *   *

머리가 어질어질하게 울렸다.

분명 온몸이 녹아내리는 듯한 느낌을 받았다. 그런데 사지가 멀쩡했다. 손가락 끝의 감각도 느껴졌다. 발가락도 움직이는 것 같았다. 분명 모든 것이 사라진다고 생각했는데.

단지 머리가 심하게 아플 뿐이다.

"살아 있는 것인가?"

탁하게 갈라진 목소리가 귀에 들렸다.

머릿속에 떠오른 생각을 입으로 뱉어낸다고 생각한 순간 소리가 귀에 들려 다시 머리로 전해졌다.

그것을 보면 분명히 존재하는 것 같았다. 결코 꿈이나 환상 따위가 아니었다.

"다행이군."

그것을 확인하는 순간 저절로 나온 한마디다.

온 세상이 암흑이었다.

"시력을 잃은 것인가, 아니면 어둠밖에 없는 공간인가?"

등에서 울퉁불퉁한 감촉이 느껴졌다. 어딘가에 누워 있는 듯했다.

"흐음."

아무것도 보이지 않으니 본능적인 불안함이 덮쳐왔다. 무의식중에 눈을 뜨려고 했다.

눈꺼풀이 파르르 떨렸다. 그 떨림을 명확하게 느낄 수 있었다.

"어쩌면……."

현재 눈을 감고 있기에 암흑만 보이는 것일지도 모른다는 데 생각이 미쳤다.

온 힘을 다해 눈을 뜨려 했다. 20분 정도 노력 후에 겨우겨우 눈을 뜰 수 있었다.

갑자기 망막에 빛이 덮쳐들었다.

강렬한 빛이 아니라 은은히 사방을 밝히는 빛이었다. 그 덕에 시력이 무사할 수 있었다. 갑자기 강렬한 빛이 덮쳐들었다면 그 충격으로 시력에 손상을 받았을 수도 있는 일이다.

사방이 뿌옇게 보였다. 그저 은은한 빛만 인식이 될 뿐이었다.

10분, 15분, 20분.

시간이 흘렀다. 시간을 느끼는 감각이 멀쩡한 것을 보니 살아 있기는 한 모양이었다.

이윽고 사방이 또렷이 보이기 시작했다. 울퉁불퉁한 벽과 천장이 보였다.

어딘가의 동굴인 듯했다.

시력을 찾았으니 이제 일어나서 현재의 상태를 살펴야 했다.

일어나기 위해 팔과 다리에 힘을 줬다. 그러나 힘이 들어가지 않았다. 전신을 짓누르고 있는 무력감만 더해질 뿐이다.

"시간이 좀 걸리겠어."

작게 중얼거린 후 천천히 힘을 주기 시작했다. 일단 손가락과 발가락 끝의 감각을 느끼는 것부터 시작했다. 존재한다는 감각만 느껴질 뿐 움직일 수 없었다. 한참을 노력한 끝에 손가락 끝의 감각이 명확해졌다.

움찔.

살짝 떨리듯 손가락 끝이 움직였다.

입가에 미소가 떠올랐다. 손가락을 움직이면서 살아 있다는 사실을 더욱 강하게 인식한 때문이다.

"좋아."

일단 한 번 움직이기 시작하자 그 뒤로는 손쉬웠다.

손목과 발목을 움직이는 데까지 30분이 더 걸렸고, 그로부터 한 시간 후에는 팔꿈치와 무릎까지 움직였다.

"조금만 더."

팔꿈치와 무릎이 움직이자 점점 팔다리의 근육이 살아나기 시작했다.

그로부터 다시 한 시간이 흐른 후.

당당히 두 발로 땅을 딛고 일어섰다.

그제야 주변을 제대로 살피기 시작했다. 주위를 두리번거려 보기도 하고 벽에 다가가 만져 보기도 했다.

낯익은 곳이었다.

이런 동굴에 와본 적이 없을 터인데도 익숙했다.

일단 길을 따라 걸었다. 아직 근력이 완전히 돌아오지 않았기에 걷는 속도는 한없이 느렸지만 그래도 걸었다.

멀지 않은 곳이었다. 그래서 느린 걸음임에도 금방 도착할 수 있었다.

텅 빈 공동.

공동을 향해 나 있는 몇 개의 길.

검이 꽂혀 있었을 듯한 중앙.

"이곳은!"

그제야 어디인지 기억이 났다.

분명 이곳에 한 번 온 적이 있었다. 그랬기에 낯이 익었던 것이다.

검이 꽂혀 있던 곳을 확인한 순간, 불현듯 오른손이 왼쪽 허리로 향했다. 없었다. 아무것도 없었다.

있어야 할 것이 없었다.

"아스카론."

있어야 할 존재의 이름이 입에서 흘러나왔다.

드디어 눈앞에 적의 성벽이 보였다.

병사들의 얼굴은 먼지와 땀이 어우러져 지저분하기 이를 데 없었다. 무려 8일의 행군이었다. 묵묵히 걸음을 옮긴 그 시간만큼 얼굴에 흔적이 아로새겨져 있었다.

"오늘 하루는 전원 편히 휴식한다!"

명령에 따라 경계병을 제외하고는 서둘러 막사를 짓고 휴식을 취했다. 근처 강가로 가서 교대로 목욕을 하기도 했다.

그럼에도 바첼러 성에서는 아무 반응이 없었다.

바첼러 성은 현재 혼란에 휩싸여 있었다. 성 전체를 포위한 공화국군에 겁을 먹은 귀족들은 갑론을박 서로를 헐뜯으며 싸우는 데 정신이 팔려 있었다.

엠피엘 국왕은 그 모습을 그저 묵묵히 지켜보고 있었다.

평소의 카리스마 넘치던 그 모습은 온데간데없었다. 그 때문에 귀족들의 싸움은 도를 더해가고 있었다.

"모두 그만 하십시오. 적이 코앞에 진을 치고 있는데 이 무슨 소란입니까!"

보다 못한 카를로 백작이 목소리를 높였다.

"그 때문에 이렇게 논의 중이지 않습니까?"

자작 한 명이 바로 카를로 백작의 말에 반론을 펼쳤다.

"항복하느냐 마느냐가 대책을 논의하는 겁니까?"

카를로 백작이 피식 웃으며 말했다. 항복이라는 극단적인 이야기가 나오는데도 국왕은 아무런 반응을 보이지 않을 정도로 기력을 잃었다. 아들 때문에 하이드론 공작마저 침묵을 지키는 와중이라 중소 귀족들이 오히려 제 세상을 만난 듯 설쳤다.

"그러면 이곳에 무슨 방법이 있다는 겁니까?"

다른 남작이 카를로 백작에게 물었다.

"그렇습니다. 이곳은 겨우 백작성일 뿐입니다. 레오네인에서 막지 못한 적을 어찌 이곳에서 막을 수 있단 말입니까?"

또 다른 남작이 동조했다.

그들의 말이 늘어날수록 카를로 백작의 얼굴에 자리한 분노가 점점 더 진해졌다.

"시끄럽소!"

결국 그 분노가 폭발했다.

"정 공화국군이 그렇게 무섭다면 성문을 열어줄 터이니 지금 당장 나가서 항복하시오! 절대 막지 않겠소! 대신 나는 이곳에서 최후까지 싸울 것이오!"

카를로 백작의 외침에 일순 회의장이 조용해졌다.

누가 뭐래도 이곳은 카를로 백작의 영지였다. 그들은 잠시 몸을 의탁할 뿐인 것이다. 싸울지, 말지도 영주인 카를로 백작이 결정할 일이다.

국왕이 저런 상태라면 말이다.

"왜 아무 말이 없소? 항복하자고 떠드는 사람이 그렇게 많더니 말이오! 어서 가시오!"

카를로 백작의 분노는 컸다.

"백작, 그 심정은 알겠으나 이제 그만 하시게."

보다 못한 미켈란 후작이 나섰다.

국왕과 하이드론 공작이 있으나마나 한 지금, 그가 이곳에서 신분이 가장 높았다. 그럼에도 국방부 장관으로서 왕도를 지키지 못한 죄인이라는 생각에 지금까지 침묵을 지키고 있었다. 하지만 카를로 백작의 분노가 컸기에, 이 자리에서 그를 말릴 수 있는 유일한 사람이 자신이었기에 입을 연 것이다.

"나 역시 자네와 심정이 다르지 않네만, 그래도 우리 왕국의 귀족 아닌가. 그들이 겁을 집어먹고 그런 말을 했다 한들 어찌 칼로 자르듯 내칠 수 있단 말인가."

미켈란 후작의 중재에 기가 잔뜩 눌렸던 귀족들의 얼굴에 다시 기세가 살아 오르기 시작했다.

카를로 백작은 고개를 저었다.

"후작님의 말씀도 맞습니다만, 지금은 적을 눈앞에 눈 상황입니다. 이런 상황에서 내부의 의견이 갈리는 것이 얼마나 위험한 일인지는 군부 출신인 후작님께서 더 잘 아실 겁니다."

이치에 맞는 카를로 백작의 말에 미켈란 후작은 곧바로 대답하지 못했다. 하지만 이내 입을 열었다.

"자네 말이 맞네. 하지만 이 상황에서 저들을 항복하라며 적의 진영으로 보내는 것은 이곳의 정보를 그냥 적에게 주는 것이 아니겠는가. 적을 눈앞에 두고, 그 또한 절대 있어서는 안 될 일이네."

역시 이치에 합당한 말이다. 하지만 이 경우에는 맞지 않았다. 왜냐하면 그들은 바첼러 성의 정보에 대해 아는 것이 없었기 때문이다.

그들은 바첼러 성에 들어온 이후 연일 서로 물어뜯으며 싸우기에 바빴다. 지난 한 달이 넘는 시간 동안 성내에서 무슨 일을 했는지에는 전혀 관심이 없는 이들이다.

이들이 공화국 진영으로 넘어간다고 해서 새어나갈 정보는 전무했다.

"상관없습니다."

카를로 백작이 단호하게 말했다.

그 말에 일부 귀족들의 얼굴이 새하얗게 변했다. 그 말인즉슨 자신들을 성 밖으로 내쫓겠다는 의미였기 때문이다.

"흐음."

카를로 백작의 태도에 미켈란 후작은 더 이상 아무 말도 하지 못했다. 이곳의 영주는 누가 뭐라고 해도 카를로 백작이었다. 카를로 백작은 부리부리한 눈으로 미켈란 후작을 똑바로 바라보고 있었다.

"알겠네. 자네 뜻대로 하게."

카를로 백작의 철벽과도 같은 의지에 결국 미켈란 후작이 백기를 들었다.

"항복하고 싶은 사람은 모두 이쪽으로 나오시오!"

카를로 백작은 미켈란 후작의 말이 떨어지자마자 한쪽을 가리키며 외쳤다.

그 말에 모두들 슬금슬금 눈치만 볼 뿐 감히 먼저 움직이지 못했다. 한참 동안 정적이 흘렀다.

잠시 후 이 분위기가 마음에 안 드는 듯, 한 인물이 신경질적으로 자리에서 일어났다.

"에잇! 어차피 끝난 겁니다. 그걸로 이렇게 눈치를 보다니."

그는 가장 먼저 카를로 백작의 말에 반박을 한 자작이었다.

"프로일 자작……."

미켈란 후작이 안타까운 얼굴로 그를 바라보았다.

"이미 끝났습니다. 공화국군이 이 성을 완전히 포위하고 있다고요. 아무리 준비가 잘되어 있어도 버티기밖에 할 수 없습니다. 그사이 우리 왕국은 완전히 점령당해 있겠지요. 우리의 영지도, 영지민도 아무것도 남는 게 없을 겁니다. 그런데 무슨 희망이 있다고 이곳에서 버틴단 말입니까?"

그는 그렇게 외치고 카를로 백작이 가리킨 곳으로 뚜벅뚜벅 걸어갔다. 그리고 당당한 얼굴로 자리에 섰다. 한 점의 거리낌이나 부끄러움 따위는 없는 모습이었다.

"어찌 그런……."

미켈란 후작은 차마 말을 맺지를 못했다. 국가에 충성하는 군부 출신의 귀족인 그로서는 도저히 납득할 수 없는 말이었다.

굳이 군부 출신이 아니라도 귀족으로 산다면 당연히 져야 하는 의무가 있다. 그의 말은 그런 의무를 완전히 저버린 것이었다.

프로일 자작의 선동과도 같은 외침에 분위기가 술렁이기 시작했다.

그 모습에 미켈란 후작이 입을 열려고 했다. 이곳을 벗어나 공화국에 항복한다고 해도 공화국은 공화국이다.

즉, 공화정이 수립된 나라다. 그곳에는 귀족도 없고 영지도 없다. 항복해서 얻을 수 있는 것은 오직 목숨 하나뿐이다. 이들은 그 사실을 알고 항복을 결정한 것일까? 욕심 많은 귀족들이?

그 사실을 일깨우면 어쩌면 그들 중 마음을 바꿀 이들이 있을지도 모른다.

그래서 미켈란 후작이 입을 열려는 것이다.

그러나 행동에 옮기지 못했다. 카를로 백작이 그를 보며 고개를 저은 것이다. 겨우 그런 것으로 마음을 바꿀 인물이라면 방해밖에 되지 않는다고 눈빛으로 말하고 있었다.

결국 미켈란 후작은 아무 행동도 취하지 못했다. 카를로 백작에게 설득된 것이다.

그사이 사람들이 슬금슬금 움직였다. 프로일 자작의 말에 영향을 받아 눈치만 보던 이들이 행동하기 시작한 것이다. 하나둘씩 늘어날수록 계속해서 눈치만 보던 이들도 움직이기 시작했다. 그리고 어느 정도 수가 늘어나자 서로 자리에서 일어났다.

결국은 자리에 있던 이들 중 3분의 2가 항복하겠다는 측으로 자리를 옮겼다. 그 수를 확인한 미켈란 후작의 얼굴에 참담함과 실망감이 가득했다.

왕국 귀족들의 의식이 이 정도밖에 안 되는가 하는 실망. 그것이 그를 지배했다. 결국 그는 고개를 돌리고 자리에 앉았다. 더 이상 이들을 위해 나서고 싶지가 않았다. 마지막 남은 한 조각의 측은함마저도 실망감이 집어삼켰다.

"우리는 가겠소."

선동자나 다름없는 프로일 자작이 이들을 대표해 입을 열었다.

"얼마든지."

카를로 백작은 고개를 끄덕이며 옆에 있던 기사에게 눈짓을 했다. 기사는 재빠르게 움직였다. 항복하겠다는 귀족들을 바라보는 그 기사의 눈에는 경멸이 가득했다. 귀족이라고 이런 이들에게 충성을 다한 그들의 기사가 불쌍할 뿐이다.

기간테스 네 기가 먼저 성 밖에 소환되었다.

공화국군이 오늘은 아무 행동 없이 휴식만 취할 것 같은 모습을 보이고 있지만 만약을 대비해야 했다. 랩터2 네 기의 딜레이 타임이 모두 끝나고 그들이 경계 태세를 취하고 난 다음에야 성문이 열렸다.

항복을 원하는 귀족들은 백기를 들고 당당히 성문을 벗어났다. 영지민들에게서 야유가 터져 나왔지만, 그들은 천한 아랫것들의 야유 따위는 들리지도 않는다는 얼굴이었다.

그들이 모두 빠져나가고 성문이 다시 닫혔다.

"귀족들이 단체로 항복을 해?"

엥겔스의 보고에 박스터는 흥미롭다는 얼굴로 되물었다.

"그렇습니다."

"후후, 내분이라⋯⋯. 그래, 안 되는 곳은 그렇게 망하는 것이지."

"어떻게 할까요?"

엥겔스가 물었다.

"항복해 온 적을 죽일 수야 없지 않나? 그러면 누가 항복을 할까. 항복을 받아들여. 후방 적당한 곳에 수용해 두도록."

"그들이 귀족으로서의 대우를 요구하고 있습니다만⋯⋯."

엥겔스가 곤혹스럽다는 얼굴로 물었다. 그 말에 박스터가 피식 웃었다.

"귀족? 웃기는군. 우리나라가 어떤 나라라고 생각하는 거지? 우리는 공화국이야, 공화국. 귀족 따위는 없는 나라라고. 그런 나라에 항복하면서 귀족 대우를 해달라니 웃기는 녀석들이군. 다른 이들과 똑같이 대우해. 귀족 대우 따위는 없어."

박스터가 일고의 가치도 없다는 듯 말했다.

"알겠습니다."

엥겔스가 물러나고 제스터가 들어왔다. 제스터는 병사들의 상태를 둘러보러 진영 이곳저곳을 누비고 보고를 위해 찾아온 것이다.

"그래, 어떤가?"

제스터를 보자마자 박스터가 물었다.

"아주 좋습니다. 여유있는 행군으로 피로가 거의 없는데다, 그간의 승전 덕에 사기도 최고조입니다."

"좋군."

박스터는 흡족한 미소를 지었다.

"내일 공격을 시작하는 겁니까?"

제스터가 물었다.

"아니, 내일은 일단 무력시위로 압박만 가하도록 하지. 그러면 항복하는 이들이 더 나올지도 모르니까."

"내부의 균열을 더 크게 만드시겠다는 겁니까?"

제스터의 물음에 박스터는 고개를 끄덕였다.

"그렇지. 뭐든지 외부의 충격보다는 내부의 충격에 약한 법이거든."

박스터가 웃으며 답했다. 그의 얼굴에는 바첼러 성을 공략하는 것에 대한 기대감이 가득했다. 아주 즐거운 듯했다.

"이게 무슨 짓이냐!"

프로일 자작은 화가 난 얼굴로 병사에게 외쳤다. 그가 그들을 데리고 간 곳에는 아주 허름한 짐마차가 놓여 있었다. 설마하며 짐마차를 바라보고 있다가 그곳에 타라는 병사의 말에 결국 분노를 터뜨린 것이다.

"이곳에 타라고 하지 않았수. 당신들은 후방에 마련된 수용소에 머물게 될 것이우."

병사는 프로일 자작의 분노에도 아무렇지도 않게 말했다.

"말도 안 된다! 우리는 왕국의 귀족들이다! 그런데 이따위 대우라니! 당장 통령을 불러라! 그에게 직접 말할 것이다!"

프로일 자작의 외침에 병사는 같잖다는 듯 피식 웃었다.

"귀족? 그게 뭐유? 개밥에나 쓰는 거유? 우리 공화국에는 그런 거 없수. 그러니까 험한 꼴 당하기 전에 시키는 대로 하슈."

"네 이놈!"

그 병사를 향해 주먹이 날아갔다.

호퍼 남작이었다. 그는 기사 집안 출신으로 무력이 제법 뛰어난 축에 속하는 자였다.

"어이쿠!"

일개 병사가 기사 훈련을 받은 이를 당할 수는 없는 노릇이다. 그는 바닥에 형편없이 나동그라졌다.

"당장 박스터 통령을 이곳으로 불러와라!"

그 모습에 의기양양해진 프로일 자작이 다시 외쳤다.

갑작스런 소란에 병사들이 이내 모여들었다. 하지만 쓰러뜨린 병사에게서 검을 빼앗은 호퍼 남작이 흉흉한 기세를 뿜어내고 있었다. 그 모습에 병사들은 섣불리 다가서지 못했다.

소란은 금세 주변으로 퍼져 나갔다.

"무슨 일이야?"

그때 한 남자가 귀찮다는 얼굴로 어슬렁어슬렁 다가왔다.

병사 한 명이 달려가 자초지종을 설명하자, 이야기를 모두 들은 남자는 어이없다는 얼굴로 피식 웃었다.

"이보슈."

"뭐냐?"

애꿎은 부하들을 희생시킬 수 없기에 남자가 직접 프로일 자작을 향해 다가가 말을 걸었다.

"이곳이 어디인지 잊은 모양인데, 이곳은 공화국 진영이오."

"알고 있다."

프로일 자작은 당당한 얼굴로 말했다. 그 말에 남자는 더욱 어이없다는 얼굴을 했다.

"그러면 자신의 처지를 알고 행동해야지. 이렇게 소란을 일으켜 봐야 하나 좋을 것 없소."

"우리는 우리의 신분에 걸맞은 대우를 요구할 뿐이다. 이는 대륙의 전쟁법에서 정확히 명시되어 있다."

프로일 자작은 당당하게 외쳤다.

"그거야 왕국이나 제국들 이야기구, 우리는 공화국이라오, 공.화.국."

남자는 한 자 한 자 또박또박 이야기했다.

"그게 뭐 어쨌다는 거냐?"

"아, 놔. 그러니까 우리나라에는 귀족이라는 신분 따위는 없고 모두 동등하다는 거유. 그러니 포로 대우도 동등하게 해야지. 그게 우리나라 법이유. 억울하면 여기서 덤비다가 모두 죽던가."

그 말과 동시에 사내의 몸에서 강맹한 기세가 사방으로 뿜어져 나왔다. 그 기세에 노출된 호퍼 남작은 온몸에서 땀을 삘삘 흘렸다. 사내의 상대가 안 된다는 증거였다.

사내는 천천히 검을 뽑았다. 그 기세는 살벌하기 이를 데 없었다.

결국 그들은 짐마차에 몸을 실었다.

"이럴 수는 없어."

누군가가 작은 목소리로 중얼거렸다. 그 목소리에는 항복한 것에 대한 후회와 회한이 가득했다.

"조국을 버린 쓰레기들이 웃고 있군."

그들이 가는 모습을 가만히 지켜본 사내는 경멸 어린 눈초리로 마차를 바라보다가 바닥에 침을 뱉고 자신의 자리로 돌아갔다.

*　　*　　*

"아스카론!"

잊고 있던 존재를 상기하고 그 부재를 깨달은 후 입에서 자연히 터져 나온 외침이다.

이슈인은 목이 터져라 외쳤다. 늘 곁에 있던 존재의 부재. 더군다나 홀로 떨어진 상황에서의 불안함은 못내 컸다.

이슈인의 외침에 반응한 것일까?

예전에 아스카론이 꽂혀 있던 자리에 아스카론이 서서히 나타났다.

이슈인은 자신의 눈을 믿을 수 없다는 듯 천천히 다가가 아스카론을 잡았다.

환상인지 실제인지 확인하기 위함이다. 손바닥에 분명하게 검병의 감촉이 느껴졌다. 검을 쥘 때 늘 느끼던 그 감촉 그대로였다.

"아스카론……."

안도한 목소리였다.

이슈인은 천천히 아스카론을 뽑아 다시 허리에 찼다. 검집은 자연스레 생겼다.

—마스터.

그때 아스카론의 목소리가 머리에 울렸다.

이슈인은 그제야 희미한 미소를 지으며 바닥에 주저앉았다. 긴장이 풀린 것이다. 가뜩이나 약해진 근육이었기에 마치 쓰러지는 듯했다.

"후우, 대체 어떤 일이 벌어진 것이지?"

이슈인이 물었다. 그 속에는 그간의 일과 현재의 상황에 대한 궁금증이 가득했다. 이슈인은 아스카론이라면 당연히 알고 있을 것이라 생각했다.

—복잡한 일이 있었습니다.

"설명해 줘."

—네.

짧게 답한 아스카론은 잠시 뜸을 들인 후 설명을 시작했다.

—마스터의 마지막 공격은 분명히 성공을 했습니다. 하지만 너무 늦었습니다. 블러드의 기술에 이미 레퀴엠의 대부분이 소멸한 다음이었습니다. 그때 마스터는 싱크로율 100%를 기록했습니다.

"그랬나?"

그러고 보니 싱크로율 100%라는 감격 어린 목소리가 머리에 울린 것도 같았다. 어렴풋이 기억이 났다.

마지막 순간 모든 것을 잊고 펼쳤던 인피니트 블레이드.

그때였을 것이다.

"내가 그 일을 해냈다고?"

잘 믿기지 않는지 이슈인의 목소리가 살짝 떨렸다.

―그렇습니다.

아스카론이 확실한 어조로 다시 한 번 확인시켜 주었다.

―하지만 너무 늦은 상황이었습니다. 제가 손을 쓰기에도 이미 늦었지요.

그것은 기억이 나지 않았다. 그때 이슈인은 혼신의 힘을 다해 인피니트 블레이드를 펼치고 있었다.

―그때 기이한 일이 일어났습니다.

그 순간을 다시 떠올리자 또다시 감격이 밀려오는 듯 아스카론의 목소리가 은은히 떨렸다.

―마스터의 기술이 발동되는 순간, 공간의 축이 흔들렸습니다.

"공간의 축이 흔들려?"

이슈인이 이해할 수 없다는 듯 물었다.

―네. 공간이 갈리고 새로운 공간이 나타났습니다.

"아공간 같은 것인가?"

이슈인이 고개를 갸웃거렸다. 기간테스를 소환 해제할 때 기간테스가 존재하게 되는 공간이 아닌가 추측할 뿐이었다.

―그것과는 좀 다릅니다. 그리고 공간의 축이 흔들리는 순간, 시간의 축도 흔들렸습니다.

"시간이?"

이슈인은 놀라서 물었다.

―네, 그랬습니다. 저도 어떻게 된 일인지 알 수는 없습니다만, 아마도 마스터의 마지막 기술 때문이 아닌가 하고 추측하고 있습니다. 그 기술을 사용했을 때 시공의 축이 흔들리면서

차원의 틈으로 레퀴엠이 들어섰습니다. 그리고 나서 블러드의 기술이 레퀴엠이 있던 곳을 지나가서 마스터와 제가 무사할 수 있었습니다.

완전히 이해할 수는 없었다. 하지만 한 가지 사실은 알 수 있었다. 그때 기적과도 같은 일이 일어나서 자신과 아스카론이 살아남았다는 것이다.

"그런데 어떻게 이곳으로 온 거야?"

―그것은 저에게 남겨진 각인이 작용한 것입니다. 원래 다른 곳으로 공간 이동을 하려고 하였습니다. 레퀴엠은 거의 완파된 상태였기에 마스터와 저만 이동하려고 하였지요. 그런데 저의 자아 깊숙한 곳에 새겨져 있던 각인이 활성화되었습니다.

"각인?"

부쩍 되물을 것이 많아진 이슈인이다.

―저의 탄생 때부터 새겨진 각인입니다. 저의 주인이 100%의 싱크로율을 달성하는 순간 발동되게 설정되어 있습니다.

"으음."

이슈인은 아스카론의 말을 곱씹었다. 100%의 싱크로율을 달성하는 순간 발동되게 만들어진 안배라니. 아스카론을 창조한 마도 시대의 인물들은 대체 어떤 생각과 의도를 가졌던 것일까?

이슈인은 현재 자신이 처한 상황도 잊어버리고 문득 그런 의문에 빠져 들었다.

―마스터.

이슈인이 잠시 생각에 잠겨 있을 때 아스카론이 이슈인을 불렀다.

"왜?"

—또 다른 각인이 발동하려 합니다. 그동안 감사했습니다.

"그게 무슨?"

갑작스러운 말과 인사에 이슈인이 깜짝 놀라 아스카론으로 시선을 가져가는 순간, 이슈인의 허리에서 밝은 빛이 터져 나왔다. 빛의 근원인 아스카론이 저절로 이슈인의 허리에서 벗어나 공중으로 떠올랐다.

환하게 주변을 밝히되 눈이 부시지 않는 빛.

은은하게 모든 것을 감싸는 빛을 이슈인은 똑바로 직시했다.

아스카론을 중심으로 빛이 구체의 형태로 바뀌는가 싶더니 서서히 두 개로 나뉘었다.

결국 아스카론의 좌우에 두 개의 커다란 빛의 구슬이 생겼다.

빛의 구슬이 완전한 형태를 띠는 순간 아스카론은 빛을 잃었다. 아스카론이 빛났던 것이 아니다. 빛의 구슬이 아스카론을 감싸고 있었던 것이다.

"대체……."

이슈인이 놀란 얼굴로 두 개로 나뉜 빛의 구슬을 바라보는 순간, 빛의 내부에 서서히 사람의 형상이 나타나기 시작했다.

이슈인은 안력을 집중해서 빛의 구슬을 바라보았다. 밝게 빛나되 눈이 부시지 않는 빛이었기에 서서히 완성되어 가는 사람의 형상을 정확히 볼 수 있었다.

한 명의 검사와 한 명의 마법사였다.

빛의 구슬 속에 그렇게 두 사람이 나타났다.

　　　　　＊　　　　＊　　　　＊

　"자! 드디어 우리 공화국의 이념을 이 땅에 퍼뜨리는 일이 완성되려 하고 있다! 국왕과 귀족! 평민과 농노! 그렇게 신분을 규정하고 벽을 만든 이들의 나라가 이제 무너지려 한다! 이 땅 위의 모든 사람이 동등하고, 오직 자신의 실력에 따라 대우를 받는 공평한 세상! 공화정을 이 땅의 착취당하고 학대받는 이들에게 알릴 때가 왔다! 제군들이여! 적의 성을 무너뜨리고 이곳에 우리 공화국의 깃발을 꽂자!"

　박스터의 열정적인 연설이 마법 장비를 통해 전 병사들에게 울렸다.

　"우와아아아아아아!"

　병사들은 함성으로 박스터의 연설에 답했다. 그들의 얼굴에 사명감이 진하게 떠올랐다. 과거의 자신들과 같은 어려움에 처한 이들을 자신들의 손으로 구해야 한다는 사명감.

　공화정의 세상에서 맛본 달콤함을 이 땅의 백성들에게도 전해주고야 말겠다는 의지.

　그것들이 병사 개개인의 얼굴에 가득했다.

　"진격하라!"

　박스터의 공격 명령이 떨어졌다.

　쿵. 쿵. 쿵.

　브루트와 자이안이 선두에 서서 위압적인 발자국 소리를 울리며 바첼러 성을 향해 다가갔다.

　모두 60기의 기간테스가 바첼러 성 전체를 둘러싸고 동시에,

같은 속도로 다가갔다.

성벽에서 바라보는 병사들이 느끼는 적의 위압감은 어마어마했다. 자신이 살던 고향을 지키겠다고 의용군에 지원한 젊고 경험없는 병사들은 몸이 딱딱하게 굳은 채 다리를 덜덜 떨고 있었다.

"제법이군."

카를로 백작은 성의 방어에 대한 책임을 이안에게 모두 맡겼다. 국방부 차관으로서 지금까지 전략을 세운 능력을 믿은 것이다.

이안의 얼굴을 따라 굵은 땀방울이 흘러내렸다. 그도 야전에서의 지휘는 처음이었다.

그랬기에 이안은 극구 지휘권을 사양하고, 오히려 야전에서 잔뼈가 굵은 미켈란 후작을 추천했다. 하지만 후작이 거부했다. 이 전투는 이 나라의 미래를 책임질 젊은이들이 짊어져야 할 짐이라고 했다.

이런 짐을 떠넘긴 늙은이라 미안하다는 말을 남긴 미켈란 후작은 한 발 물러서며 이안에게 힘을 실어주었다.

성벽 요소요소에 자리한 고참 병사들의 눈이 빛나기 시작했다. 자신들의 성을 반드시 지키고 말겠다는 결의에 찬 얼굴이었다. 그들은 오직 지휘관의 명령만 기다리고 있었다. 개중에 주변을 둘러볼 여유까지 있는 산전수전 다 겪은 베테랑 병사들은 의용군의 신참 병사들을 다독이기도 했다.

이안은 긴장한 채 적의 접근을 지켜보았다.

저들을 막을 수단은 이미 충분히 준비했다. 단지, 한 번에 터뜨려야 한다는 것이다. 일거에 모두 쓸어버려야지, 타이밍이 맞지 않아 저들에게 기회를 준다면 곧 다른 방법으로 공격해 올 것이다.

모든 기간테스가 유효 사거리 안으로 들어오는 순간, 공격이 시작될 것이다.

성벽 위에 설치된 소형 마나 캐논은 모두 80문. 그들의 유효 사거리는 2킬로미터였다. 유효 사거리 안에 적이 들어와야 기간테스에 제대로 된 타격을 가할 수 있기에 조용히 적의 접근을 기다렸다.

"전방 3킬로미터까지 접근했습니다!"

경계 초소의 초계병이 큰 소리로 외쳤다.

"압박감을 최고조로 올리기 위해 일부러 천천히 온다 이건가?"

기간테스의 기동 속도면 벌써 성벽을 타격하고도 남았을 시간이다. 하지만 바첼러 성 병사들의 사기를 꺾어놓기 위해 제스터는 천천히 걸어가면서 위압감을 내보이는 전술을 택한 것이다.

"다들 기죽지 말고 정신 바짝 차려라! 우리에게는 저들을 충분히 막을 수 있는 병기가 있다. 모두 포격 방법을 숙지하고, 지시에 맞춰 포격할 준비를 하라. 이제 조금이다."

이안은 당황해하는 병사가 없도록 주변으로 명령을 내렸다. 성벽 전체에 내리는 명령이었기에 마법 통신 장비를 타고 거의 동시에 모든 병사들의 귀에 이안의 목소리가 들렸다.

"전방 2,500미터입니다."

초계병의 목소리가 다시 울렸다.

점점 더 공화국군의 기간테스와의 거리가 줄어들고 있었다.

꿀꺽.

이안은 마른침을 삼켰다.

꽉 쥔 주먹이 땀으로 흥건히 젖어들어 갔다.

'첫 번째 격돌이 중요하다. 이것으로 우리가 얼마나 버틸 수 있을지, 또 전황을 뒤집을 수 있을지가 결정난다.'

이안은 두 눈을 빛내며 성벽 아래를 바라보았다.

기간테스의 모습이 점점 더 커지고 있었다.

진군 속도가 조금 빨라진 듯했다.

"2,200미터까지 왔습니다."

또다시 초계병의 목소리가 들렸다.

"전군 발포 준비!"

이안이 오른손을 올리며 커다란 목소리로 외쳤다.

철컥. 철컥.

병사들이 분주히 마나 캐논의 발사 준비를 시작했다.

우웅.

각각의 소형 마나 캐논에 달린 집적 마나 엔진의 기동음이 울리기 시작했다. 크기는 작지만 엔진이 낼 수 있는 최고 출력은 무려 3.5에 이른다. 이 엔진이 있었기에 마나 캐논의 소형화가 가능했다. 출력은 이안이 만든 마나 캐논의 3분의 1 수준이지만 성벽 위에 80문이나 설치가 가능했다.

"2,100미터 전방입니다."

초계병의 목소리가 점점 다급해지고 있었다.

이안은 온 정신을 집중하여 적들의 접근을 지켜보았다. 모든 정신이 두 눈에 쏠려 있었다.

"2,000미터입니다!"

초계병이 목청이 터져라 힘껏 외쳤다.

또르륵.

이안의 얼굴을 따라 흘러내린 땀방울이 턱 끝에 모이더니 아래로 뚝 떨어졌다. 땀방울은 서서히 바닥으로 낙하했다. 바닥에 부딪친 땀방울이 산산이 부서지는 순간, 이안의 오른손이 아래로 내려왔다.

"발사!"

커다란 명령 소리가 성벽 전체에 전해졌다.

쾅! 콰쾅! 쾅!

동시에 마나 캐논이 굉음을 울리며 마나를 전방으로 쏘았다. 미리 조준된 목표를 향해 강렬한 에너지가 날아갔다.

콰콰콰콰쾅!

요란한 폭음이 성벽 전체에 울렸다.

적들의 진격에 겁에 질려 있던 성안의 주민들이 연이어 들린 엄청난 굉음에 바닥에 넙죽 엎드리며 온몸을 벌벌 떨었다. 그들은 마치 세상이 끝나는 것과 같은 공포에 질려 있었다.

"무, 무슨 일인가?"

망원경을 통해 기간테스의 진격을 지켜보고 있던 엥겔스가 화들짝 놀랐다. 어떻게 성벽에서 동시에 저런 강렬한 섬광이 터져 나온단 말인가.

박스터도 앉아 있던 자리에서 벌떡 일어났다.

"칼라볼크가……."

낮게 중얼거리는 박스터의 얼굴이 험악하게 일그러졌다.

"방심했군. 너무 우습게 봤어."

스스로를 자책하는 듯한 낮은 중얼거림이다. 하지만 이때 박스터의 얼굴을 본 병사가 있었다면 놀라서 뒤로 넘어졌을 것이다. 그야말로 흉신악살의 모습이었다.

모두들 갑작스러운 적의 포격에 놀라 시선을 바첼러 성으로 향하고 있었기에 아무도 몰랐을 뿐이다.

포격으로 인한 먼지가 자욱하게 전장을 뒤덮었다.

결과가 어떻게 되었을지는 먼지가 가라앉아야 알 수 있었다.

하지만 이안은 그런 여유를 주지 않았다.

"발사!"

이어진 발사 명령에 마나 캐논은 다시 한 번 마나를 뿜었다. 한 번 더 땅과 하늘을 울리는 굉음, 진동.

그 진동에 성벽이 부르르 떨렸다. 진동은 공화국군의 진영까지 은은한 떨림으로 전달되었다.

"젠장. 브루트 2진 출진 준비! 공중에서 요격한다!"

제스터가 황급히 외쳤다.

생각지도 못한 적의 공격에 의외의 상황을 맞이했지만, 잘 풀어나가야 했다.

지금의 상황은 작전 계획 상정 밖의 일이었기 때문에 2진의 준비가 제대로 되지 않았다. 그럼에도 제스터는 부하들을 재촉했고, 라이더들은 서둘러 콕피트로 올랐다. 곧이어 마나 엔진의 기동음이 울리기 시작했다.

붉은 빛의 이카루스가 펼쳐졌다.

"적들이 윙 기간테스를 출진시키려 합니다."

초계병이 망원경으로 확인하고 외쳤다.

"홀수 번 40문은 포각을 공중으로. 적 기간테스를 요격할 준비를 하라."

이안의 명령에 포병들은 일사불란하게 움직였다.

이 타이밍에 윙 기간테스가 출진하는 것은 이미 예상한 바다. 덕분에 포병들의 움직임에는 막힘이 없었다. 브루트의 딜레이 타임까지 고려해 작전을 세운 덕이다.

"짝수 번 40문은 포격을 계속하라!"

이안의 명령에 마나 캐논의 포성이 다시 울렸다.

브루트의 딜레이 타임은 다른 기간테스에 비해 아주 짧았다. 덕분에 라이더가 콕피트에 오르고 오래지 않아 하늘로 날아올랐다. 공중에서 이카루스를 활짝 펼친 브루트는 빠른 속도로 바첼러 성을 향해 날아갔다.

"다음 공격은 투창이겠지?"

횟수의 제한은 있으나, 투창은 윙 기간테스에게 있어 훌륭한 장거리 공격 수단이었다.

"마법사들은 방어진 발동 준비!"

이안이 마법 통신을 통해 성의 중앙부에 자리한 마법사들에게 외쳤다.

이미 이레아가 설치한 3차원 입체 마법진이 작동 중이었지만 그 방어력을 극대화하기 위해서는 마법사들의 마나가 필요했다.

일반적인 병사나 공성 병기의 공격이라면 그럴 필요가 없었지만 기간테스가 최고 출력으로 던지는, 익스플로전 마법이 내장된 투창의 위력은 엄청났다. 그것을 막기 위해서는 마법사들의 마나를 통한 마법진의 강화가 필수적이다. 그것은 이레아가 이안에게 당부한 내용이었다.

"알겠습니다."

마법사들은 즉각 지정된 자리에 위치했다. 그리고 이레아가 알려준 주문을 외우며 정신을 집중했다.

마법진이 은은히 빛나기 시작했다. 마법진의 중심을 통해 흡수된 마나가 성 전체로 퍼져 나갔다. 마법진이 그려진 건물과 성벽들이 은은히 빛나기 시작했다. 성벽에 박아 넣은 수정구가 중심이 되어 성벽의 빛은 더욱 강해졌다.

"저게 무슨 일이지?"

바첼러 성을 향해 날아가던 브루트의 라이더들은 그 변화를 똑똑히 보았다. 이상했으나 그뿐이다. 성벽은 성벽인 것이다. 설마 성벽 전체를 방어 마법으로 도배했을 것이라고는 상상도 못했다.

[모두 회피 비행을 하며 접근한다. 급격한 기동으로 적의 조준을 혼란시킨다.]

브루트 편대의 편대장의 명령이 떨어지기가 무섭게 브루트들이 불규칙적으로 움직이기 시작했다.

"홀수 번 40문, 발사!"

망원경을 들어 공중을 바라보던 이안이 명령을 내렸다. 그들의 고도는 유효 사거리인 2,000미터 안이었다.

콰콰콰쾅!

급히 날아온 20기의 브루트 중 두 기가 표격에 격중되었다. 한 기는 한쪽 팔이, 다른 한 기는 한쪽 다리가 날아갔다. 그러나 비행에는 아무 문제가 없었다.

그 모습은 공화국의 진영에서도 볼 수 있었다.

망원경으로 그 모습을 똑똑히 본 엥겔스의 표정이 묘하게 변했다. 공화국의 수도인 리퍼블릭을 습격했던 비바체 함대의 마나 캐논과는 위력이 달랐다. 그때를 생각해 보면 지금의 포격은 위력이 지나치게 약했다.

그러고 보니 이상했다. 당시 벨런시아 강에서 리퍼블릭의 성벽까지의 거리는 상당히 멀었다. 못 잡아도 4킬로미터는 되는 거리다. 그런데 지금의 포격은 그것보다 훨씬 가까운 거리에 아군의 기간테스가 접근했을 때 이루어졌다.

엥겔스는 한 가지 가설을 세울 수 있었다.

"제스터 장군, 브루트의 고도를 상승시키세요. 빨리."

제스터는 엥겔스의 말을 따랐다. 그의 말이 그만큼 다급하게 터져 나왔기 때문이다.

[고도를 올린다. 2,100미터까지 상승하라.]

레드 이카루스의 최대 상승 고도는 4,000미터까지다. 제스터의 명령이 떨어지는 순간, 브루트들은 즉각 고도를 올렸다.

명령받은 고도에 도달한 순간, 한 기의 브루트가 가슴에 포격을 당했다.

팔다리를 부술 정도의 포격이니 틀림없이 가슴의 콕피트 해치는 박살이 났으리라. 라이더들은 모두 그렇게 생각했다.

하지만 멀쩡했다.

브루트의 몸체 전체를 뒤흔드는 충격은 있었으나 가슴의 외장갑은 멀쩡했다. 몇 군데 금이 가는 손상을 당했을 뿐이다.

[괜찮은가?]

포격에 격중되는 모습을 제스터가 보았기에 재빨리 물었다.

[가슴 쪽 외장갑에 약간의 손상과 콕피트 내부의 충격이 좀 있었습니다만, 괜찮습니다.]

라이더가 머리를 흔들며 대답했다. 피격의 충격으로 머리가 울린 것이다.

제스터는 라이더의 보고에 안도의 한숨을 쉬었다. 하마터면 아까운 라이더를 잃을 뻔했다.

엥겔스가 제스터를 보며 웃었다. 제스터의 곁에 있던 엥겔스 역시 라이더의 대답을 들은 것이다.

"왜 그러십니까?"

제스터가 의아한 듯 웃었다. 아직도 수뇌부의 대다수는 메틀라인의 비장의 한 수에 당황해하고 있었다. 그 와중에 나온 미소였기에 의아할 수밖에 없었다.

"알았습니다."

"네?"

"적의 마나 캐논은 사거리가 짧고 위력이 약합니다."

엥겔스의 말에 제스터가 깜짝 놀란 얼굴을 했다. 그러고 보니 그랬다. 자신 역시 레오네인을 공격하며 성의 사방에 설치된 마나 캐논의 포격을 당해보지 않았던가. 당시 피격당한 기간테스는 바로 박살이 났다. 그때의 고도가 지금보다 더 높았음은 물론이다.

"그렇군요. 그렇다면 2,000미터 내외가 유효 사거리가 되겠군요."

마나 캐논의 특성에 대해서는 이미 알고 있었다. 메틀라인을 배신한 케이프의 정보 덕이었다. 유효 사거리를 벗어나면 그 위력이 급격히 떨어지는 마나 캐논.

엥겔스와 제스터는 바로 그 부분에 주목했다. 즉, 유효 사거리라는 것이 마나 캐논의 약점이 될 수 있는 것이다. 하지만 바첼러 성에는 마나 캐논이 없다고 판단했기에 약점을 잊고 있었다.

제스터는 많이 아쉬워했다. 그 사실을 미리 알았더라면 뛰어난 실력의 라이더를 잃지 않았을 것이기 때문이다.

제스터는 즉각 명령을 내렸다.

[적들의 유효 사거리가 2,000미터 정도로 파악된다. 고도를 2,100미터 전후로 유지하면서 투창으로 공격하라.]

고도 2,100미터의 상공에서 바첼러 성을 보면 그야말로 점과 같이 작게 보인다. 아군의 진영과도 구분이 안 갈 정도다. 그것이 고도 2,100미터이다.

그러나 지금 제스터는 당연하다는 듯 그 위치에서 공격할 것을 명령하고 있었다. 당연히 아군의 진영에 피해가 있을 리 없다는 듯한 태도다.

[알겠습니다.]

라이더들은 자신있게 대답했다. 당연히 가능하다는 투다.

그들은 오늘을 위해 그만큼의 훈련을 쌓아왔다.

성벽에서 공중을 향한 요격은 계속되었다. 하지만 유효 사거리를 벗어났기에 격추되는 브루트는 없었다.

제스터의 명령이 계속되었다.

[지상의 1진 기간테스는 즉각 물러나라. 무사한 기체들은 즉각 적의 성에서 2,500미터 후방으로 물러나라!]

마나 캐논의 위력이 약했다.

지금도 무차별 포격이 가해지고 있지만, 위력이 약한 만큼 운 좋게 무사한 이들이 있을 것이다. 일단 그들을 건사해야 했다.

그래서 무조건적인 후퇴 명령을 내렸다.

철컹. 철컹.

멀리서 기동 소리가 작게 들려왔다. 역시 아직 무사한 기체들이 있었다.

먼지 구름을 뚫고 기간테스들이 나타났다. 그 몰골이 형편없었으나 그래도 기동은 가능했다. 그들을 바라보는 제스터의 얼굴이 참담하게 일그러졌다.

80기를 보냈는데 46기가 돌아왔다. 마나 캐논에 무방비로 공격당한 것을 생각하면 양호한 상황이었지만 여기저기 부서지고 녹아내린 기간테스를 보니 마음이 아팠다.

[전원 투창을 소환한다.]

편대장의 말에 브루트들이 일사불란하게 행동했다. 목표한 지점으로 투창을 던지는 것은 무척이나 섬세한 행위다. 회피 기동 따위를 하면서 할 수 있는 공격이 아니다.

다행히 제스터가 적의 공격 범위를 알려주었기에 브루트들은 그 범위 밖의 위치에 정지 비행을 하면서 투창을 던질 준비를 했다.

지상에서 이안은 그 모습을 지켜보고 있었다.

"예상은 했지만 사거리를 빨리도 파악했군. 엥겔스의 머리인가?"

이안이 아쉽다는 듯 중얼거렸다. 사거리의 노출을 최대한 늦추기 위해 적들이 2킬로미터 안에 들어왔을 때 동시 포격을 가했다. 그럼에도 사거리를 알아냈으니 노련한 통찰력이라 할 수 있었다.

그때, 18기의 브루트가 모두 같은 동작을 취했다.

[투창, 투척!]

편대장의 명령에 일제히 투창이 공기를 가르고 날아갔다.

이안의 눈에 흉맹한 기세로 자신들을 향해 떨어져 내리는 투창이 똑똑히 보였다. 하지만 걱정하지 않았다. 이미 방어 마법진이 발동 중이었다.

바첼러 성 상공 500미터 지점.

투창이 빠른 속도로 그곳에 도달하는 순간,

쾅! 콰콰쾅!

스무 자루의 투창이 일제히 폭발을 일으켰다.

바첼러 성 전체가 뒤흔들렸다. 스무 개의 익스플로젼 마법이 동시에 터진 위력은 상당했다. 하지만 마법진은 잘 버텨주었다. 폭음과 진동 이외의 충격은 전무했다.

"좋군. 이레아, 수고했다."

그 모습을 전부 지켜본 이안이 담담하게 중얼거렸다.

승산이 보이기 시작했다. 마나 캐논으로 적의 예봉을 꺾고 방어 마법진으로 다른 공격 수단을 봉쇄했다.

"저럴 수가……."

박스터가 자리에서 벌떡 일어났다.

제스터도 엥겔스도 갑작스러운 투창의 폭발에 놀라고 있었으나 박스터만은 아니었다.

그의 두 눈에는 성벽 전체를 감싼 빛과 문자와 문양이 똑똑히 보이고 있었다.

"어떻게 공간 마법진을……."

현재의 인간들은 절대 알 수 없는 마법진이 적의 성에 펼쳐져 자신의 눈앞에 있었다. 이 사실을 어떻게 받아들여야 한단 말인가.

박스터는 입까지 벌리고 믿을 수 없다는 얼굴로 바첼러 성을 바라보고 있었다.

이안은 미소를 짓고 있었다. 적들이 지금 어떤 얼굴을 하고 있을지 눈에 선했기 때문이다.

"후후, 이럴 때 제대로 충격을 줘야지."

이안은 망원경으로 2,500미터 후방으로 물러난 기간테스들을 보며 말했다.

"밴 마나 캐논(Van Mana Canon) 포격 준비!"

이안이 명령을 내렸다. 밴 마나 캐논은 성 밖에 설치한, 거대한 수레에 실어 이동이 가능한 마나 캐논이었다. 동서남북으로 각 네 문씩 성벽에서 50미터 정도 떨어진 위치에 자리해 있었다.

성벽 바로 앞에 땅을 파고 숨어 있던 병사들이 일제히 튀어나왔다. 그리고 서둘러 마나 캐논의 포격 준비를 했다. 일사불란한 움직임이 그동안 얼마나 필사적으로 열심히 훈련을 했는지 보여주었다.

마나 캐논을 실은 수레가 각각 포각 조정을 위해 움직였다. 발사 시의 충격을 흡수할 장치가 수레 뒤에 놓였다.

이안은 공중과 적진을 살피는 한편, 밴 마나 캐논의 준비 상황도 체크했다.

한편, 하늘에서는 갑작스러운 폭발에 당황한 브루트의 라이더들이 멍한 얼굴로 아래를 내려다보았다.

[뭣들 하는 거야! 두 번째 투창을 준비해!]

편대장의 목소리가 콕피트를 울렸다. 일제히 두 번째 투창을 소환했다. 그리고 동시에 던졌다. 하지만 결과는 같았다. 조금 전과 정확히 동일한 위치에서 익스플로젼 마법이 발동되면서 투창이 폭발했다.

"어, 어떻게……."

다들 어이가 없다는 얼굴로 아래를 내려다보았다. 대체 무엇이 있기에 저곳에서 투창이 터진단 말인가.

"밴 마나 캐논 발사!"

적들이 당황하는 사이 준비가 끝났다.

이안의 명령에 따라 네 문의 마나 캐논이 마나를 토해냈다.

이안의 마나 캐논에 비해 크기가 3분에 1에 불과한 병기지만, 그 위력은 미니 마나 캐논과 달리 이안의 그것과 동일했다. 아니, 조금 앞섰다.

마나가 2,500미터 물러서 있던 브루트와 자이안을 덮쳤다.

쾅! 콰쾅!

요란한 폭음과 함께 그나마 무사하던 기간테스들이 파괴되었다.

"저, 저런……."

엥겔스는 턱이 빠질 듯 입을 벌린 채 그 모습을 지켜보고 있었다.

제스터는 어이가 없다는 표정이었다. 손쉬운 승리를 믿어 의심치 않았던 이번 전투에서 뒤통수를 제대로 맞은 얼굴이다.

박스터는 온몸을 부들부들 떨고 있었다.

"저곳의 인간들은… 대체 무슨 짓을 한 것이냐."

CHAPTER 9
아스, 카론

　이슈인은 눈앞에 나타난 두 개의 구체를 번갈아 바라보았다.
갑작스러운 상황에 당황한 기색이 역력했다. 아직 모든 의문이
풀리지도 않았는데, 아스카론에게 예상 못한 일이 벌어져 어찌
할 바를 모르고 있었다.

　"윽."

　그사이 잊고 있었던 몸의 통증이 뇌를 강렬하게 두드렸다.

　절로 신음이 흘러나왔다. 갑작스러운 상황으로 인한 당황이
그간 통증을 억누르고 있었던 호기심을 치워 버린 것이다.

　이슈인은 아직 블러드의 공격에 휩쓸렸을 때의 충격에서 벗
어나지 못한 상태였다.

　"그대인가?"

　아스카론의 오른편, 빛의 구슬에 있는 마법사 차림의 노인의

입술이 달싹 움직임과 동시에 이슈인의 머릿속에 목소리가 울렸다.

이슈인은 무의식적으로 고개를 끄덕였다.

"우리를 깨운 마스터라니, 진심으로 자네에 대한 존경을 표하는 바이네."

왼편 빛의 구슬에 있는 검사 차림의 노인이 말했다.

이슈인은 여전히 어안이 벙벙한 얼굴로 두 사람을 번갈아 가면서 보고 있었다.

"훗, 놀란 모양이군."

마법사 차림의 노인이 그런 이슈인의 행동이 재미있다는 듯 웃음을 흘리며 말했다. 이슈인은 다시 한 번 고개를 끄덕였다.

"이런, 우리 소개를 하지 않았군. 이것은 예의가 아니지."

검사 차림의 노인이 미안한 듯 말했다.

"나는 카론이라고 하네. 한때 대륙 제일의 검사로 불렸지."

검사 차림의 노인은 자부심이 가득한 얼굴로 말했다.

"나는 아스네. 보이는 것처럼 마법사지."

"카론, 아스……."

이슈인은 작게 두 사람의 이름을 되뇌어보았다.

카론과 아스. 두 사람의 이름을 합치면 아스카론이 된다. 분명 아스카론과 연관이 있는 인물들이다.

"당신들은 아스카론과 무슨 관계죠?"

이슈인이 아스카론을 힐끔 바라보며 물었다.

"아스카론? 그게 무엇인가? 설마 이 영검을 말하는 것인가?"

카론이 설마하는 얼굴로 아스카론을 한 번 본 후 이슈인에게 물었다.

'영검? 아스카론을 지칭하는 말인가?'

이슈인은 잠시 생각했다. 현 상황을 돌이켜 보았을 때 그것밖에 없었다. 그리고 에고를 가진 아스카론이라면 영검이라 불릴 만했다.

"그렇습니다."

이슈인의 대답이 떨어지는 순간 카론은 아스를 획 돌아보았다. 아스는 카론의 눈빛을 피하며 딴청을 피웠다.

"이게 어찌 된 일입니까? 그대의 이름이 앞에 오고 내 이름이 뒤에 오는 것이 영검의 이름이라니요? 영검의 이름은 영검 스스로 정하기로 하지 않았습니까?"

'글쎄요. 영검이 그리 정한 모양이지요."

아스는 모르겠다는 듯 능청을 떨었다.

"어찌 이런 장난을 치십니까. 영검의 에고도 결국은 당신이 창조한 것 아닙니까?"

"우리 두 사람의 영혼을 합친 것이지요."

"그것은 우리의 목적을 이루기 위해 각인만을 남기고 영검의 의식 아래에 존재하지 않았습니까? 설마 당신이 영향을……."

카론은 진심으로 화가 난 듯했다.

아마도 아스카론의 이름 때문에 그러는 듯했다. 이슈인으로서는 웃기지도 않는 일이었다. 자신은 지금 뭐가 어떻게 된 것인지 혼란스러워 죽을 지경인데, 저들은 겨우 누구 이름이 앞에 있느냐로 신경전이라니.

"그것보다 우리에게는 다른 중요한 문제가 있지 않습니까?"

아스의 지적에 그제야 카론은 정신을 차렸다.

"미안하네. 추한 모습을 보였네."

이슈인은 이번에도 무의식적으로 고개를 끄덕였다. 그런 이슈인의 반응에 카론은 헛기침으로 무안함을 감췄다. 옆에서 아스가 작게 혀를 차는 소리가 그런 카론의 신경을 긁었다. 그러나 그들에게는 더욱 중요한 일이 있었기에 이번에는 카론이 용케 참고 넘어갔다.

"자네는 이 상황이 혼란스럽고 어찌 된 일인지 궁금할 테지?"

아스의 물음에 이슈인은 대답했다.

"그렇습니다."

"마도 시대의 몰락에 대해서는 알고 있는가?"

아스가 물었다. 사실 현재가 어느 시대인지, 자신들의 시대로부터 얼마나 시간이 흘렀는지 알 수 없었기에 던진 물음이다.

"네."

"마도 시대의 종말로부터 얼마나 시간이 흘렀지?"

"오천 년이 좀 지났습니다."

아스의 물음에 이슈인이 답했다.

"허……."

너무도 오랜 세월에 카론은 어이가 없었다. 그토록 오랜 시간을 하나의 영혼으로 잠들어 있었다니. 하지만 괜찮았다. 그들의 목표는 이루었으니까.

"마도 시대는 신에 의해 무너졌지."

"신을 거역하여 분노를 샀다 들었습니다."

이슈인이 역사에 기록된 사실을 말했다.

"흥. 웃기지도 않는 소리."

카론이 말도 안 된다는 얼굴로 투덜거렸다. 그 모습에 아스 역시 쓴웃음을 지으며 고개를 끄덕였다.

"신은 옹졸했네. 그랬기에 마도 시대가 멸망했지."

이슈인은 조용히 아스의 설명을 들었다.

"우리는 마도 시대 최고의 마법사와 검사로 신과의 전쟁에서 마지막까지 저항했지. 하지만 신을 이길 수 있을 리가 없지. 우리 역시 신의 피조물인 것을……. 그래서 마도 시대의 모든 것을 남겨 신의 손에서 지키기 위해 만든 것이 영검 아스카론이네."

"신이 옹졸했다는 것은 무슨 뜻입니까?"

"마도 시대는 인간이 드래곤의 힘인 마법을 손에 넣으면서 시작되었지. 인간의 삶은 짧았고, 욕망은 무한했네. 그 욕망이 마법을 발전시켰지. 그리고 마도 시대가 절정에 이르렀을 때, 인간의 마법은 거의 전능했네."

이슈인은 고개를 끄덕였다. 아스카론을 통해 본 마도 시대의 마법과 기술은 믿을 수 없을 정도로 엄청나지 않았던가.

"인간 스스로의 힘으로 전능에 가까운 능력을 손에 넣자 인간은 신을 잊기 시작했지. 신전의 신관들이 아무리 신의 말씀을 설파하고 다녀도 사람들은 콧방귀도 뀌지 않았지. 마법이 있었으니까. 마법으로 생명도 연장하고 병도 고칠 수 있었네. 신을 찾을 이유가 점점 줄었지."

역사책에는 단 한 줄도 언급 되지 않는 내용이었다.

"신들은 위기감을 느꼈네. 자신들의 피조물이 창조주를 믿지 않기 시작했으니. 그래서 주신이 나섰지. 이 세계의 신들의 힘이 약해지는 것을 막기 위해서 말이야."

"신들의 힘이 약해진다니요?"

이슈인이 끼어들었다.

"신이 이성을 가진 피조물을 창조한 이유가 무어라 생각하나?"

이슈인은 고개를 저었다. 단 한 번도 생각해 본 적이 없었다.

"자신의 힘을 늘리기 위해서네. 절대적인 존재에 의해 차원이라는 세상이 만들어졌네. 그리고 절대적인 존재의 파편이 차원을 조율하는 신들이 되었지. 파편의 크기에 따라 힘이 달라졌네. 그 힘에 따라 신들은 서로를 흡수하고 지배했지. 그래서 신들은 강해져야 했어."

신전에서는 절대 말해주지 않는 내용이었다. 그럴 수밖에 없는 듯했다. 아스의 말에 따르면 신들 역시 인간과 다르지 않았다.

약육강식.

그것의 시초는 다름 아닌 신들이었다.

"신들은 고민했지. 어떻게 해야 더 강한 힘을 얻을 수 있을까. 그러다가 깨달았지. 가장 강대한 힘은 절대적인 존재 그 자체라는 것을 말이야. 자신들은 절대 존재의 파편에 지나지 않으니 그 근원을 찾으면 절대적인 힘을 손에 넣을 수 있다고 생각했지. 하지만 어디에도 절대 존재는 존재하지 않았네."

이슈인은 점점 더 아스의 설명에 빠져들어 갔다.

"하지만 또한 절대적인 존재는 모든 곳에 존재했지. 어떻게 된 일인지 알겠는가?"

아스는 역사 수업을 하는 선생님처럼 이슈인에게 질문을 던졌다. 이슈인은 고개를 저었다. 알 리 없었다. 이 문답의 내용은 대륙의 그 누구도 알지 못하는 근원적인 비밀이었으니.

"바로 세상 그 자체가 절대적인 존재였네. 차원을 열며 세상이 되지 못하고 남은 조각들이 절대적인 존재의 파편이었으니 그들이 절대적인 존재를 찾을 수 있을 리 없었지. 존재하되 존재하지 않는 존재."

역설적인 이야기다. 그렇기에 초월적인 존재 아니겠는가. 신의 근원이 되는 존재.

"신들 중 하나가 방법을 찾았지. 세상이 절대적인 존재 자체고 자신들은 그 파편이다. 그렇다면 자신들이 세상의 힘을 흡수할 수 있지 않겠는가. 그런 가설을 세우고, 그 힘을 흡수할 방법을 찾기 시작했지. 결국 그가 찾아낸 방법은 차원 속에 세상을 만드는 것이었지. 시간과 공간 자체가 절대적인 존재이니 그 속에 다시 작은 시간과 공간을 만들면 결국은 세계의 근원과 소통이 일어나지 않을까 하고 생각한 것이야."

"신이란 존재 역시 어리석은 피조물에 불과하군요."

이슈인이 아스의 이야기를 정리하며 중얼거렸다. 아스의 이야기 속에 있는 신의 모습과 행동은 인간의 그것과 다름없었다.

"바로 그거야."

지금까지 가만히 있던 카론이 기특하다는 표정을 지으며 끼어들었다.

"신 따위."

카론은 정말로 신을 증오하는 듯했다.

"그래서 신들은 세상을 창조하기 시작했네. 그들 모두 절대적인 존재의 파편. 하나가 생각하는 것은 곧 다른 하나도 생각할 수 있었지. 절대적인 존재에 의해 만들어진, 그 수가 무한한 차원 속에 다시 무한한 세계가 만들어지기 시작했지. 하지만 그 누구의 힘도 늘어나지 않았네. 오히려 세상의 창조에 힘을 소모해 힘이 약해졌지."

"바보들이지."

카론이 한마디 보탰다.

"다시 고민이 시작되었네. 그리고 방법을 찾았지. 신들의 힘에 의해 창조된 세계는 한 공간을 점하며 유기적으로 움직여 시간이 흘렀네. 그 속에서 무수한 생명이 탄생하고 스러졌지. 신의 힘은 그 세계에 한정되어 변함이 없었네. 단지 형태만 변할 뿐 절대적인 총량은 같았지. 차원에 가득한 절대적인 존재의 힘을 끌어들이지 못한 것이야. 그 이유는 창조된 세계 속에 사는 존재들이 자신들의 근원을 몰랐기 때문이네. 그저 스스로 그러하게 존재한다 생각하고 본능에 충실했지."

"믿음?"

그때 불현듯 떠올린 이슈인이 중얼거렸다.

"바로 그렇네. 자네 똑똑하군. 존재의 근원에 대한 믿음, 그것이 세상에 퍼져 있는 절대적인 존재의 힘을 가져오는 키워드였지. 그래서 신들은 다시 새로운 생명체를 창조했네. 자신들과 똑같이 생긴 생명체를 말이야. 이성을 가지고 고민을 하며 근원을 찾아가게 하기 위해서였어. 하지만 소용이 없었네. 신이 창조한 세계는 낙원과도 같은 곳이었기에 피조물들에게는 고민도 없었고, 두려움도 없었고, 탐구도 없었으며, 성찰도 없었네. 이성이 있음에도 본능에 충실한 피조물과 하등 다를 것이 없었지."

"그렇다면 대체 어떻게? 아니, 어찌 인간이 그럴 수 있지요?"

이슈인은 그 부분이 이해가 되지 않았다. 자신이 인간이었기에 인간이 아무런 열정도 없이 존재한다는 것을 이해할 수 없었던 것이다.

"이성을 가진 피조물은 인간만 존재하는 것이 아니네. 신이 무수히 존재하는 만큼 무수히 다양한 형태의 피조물이 존재하지."

이슈인이 인간이라고 꼭 집어 말하자 아스는 그 부분을 지적했다. 그리고 이슈인의 물음에 대한 답을 시작했다.

"이성을 가진 피조물은 신을 그대로 본떠 만들어졌지. 즉, 죽음이 없고 전능했지. 그랬기에 존재가 스러진다는 것을 알지도 못했고, 늘 그 자리에 그렇게 존재했기에 그저 존재할 뿐인 것이었지."

"그런……."

이슈인은 어이가 없다는 듯 중얼거렸다. 그렇다면 결국 이 세상에 나타난 최초의 인간은 영원한 생명을 지녔었다는 이야기가 아닌가.

"바보들이라니까."

카론이 다시 끼어들었다.

"존재의 종말이 없기에 피조물이 그저 존재할 뿐이라는 사실을 신들이 깨닫는 데 오랜 세월이 흘렀네. 우리가 인식하는 숫자로 설명할 수 없을 만큼. 그때 한 신이 우연히 실수로 자신의 피조물을 소멸시켜 버렸네. 그때 이성을 가진 피조물들이 신이 바라는 대로 행동하기 시작했지. 스스로의 존재에 대해 의문을 가졌으며 생명의 끝을 인식했네. 그리고 생명과 존재의 근원을 찾기 시작했지. 그리고 근원이 되는 존재에 대한 믿음을 보내기 시작했어. 그때야 신들은 깨달았지. 이들에게서 믿음을 끌어내려면 생명의 끝이 필요하다는 것을."

"어째서 그렇게 긴 시간이 지나서야 알게 되었지요?"

이슈인은 이해할 수 없다는 듯 물었다.

"신은 죽지 않으니까. 그들 자신에게 죽음이 없었으니까."

"하지만 아까 힘이 약하면 흡수당하거나 지배당한다고……."

이슈인은 다시 한 번 물었다.

"신들에게 있어 흡수를 당한다는 것과 죽는다는 것은 개념이 다르네. 신들이 처음 알아낸 죽음은 사실 지금의 죽음과는 좀 달랐네. 이를테면 소멸이었지. 실수로 소멸을 시킨 후에 알아냈으니까. 하지만 소멸은 신이 직접 행해야 했지. 그리고 다시 새로운 피조물을 만들어야 했어. 신에게 있어 그것은 상당히 피곤한 일이지."

"바보에다 게으르기까지 한 녀석들이야."

카론이 다시 한 번 끼어들었다.

"하지만 그 과정에서 신들은 또 다른 것을 발견했네. 바로 욕망이지. 존재하고자 하는 욕망이 클수록 신에 대한 믿음도 강해진다는 것을. 그래서 그들은 피조물에게 욕망이라는 감정을 선

사했네. 그것은 너무나 쉬웠어. 신들 역시 욕망을 가지고 있으니까. 세계의 창조 역시 파편들의 욕망에서 시작된 일이었기에, 신의 복제품인 피조물들은 의식 근원에 모두 욕망이라는 감정을 가지고 있었지. 그리고 다시 고민했네. 절대적인 존재의 힘을 받아들이는 것은 좋으나 언제까지 자신이 직접 피조물을 소멸시키고 창조시켜야 하는지. 그래서 세계를 다시 한 번 대대적으로 정비하지. 죽음이라는 개념을 정립하고 자신의 일부를 떼어서 하위 신들을 만들었어. 그리고 생식이라는 능력을 부여했지. 그것은 의외의 효과도 가지고 왔어. 피조물들의 욕망을 더욱 강하게 해주었지."

들으면 들을수록 빠져드는 이야기였다.

절대적인 존재로만 여겼던 신들이 사실은 너무나 불완전한 존재였다니. 이슈인은 이 이야기를 믿어야 할지 말아야 할지 고민이 되기까지 했다.

"그때부터 신들은 자신이 만든 세계와 피조물들에 다양한 시험을 하고 개조를 했지. 다른 신이 창조한 피조물을 베껴서 자신이 만든 세계에 들여놓기도 했고, 능력을 주기도, 빼앗기도 했지. 그렇게 무수한 차원 속에 무수한 세상이 서서히 자리를 잡기 시작했네. 우리의 세상에는 스스로 인간이라 부르는 피조물이 살아가기 시작했지. 아주 성공적인 피조물이었지. 그 어떤 존재보다도 욕망이 강했고 에너지가 넘쳤어. 그래서 우리 세계의 신은 아주 흡족해하고 세계에 완성의 각인을 남겼지. 이제 더 이상 손볼 것이 없다 생각하고 절대적인 존재의 힘을 흡수하는 데 전념하기 위해서. 창조한 세상에 완성의 각인을 남긴다는 것은 그것을 통해 절대의 세상에 접속하여 그 힘을 흡수하게 된다는 의미야. 그것은 곧 자신이 창조한 세계를 더 이상 고칠 수 없게 된다는 뜻이네."

"네?"

이슈인은 믿을 수 없다는 듯 되물었다. 자신이 만든 것을 자신이 고칠 수 없다니. 신이란 존재는 참으로 불완전한 존재가 아닌가.

"물론 간섭과 조정을 할 수는 있지. 하지만 수정은 불가능해. 각인이 새겨진 세계의 수정은 곧 접속의 소멸을 의미하니까."

이슈인은 고개를 끄덕였다. 신의 욕망의 목적이 사라지게 되는 이상, 신들에게도 불가능한 일이었다.

'그런데 저들은 어찌 그런 사실을 알 수 있는 거지?'

문득 그런 의문이 들었다.

아스와 카론은 신의 탄생과 세상의 근원에 대한 이야기를 해주고 있었다. 피조물의 믿음이 필요하기에 모든 신전의 신들은 절대적이고 전능한 존재였다. 그런 신들이 신전에 자신들의 치부나 다름없는 이야기를 기록으로 남길 리가 없었다. 이런 사실은 피조물이라면 절대로 알 수 없는 사실이었다.

하지만 아스의 이야기가 계속되었기에 이슈인은 일단 의문을 접었다.

"우리의 세계는 잘 굴러갔고, 신에게 충분한 힘을 주었지. 그런데 문제가 생겼네. 바로 드래곤이라는 존재였지. 다른 신의 피조물인 드래곤은 마법이란 능력을 가지고 있었고, 마법에는 전능의 단서가 있었어. 드래곤을 창조한 신이 그렇게 만든 것이지. 신들 각각의 성향이 달랐기 때문에 일어난 일이었지. 우리 세계의 신은 힘을 소유하고자 하는 욕망이 가장 강렬했기에 피조물들의 능력을 억제했지만, 다른 세계의 신들 중에는 그저 존재의 유지만 원하는 이들도 있었지. 그리고 피조물을 통해 자신을 관조하는 신도 있었어. 인간들 역시 우리 세계의 신을 본떠만들어진 이들도 있었지만, 다른 세계의 신의 피조물을 베낀 이들도 있지."

"게으르다고 했지?"

카론이 다시 끼어들었다.

"사실 이능(異能)을 인간들이 발휘하기 시작한 것은 더 전이야. 우리 마법사들이 마나의 시대라 이름 붙인 때 나타난 이세계의 피조물들이었지. 그때 그들은 자신들의 능력을 깨달았다네. 자네와 같이 검정색 머리칼을 가진 인간들이었어. 그리고 드래곤이라는 존재와 친분을 가진 피조물에 의해 마법이 시작되었지. 그리고 인간들은 전능에 가까운 힘을 얻었네. 이것은 신이 의도한 바가 아니었네. 다양한 종족과 인종을 이 세계에 만든 이유는 그들이 서로의 욕망을 위해 부딪치기를 원했기 때문이네. 그럴수록 인간의 욕망은 강해지고, 인간의 죽음이 많아지지. 그러면 결국 신에 대한 믿음이 강해지게 마련이지."

결국 자신의 힘을 강화하기 위해 자신의 피조물들끼리 싸우게끔 세상을 만들었다는 뜻이다.

'결국 인간은 신이 강해지기 위한 도구에 지나지 않는단 말인가?'

이슈인이 그렇게 생각하는 순간, 가슴속 깊은 곳에서부터 역겨움이 올라왔다.

"역겨운 녀석들이지."

그런 이슈인의 심정을 안 것일까? 카론이 다시 끼어들었다.

"인간은 전능에 가까운 힘을 손에 넣고 점점 더 신에 대한 믿음을 잃어갔네. 이 세계를 창조한 신, 그러니까 주신과 그의 일부로 만들어진 하위 신들의 신전과 신관이 존재했지만, 그것만으로는 주신이 바라는 힘을 얻을 수 없었지. 그랬기에 그는 자신의 피조물들 중 일부를 지우기로 마음먹었네. '신탁'이라는 수단으로 말이지."

신탁은 신이 자신을 믿은 피조물을 위해 내리는 것이 아니었다. 결국은 신이 자신에게 힘을 주는, 자신에게 믿음을 주는 피조물을 이용하는 수단에 불과했던 것이다.

"하지만 신전의 힘으로 우리를 지울 수 없었네. 우리에게는 마나와 마법, 무공이라는 능력이 있었고, 그 능력을 발휘해 기간테스를 비롯한 수많은 병기를 창조했기 때문이지. 오직 신을 찾으며 그 힘의 작은 파편을 얻어 쓰는 이들로서는 어찌할 수 없는 존재였네, 마도 시대의 인간들은. 그래서 신은 후회했지. 이 세계에 완성의 각인을 새긴 것을 말이야."

신이 후회도 한다니 참으로 웃긴 일이다.

이것은 들으면 들을수록 그냥 보통의 인간이지 않은가.

"옹졸한 놈이지. 자기 힘이 줄어든다고 자신의 피조물을 지우다니. 빌어먹을 신."

결국 카론의 입에서는 막말까지 튀어나왔다.

"신전의 역사서에 보면 주신의 전지전능한 힘으로 주신을 거역한 불측한 무리의 힘을 소멸시켜 그들을 심판했다고 되어 있습니다."

"소멸이라……."

이슈인의 말에 아스가 작게 중얼거렸다. 그리고는 피식 웃었다.

"당시에는 우리도 그리 생각했지. 뭐, 결국은 아니었다는 것을 알았지만 말이야. 그때 신은 이 세계에 간섭을 했네. 수정은 불가능하지만 간섭은 가능했지. 그가 간섭한 것은 우리의 무공과 마법의 근원이 되는 마나라는 힘이었네. 그는 그 마나가 움직이지 못하게 고정함으로써 우리의 손발을 묶었지. 결국 우리는 신성력이라는 힘을 쓰는 신전의 무리에게 멸망한 것이고. 그다음은 나도 모르네. 나와 카론은 아스카론의 의식 밑에 있었으니까."

이 세계와 신에 대해 믿지 못할 이야기가 그렇게 끝이 났다.

너무나 엄청난 이야기에 빠져들었기에 잠시 잊고 있었던 사실을 이슈인은 그제야 떠올렸다. 누구도 알지 못하는 세상의 비밀이기는 하지만, 자신이 왜 이 이야기를 들어야 하는가? 자신의 의문이 이것과 무슨 상관이 있는가? 그런 생각이 떠올랐다.

"그럼 저는 왜 이곳에 온 겁니까?"

이슈인이 자신의 의문을 물었다. 그 물음에 아스와 카론은 서로 딴청을 피웠다. 이슈인은 불안해졌다. 아까 저 둘의 다툼을 보았을 때, 무언가 불리한 일이 있을 때 저런 행동을 보이지 않았던가.

"그때 우리는 다급했지. 신에게 복수를 맹세하며 어떻게든 신이 묶어놓은 마나를 풀 방법을 찾아야 했네. 우리는 미래를 기약하기 위해 스스로 영혼을 검에 담기로 했네. 하나의 에고를 만들어 우리의 영혼이 들어갈 자리를 만들고, 우리의 영혼이 그 의식 밑으로 들어가 연자가 나타날 때까지 반드시 방법을 찾으려고 했지."

"흠흠. 그리고 그때를 대비해 몇 가지 준비를 했네. 롱기누스의 지하에 던전으로 입체 마법진을 만들어 이 아공간과 연결해뒀지. 그리고 이곳에 최강의 타이탄의 재료를 두었어. 연자에게 필요할 것이라 생각해서 말이네."

아스의 말에 이어 카론이 헛기침과 함께 설명을 했다.

타이탄이라는 말에 이슈인의 귀가 번쩍 틔었다. 마도 시대의 절정의 시기를 산 그들이 최강의 타이탄이라 한다면, 그것은 능히 블러드를 쓰러뜨릴 수 있는 기간테스일 것이 분명했다.

"타이탄이 아닌, 타이탄을 이룰 재료의 형태로 이곳에 두었지. 그것과 아스카론을 이용해 타이탄을 완성하려면 100%의 싱크로율이 필요하네. 오퍼레이터의 상상력에 의해 타이탄이 완성되기 때문이야. 그래서 아스카론에 남긴 각인이, 100%의 싱크로율과 영검의 주인에게 각인에 대한 사실을 알렸을 때 이 공간으로의 이동이었네. 물론 그때 우리의 영혼이 의식 위로 나오게 하는 것도 포함이 되어 있고 말이지."

그제야 이슈인은 모든 것을 수긍했다.

그리고 저들이 저리 긴 설명을 한 이유도 알 수 있었다. 결국 자신에게 힘을 줄 터이니 마도 시대의 복수를 해달라는 것이리라.

'신을 상대로 할 수 있을까?'

그런데 복수의 대상이 너무나 엄청났다.

아무리 불완전한 존재이고 편협한 존재라지만 이 세계의 주신이다. 한낱 피조물에 불과한 자신이 어찌할 수 없는 존재인 것이다.

"너무 걱정 말게. 자네가 걱정하는 그런 부탁은 없을 것이니."

표정에 너무 티가 난 것일까? 아스가 먼저 입을 열었다.

"참으로 허무한 일이지."

카론이 입맛을 다시며 말했다.

이슈인이 고개를 갸웃거렸다. 두 사람의 행동의 변화를 이해할 수 없는 것이다.

"자네는 우리가 어떻게 세상의 근원에 대해 알고 있는지 궁금하지 않은가? 그 내용상 피조물은 절대로 알 수 없는 사실인데 말이야."

아스의 물음에 그제야 이슈인은 자신이 조금 전 떠올렸던 의문을 상기했다.

"궁금합니다. 정말로 그것이 진실입니까?"

아스는 고개를 끄덕였다.

"우리도 예상 못한 일이었네."

"정말 의외였어. 그래서 너무 허탈했고."

아스의 말에 카론이 맞장구를 쳤다.

이슈인은 다시 두 사람을 주시했다. 곧 설명이 있을 것이다.

"알고 보면 간단한 것이었네. 마나란 무엇인가?"

아스가 물었다.

이슈인은 일순 말문이 막혔다. 일상적으로 이용하고 사용하는 힘이지만 그것에 대해 고민해 본 적은 없었다. 그래서 결국 마법사나 기사들이 마나 수련을 시작할 때 늘 듣는 말을 할 수밖에 없었다.

"이 세상을 이루는 근원이 되는 힘입니다."

아스는 고개를 끄덕였다.

"그럼 신성력은? 흑마력은? 정령력은?"

아스의 물음이 연이어 터져 나왔다. 하지만 이슈인은 대답하지 못했다.

그 모습에 아스는 싱긋 웃었다.

"자네는 이미 답을 알고 있네. 내가 해준 이야기에 그 답이 모두 있으니까."

이슈인은 고개를 갸웃거렸다. 평소의 날카로운 통찰력은 이 순간 발휘되지 않았다.

"쯧쯧. 똑똑한 줄 알았더니 영 허당이구먼."

카론이 혀를 차며 말했다. 이슈인은 그 말에 아무 대꾸도 하지 못했다.

"이 세계는 신에 의해 창조되었고, 신은 절대적인 존재의 파편이네. 그리고 신은 절대적인 존재의 근원적인 힘을 얻기 위해 이 세계를 만들었지. 결국 이 세계를 구성하는 것은 존재의 파편의 힘이지. 절대적인 존재의 힘이 이 세계의 근원이라는 이야기야."

"아!"

그제야 이슈인은 탄성을 터뜨렸다.

과연 그랬다. 이슈인은 이미 그 답을 들었다. 아스가 이렇게 설명을 해주니 답을 알 수 있을 것 같았다.

"알겠는가?"

아스의 물음에 이슈인은 고개를 끄덕였다.

"무엇인가?"

다시 물음을 던졌다.

"모두 같은 것입니다. 절대적인 존재의 힘. 이 세계를 구성하는 힘. 바로 그것입니다."

"바로 그거네. 다 같은 힘이네. 마나도, 신성력도, 흑마력도, 정령력도 말일세. 이 세상에 존재하는 모든 것의 근원은 하나네. 오롯한 절대적인 존재. 단지 형태의 변형이 있을 뿐이지."

참으로 큰 깨달음이었다. 이 말이 이슈인의 내부에 있던 또 하나의 벽을 깨뜨렸다. 이슈인은 또다시 한 걸음 높은 경지로 발을 내디뎠다.

"호오, 하나를 얻었구만. 사실은 똑똑한 게 맞았어."

카론이 이슈인의 변화를 알아차리고 감탄한 듯 중얼거렸다.

"우리는 신성력에 의해 고정되어 버린 마나를 활성화할 방법을 고민했네. 영혼의 상태로 서로의 지식을 공유하면서 말이야. 그러다가 어느 순간 깨달았네. 둘은 다르지 않다는 것을."

"뒤통수를 맞은 느낌이었지."

카론이 고개를 주억거리면서 아스의 말에 동조했다.

"그 깨달음을 얻는 순간 놀라운 일이 벌어졌네. 피조물인 우리가 세계의 각인에 접속을 해버린 것이지."

그 말에 이슈인은 깜짝 놀랐다.

의미하는 바를 너무나 잘 알았기 때문이다.

결국 지금 저 둘은 절대적인 존재의 힘을 얻었다고 말하고 있는 것이다.

"이 세계의 주신과 다른 시공으로 접속을 한 것인지는 몰라도, 우리를 만든 신을 만날 수는 없었네. 하지만 세상의 근원을 알아버렸지. 각인에 접속하는 순간 모든 것이 머릿속으로 저절로 들어왔다네."

"놀라운 경험이었지."

그때를 회상하는 듯 잠시 두 사람은 말이 없었다.

"그럼 두 분은 신이 된 것입니까?"

이슈인의 물음에 아스는 고개를 저었다.

"한낱 피조물이 담기에 절대적인 존재의 힘은 너무나 크고 무한하다네."

이슈인은 무슨 말인지 이해했다는 듯 고개를 끄덕였다.

"하지만 이용할 수는 있지."

카론의 말에 이슈인은 고개를 번쩍 들었다. 오늘 너무나 놀라운 일을 겪고 있었다.

"우리는 그 힘을 '뷰'라고 이름 붙였네. 절대적인 존재의 근원적인 힘, 이 세계를 구성하는 근원이 되는 힘. 이 뷰를 사용할 줄 안다면 신의 간섭을 벗어날 수 있지. 같은 힘을 다룰 수 있기에."

아스의 말에 이슈인은 잠시 얼이 빠졌다. 그 말은 곧 신에 준하는 존재가 된다는 뜻이었다. 피조물이 창조주의 간섭에서 벗어난다니 그것만으로도 너무나 엄청났다.

"사실 모든 것을 알게 된 이후 모든 것이 부질없는 것이 되어버렸지. 욕망도, 분노도, 복수도 말이야."

카론이 피식 웃으며 말했다.

"하지만 우리 스스로 아스카론에 우리의 영혼을 봉인했기에 아스카론의 의식 아래에서 계속 있어야 했네. 덕분에 접속 상태를 오래 유지하면서 더 많은 것을 깨닫게 되어 즐겁기는 했네만……."

"지겨웠지. 모든 것을 알게 되어 존재의 의미를 잃었으니까."

아스의 말에 이어 카론이 초탈한 목소리로 말했다.

"그렇다면?"

이슈인이 물었다.

"우리는 이대로 소멸의 길을 걸을 걸세. 그것이 접속을 통해 세상의 근원을 알게 된 우리에게 정해진 운명이겠지. 아니, 우리가 그렇게 결정했지."

아스는 그렇게 말했다.

"고맙네. 영혼의 봉인을 풀어줘서. 만약 자네가 아니었다면 우리는 계속해서 허무를 키워가고 있었을 거야."

카론이 진심을 담아서 말했다.

"이제는 부질없는 것이라 생각하네만, 그래도 우리의 봉인을 풀어준 감사의 뜻으로 원래 안배해 두었던 것들을 모두 자네에게 주겠네. 그것을 어찌할지는 모두 자네 마음이야."

"마음 같아서는 뷰를 사용하는 법도 가르쳐 주고 싶지만, 그것은 신들의 힘. 피조물이 그저 배워서 사용하기에는 너무나 위험한 힘이야. 스스로 깨달아서 얻게 된다면 모를까."

카론이 아쉽다는 듯 말했다.

"그래도 자네는 그 깨달음에 아주 가깝게 다가서 있는 상태네. 뷰의 존재를 알고 있으니까 말이야. 알고 있으면 깨닫는 날도 오는 법. 뷰에 대해서는 너무 조바심을 가지지 말게. 어느 날스스로 이루어질 것이니."

아스가 카론의 말에 자신의 충고를 보탰다.

"그래. 혹시라도 깨닫게 된다면 접속을 경험할지도 모르는데, 너무 놀라지는 말게나."

카론이 싱긋 웃으며 말했다.

"이제 우리는 그만 사라져야 할 시간인 것 같네."

그렇게 말한 아스가 아스카론을 향해 손을 뻗었다. 순간 아스카론이 일곱 가지 빛깔로 빛났다.

"우리의 안배는 아스카론에게 모두 전했네. 우리가 사라지고아스카론이 다시 깨어나면 그것은 모두 자네의 것이 될 걸세."

"그럼, 고마웠네."

말을 마친 후 두 사람은 이슈인에게 허리를 굽히며 감사의 뜻을 전했다. 그들은 몸이 다시 바로 서는 순간 사라졌다.

아스카론만이 마치 처음부터 그랬다는 듯 그 자리에 그대로 떠 있었다.

이슈인은 천천히 다가가 아스카론을 잡았다.

과연 지금 겪은 것이 모두 진실일까? 이슈인은 판단할 수 없었다.

—마스터, 저의 창조주를 만나셨습니까?

그때 아스카론이 물어왔다.

"그들을 아는 거야?"

―지금까지 몰랐습니다. 단지 조금 전 제 창조주의 안배가 제게 들어오면서 알게 되었습니다.

"그럼 지금까지 있었던 일은 모두 들었어?"

―이것이 맞는 말인지는 모르겠습니다만, 저는 방금 정신을 차렸습니다. 각인이 발동된 뒤의 일은 아무것도 알지 못합니다.

아스카론이 창조주의 안배에 관해 말하는 것을 듣고 나서야 비로소 이슈인은 조금 전의 모든 일이 진실임을 인정할 수밖에 없었다.

그냥 '그렇구나'라고 받아들이기에는 너무나 엄청난 일을 겪었다.

CHAPTER 10
이안, 회심의 한 수

안배를 찾아야 했다.

준비한 이들이 버려 버린 안배였지만 지금 이슈인에게는 너무나 절실한 것이었다. 블러드에게 레퀴엠을 잃은 이상, 새로운 기간테스가 필요했다. 물론 왕국으로 돌아가서 기간테스를 구해도 된다. 하지만 마나 엔진이 문제다.

블러드는 마나 코어라는 것을 사용해서 그 출력이 무려 5.0이라 했다. 현재 대륙에 존재하는 어떠한 마나 엔진으로도 그 출력을 당할 수는 없었다.

레퀴엠으로 출력의 차이를 어느 정도 극복하고 싸웠지만 그것이 한계였다. 데몬즈 스피어에 당하지 않았다면 어떻게 되었을지 모를 일이다. 하지만 그것도 어디까지나 결과론.

더군다나 제스터는 레퀴엠과의 전투를 치르면서 더욱 강해졌다.

결론은 하나다. 블러드 못지않은 기간테스를 구해야 한다.

아스의 말을 빌리자면 그들은 블러드 이상 가는 기간테스를 이곳에 준비해 두었다.

그것을 찾아야 했다.

"아스카론, 이곳에 기간테스는 어디에 있지?"

아스카론도 얼마 전까지는 몰랐던 내용이다. 그것이 조금 전 그의 지식 속으로 들어왔다.

─마스터께서는 이미 한 번 보셨습니다.

아스카론의 대답에 이슈인은 고개를 갸웃거렸다. 자신이 기간테스를 보았다면 절대 잊고 있을 리가 없었다.

─이곳에 있습니다.

이슈인은 다시 한 번 고개를 갸웃거렸다. 이곳에는 이미 한 번 와본 적이 있다. 그때 기간테스를 본 적이 없었다. 사이몬으로서 이곳에 왔었지만, 이미 그때의 기억도 이슈인의 기억과 완전히 하나로 합쳤기에 확실하게 기억하고 있었다.

"그때 본 거라고는 소울 아머밖에는……."

그렇게 중얼거리던 이슈인은 깜짝 놀랐다. 자신이 중얼거린 말 속에 답이 있었던 것이다.

"설마 그 소울 아머가 기간테스의 재료라는 거야?"

─그렇습니다.

아스카론이 답했다.

"분명 육백마흔여덟 개가 있다고 했던 것 같은데?"

─기억력이 좋으시군요. 이곳은 이미 폐허가 되어버린 마도 시대 최고의 마탑 롱기누스의 지하에 있던 입체 마법진과 동일

하게 만들어진 곳입니다. 아스님께서 만드신 아공간이지요. 그 마법진의 주요 구동 포인트가 모두 육백마흔여덟 곳이고, 그곳 마법진에 마나를 공급하기 위한 공급원으로 소울 아머를 배치해 둔 겁니다.

아스카론은 조금 전 얻은 정보를 이슈인에게 설명했다.

"파수꾼 아니었어?"

─두 가지 역할을 모두 합니다. 하지만 마나 공급의 역할 때문에 일정 거리 이상은 포인트를 벗어나지 못합니다. 그들이 아직도 있기에 이곳이 존재할 수 있습니다.

"그때 우리가 처치한 녀석들은?"

─그저 침묵 상태에 빠진 것뿐입니다. 마나는 꾸준히 공급하고 있습니다.

"그럼 그것들로 기간테스를 만들면?"

─이 공간이 붕괴되어 사라집니다. 마나를 공급하지 못하니까요.

아스카론의 대답에 이슈인은 잠시 고민했다.

아스와 카론과 대화를 나누면서 얻게 된 깨달음의 단초. 그것을 정리하고 싶었다. 그러기에는 이곳이 최적의 공간이었다. 아무도 없이 홀로 조용히 명상에 잠길 수 있는 곳이다.

이슈인이 고민에 잠기자 아스카론은 아무 말 없이 그의 결정을 기다렸다. 고민을 하던 이슈인의 생각이 한곳에 미쳤다.

블러드.

레퀴엠이 패했으니 왕국에는 블러드를 막을 수단이 존재하지 않을 것이다. 자신이 최대한 빨리 이곳에서 새 기간테스를 얻어 돌아가야 했다. 그래야만 막을 수 있다.

사실상 이곳에서 명상을 하면서 보낼 시간 따위는 없는 것이다.

"하지만 확실히 블러드를 꺾으려면 한 단계 더 실력이 올라야……."

이슈인이 망설이는 얼굴로 중얼거렸다.

그제야 이슈인은 한 가지 사실을 더 깨달았다. 자신이 이곳에 오고 나서 시간이 얼마나 흘렀는지 모르고 있다는 것이다.

"아스카론, 내가 이곳에 오고 시간이 얼마나 흘렀지?"

아스와 카론과의 만남은 그 모든 것을 까맣게 잊을 정도로 너무 엄청난 일이었다.

—블러드와 결전을 벌일 때 시공의 틈으로 피했습니다. 때문에 저도 시간의 흐름을 정확히 알 수 없습니다.

그 말에 이슈인의 표정이 변했다.

어쩌면 이미 전쟁이 끝났을지도 모른다. 그것도 최악의 형태로 말이다.

"바깥의 시간을 알 수 있는 방법은 없어?"

—당연히 있습니다. 없었다면 제가 마스터를 이곳으로 부를 수도 없었지요.

"그럼 당장 알아봐."

이슈인이 다급하게 말했다.

—알겠습니다.

그리고 아스카론은 말이 없었다. 아공간을 넘어 현실의 시간을 알아보는 데 집중했기 때문이다. 그사이 이슈인은 초조하게 기다렸다.

어쩌면 있을지도 모를 최악의 결과를 피하기만 간절히 바라면서.

—블러드와의 전투 후 한 달이 흘렀습니다.

그 말에 이슈인의 안색이 변했다.

설마 벌써 한 달이나 흘렀을 줄이야. 그사이 이슈인이 한 것이라고는 몸의 감각을 찾고 움직인 것뿐이다. 그리고 아스와 카론을 만나 그들의 이야기에 빠져든 것이 전부다. 한 달이나 흐를 리 없었다.

"시공의 틈인가……."

원인을 생각한다면 그 이외에는 없었다.

—아무래도 그런 것 같습니다.

이슈인은 불안해졌다. 자신이 이곳에서 이러고 있어도 되는지 확신이 서지 않았다. 그날 분명히 레오네인은 무너졌을 것이다. 자신이 그렇게 되었으니. 그렇다면 한 달이라는 시간을 메틀라인 왕국이 버텨낼 것이라 장담할 수 없었다.

현재 왕국은 사라졌을지도 모른다. 그런 불안이 엄습했다.

"왕국의 상황을 알 수 있을까?"

—기다려 주십시오.

지푸라기라도 잡는 심정으로 물었다. 아스카론에게 그런 능력이 없다는 것을 알기에. 그저 작은 몸부림에 지나지 않는 물음이었다. 그런데 아스카론은 긍정의 대답을 했다. 이슈인은 깜짝 놀랐다.

'이것도 아스의 안배 중 일부인가?'

아스카론에게 없던 능력이 새로 생겼다면 그것뿐이다.

이슈인은 다시 한 번 초조함을 느끼며 기다렸다. 이번에는 시간이 좀 많이 걸렸다. 그만큼 이슈인의 초조함은 커졌다.

얼마 후,

—알아냈습니다.

아스카론의 말에 이슈인의 얼굴은 다급해졌다.

"어때? 무사해?"

—일단 왕국 자체는 무사합니다만, 서부 반도 대부분의 영토는 공화국의 손에 넘어갔다고 합니다.

"휴우."

빼앗긴 영토는 되찾으면 된다. 그렇기에 왕국이 무사하다는 말에 이슈인은 안도의 한숨을 내쉬었다.

"그런데 어떻게 안 거야?"

—루즈벡 제국의 마법 통신을 감청했습니다. 그래서 필요한 정보가 모두 모일 때까지 시간이 걸렸습니다.

이슈인의 두 눈이 휘둥그레졌다.

"그런 게 가능한 거야?"

—오늘부터 가능해졌습니다.

아스카론이 표정을 전할 수 있다면 지금 분명 멋쩍은 얼굴을 하고 있을 것이다. 이슈인은 아스카론의 목소리에서 그런 기색을 읽었다.

"그러면 당장 새로운 기간테스를 만들어서 돌아가야 하나."

이슈인은 앞으로의 행보를 고민했다.

—공화국에서 대대적으로 메틀라인 왕국을 정벌하려 하는 것 같습니다. 서부 반도의 점령은 후방을 다지기 위한 사전 작

업이라고 루즈벡 제국은 분석하고 있습니다.

이슈인의 중얼거림에 아스카론은 자신이 얻은 정보를 풀어냈다.

─아무래도 최대한 병력을 모아 공화국의 통령이 직접 나설 것 같습니다. 현재 서부 반도에서 진군 중인데, 메틀라인의 국왕이 있는 바첼러 성까지는 앞으로 1주일 이상이 걸릴 듯합니다.

"다행히 아직 무사하네. 시간도 좀 있고."

이슈인은 안도의 한숨을 쉬었다. 이레아가 분명 잘 준비하고 있을 것이다. 아스카론에게서 마도 시대의 지식을 얻지 않았던가.

어느 정도 안심이 되었다.

그러자 다시 수련에 생각이 미쳤다.

"이곳은 바깥과는 시간의 흐름이 다르지?"

이슈인이 물었다. 지난번에 아스카론을 얻었을 때의 경험을 떠올린 것이다. 이곳은 바깥보다 시간이 빠르게 흘렀다. 덕분에 더 많은 것을 할 수 있었다.

─그렇습니다.

"소울 아머로 기간테스를 만드는 데 얼마나 걸릴까?"

─열 시간 정도 걸립니다.

이슈인은 고개를 끄덕였다.

"바깥의 시간을 느낄 수 있지?"

─네, 마스터.

궁금한 것에 대한 대답을 모두 들은 이슈인은 결정을 내렸다. 당장 무너질 위험은 없으니 더 확실한 승리를 위해 새로운 단초를 자신의 것으로 만들기로 했다.

"좋아, 바깥 시간으로 6일이 지나면 날 좀 깨워줘. 어떻게든 깨워야 해."

―알겠습니다.

신신당부를 한 이슈인은 곧 예전에 아스카론이 꽂혀 있던 중앙의 자리로 가서 가부좌를 틀고 앉았다.

그리고 두 눈을 감고 깊은 명상 속으로 들어갔다. 이곳의 시간이 바깥보다 빨랐기에 오랜 명상을 할 수 있지만 그래도 12일 내외의 시간에 불과하다. 과연 그 안에 성과를 보일 수 있을지는 전적으로 인연에 달려 있었다.

＊　　　＊　　　＊

"흐음."

박스터의 얼굴이 어두웠다.

벌써 하루가 지났다. 하지만 뚫지를 못했다. 적들이 가진 병기의 위력은 어마어마했다. 기간테스로도 섣불리 접근할 수가 없었다.

결국 첫날의 공격은 손실만 입은 후퇴였다.

덕분에 공화국군의 사기는 땅에 떨어졌고, 메틀라인 왕국군의 사기가 오르기 시작했다. 희망이라는 것을 보았기 때문이리라.

"이게 어찌 된 일이라 생각하나?"

박스터가 주변을 둘러보며 물었다. 그 자신은 이게 어찌 된 일인지 알고 있었다. 단지 어떻게 저곳의 인간들이 마도의 지식을 알고 있는지만 모를 뿐이다. 그럼에도 물었다.

바스테리안이 아닌 박스터였기 때문이다.

"도무지 모르겠습니다. 저들이 어떻게 저토록 신기한 방어 마법을 성 전체에 펼쳤는지, 어떻게 그런 마나 캐논을 가졌는지 알수가 없습니다. 정보부에서도 알아낸 것이 아무것도 없습니다."

엥겔스의 말에 박스터의 눈이 라파엘을 향했다. 그는 불과 얼마 전까지 메틀라인의 고위 귀족이었다. 그러면 알고 있는 것이 있을지도 몰랐다.

라파엘은 식은땀을 흘리며 고개를 숙였다.

"죄송합니다. 저도 아무것도 모릅니다. 저런 것이 있다는 낌새도 느끼지 못했습니다. 본디 바첼러 가문이 뒤에 숨어서 일을 잘 벌이는지라……."

바톤 윙 때도 완성된 후에야 그 사실을 알게 되지 않았던가.

"흐음."

박스터는 두 눈을 감고 고민에 잠겼다.

'만들었어야 했나?'

박스터는 자신의 집무실 깊숙한 곳에 숨겨놓은 칼라볼크의 설계도를 떠올렸다. 메틀라인에서 개발에 실패했다는 소식을 듣고는 봉인했다. 그가 생각하기에도 그 물건은 세상에 쉬이 나와서는 안 될 것이었다.

그런데 지금 갑자기 마도 시대의 칼라볼크가 나타나다니.

박스터는 후회할 수밖에 없었다.

세계의 균형을 지키는 것이 사명인 골드 일족. 바스테리안이 골드 일족의 로드 후보였기에 결국 칼라볼크에는 손을 뻗지 못한 것이다.

'비장의 카드라도 내지 않으면 결국 종이 쪼가리에 불과할 뿐인 것을······.'

후회가 물밀 듯 밀려왔다.

지금에 와서 칼라볼크를 만들기에는 이미 늦었다.

"항복한 이들에게 정보를 캐보면 어떻겠습니까?"

엥겔스가 조심스레 입을 열었다.

"그놈들이 뭘 알겠는가? 저런 전력이 있음에도 그들이 항복하는 것을 막지 않은 것을 보면 어차피 버리는 패야."

박스터가 고개를 흔들며 말했다.

그의 말대로였다. 현재 프로일 자작을 비롯한 귀족들은 심한 불안에 떨고 있었다. 그들이 비록 후방에서 유폐나 다름없는 상황에 놓여 있다고 하지만 전투의 결과에 대해서는 들을 수 있었다. 워낙에 충격적인 결과였기에 다들 수군거리며 다녔기 때문이다.

버틸 수 있음에도 그 사실을 알리지 않고 자신들이 항복하게 놔뒀다는 것은 결국은 버렸다는 뜻이다. 그 정도는 깨달을 수 있는 이들이었기에 현재 심한 공황 상태에 빠져 있었다.

만약 메틀라인 왕국이 살아남는다면 자신들은 그야말로 아무것도 아니게 되어버리지 않는가.

몇몇은 혹시라도 공화국 수뇌부에 불려 나가 추궁당할 것을 걱정했지만 그런 일은 일어나지 않았다.

"내일은 제가 나가겠습니다."

침묵을 지키던 제스터가 입을 열었다.

자리에 있던 다른 이들이 그 말에 고개를 끄덕였다.

다른 방법이 없었다. 모두가 그렇게 생각했다. 단지 박스터만이 고민에 잠긴 얼굴이었다.

블러드는 좀 더 아껴두었다가 더 극적인 상황에 꺼낼 패였다. 그래야만 메틀라인의 백성들을 가슴속부터 굴복시킬 수 있다고 생각한 것이다.

블러드의 카리스마를 극적인 상황에, 더욱 극적인 연출을 더해 등장시킨다면 그 누가 감히 반항을 생각하겠는가.

그런데 현재 바첼러 성을 뚫는 데 사용하면 그런 경외감이 깃든 항복은 포기해야 했다.

"어쩔 수 없군."

일단 꿇어야 경외감이든 뭐든 바랄 수 있다. 블러드 외의 대안이 없다면 할 수 없었다. 결국 박스터는 결단을 내렸다.

긴 회의였다.

결론에 도달하고 보니 어느새 밤이 깊었다.

바첼러 성에서도 깊은 밤까지 회의가 계속되고 있었다.

"훌륭했네, 정말 훌륭했어."

미켈란 후작이 연신 이안을 칭찬했다. 적의 대군을 거의 피해 없이 막아냈으니 어찌 기쁘지 않을까. 그는 그 모든 것을 이안의 공으로 추켜세우고 있었다.

회의를 하는 사람의 수는 적었다. 하지만 하나같이 요직에 있으며, 마지막까지 포기하지 않은 사람들이었다.

그 중앙에는 엠피엘 국왕이 있었다.

그는 언제 폐인이 되었냐는 듯 두 눈을 형형히 빛내고 있었다. 희망을 보자 순식간에 회복한 국왕이었다.

"언제 이리 대단한 것을 준비했나. 참으로 놀랍군."

말속에 뼈가 있었다.

카를로 백작과 이안은 그것을 느꼈다. 하지만 내색하지 않았다.

"모두 국왕 전하와 왕국을 위한 것이었습니다."

"한데 어찌 나에게 미리 제대로 말하지 않은 것인가?"

마도의 지식을 얻은 것은 알렸다. 그리고 고서까지 건네주었다. 하지만 엠피엘 국왕은 그 결과가 이 정도일 것이라고는 상상도 하지 않았다.

그랬기에 절망했고, 못난 모습을 신하들에게 보였다.

그는 지금 그것을 지적하고 있었다.

"믿지 못할 자들이 너무 많았습니다."

카를로 백작이 허리를 숙이며 대답했다. 사실 그랬다. 왕국을 버리고 공화국에 항복한 귀족들의 수를 보면 절로 고개가 끄덕여진다.

"그랬지. 하지만 그것을 결정할 사람은 바로 날세."

"망극합니다."

국왕의 말에 카를로 백작은 허리를 깊숙이 숙였다. 지금 국왕은 심기가 매우 불편했다. 승전을 했음에도 그것은 오직 이곳 바첼러 영지의 역량이었고, 영주의 주군인 자신은 아무것도 몰랐기 때문이다.

"앞으로는 어찌할 생각인가?"

엠피엘 국왕은 이만하면 되었다는 듯 이안을 보며 물었다. 과연 노회한 국왕다웠다. 그는 신하를 쥘 때와 풀어줄 때를 너무나 잘 알았다.

"예상보다 훨씬 좋은 결과가 나왔습니다. 하지만 적의 진정한 전력은 따로 있습니다."

"블러드 말인가?"

이안의 말에 국왕이 되물었다. 그의 얼굴은 다시 어두워졌다. 오늘 희망을 보았으나 현실로 만들기 위해서는 반드시 블러드를 처리해야 한다.

"그렇습니다. 막는 것은 어느 정도 가능할지 몰라도 그것이 전부입니다."

이안의 말에 사람들은 침묵에 잠겼다.

그렇다면 이곳에 갇혀 계속해서 농성을 해야만 한다는 소리다. 공화국이 마음을 바꿔 이곳을 남기고 다른 곳부터 점령하기 시작한다면 결국 메틀라인 왕국은 이곳 바첼러 성만 남게 되는 것이다.

그것은 더 이상 왕국이라 할 수 없었다.

누구나 쉽게 예상할 수 있는 일이다.

"그래서 공화국을 좀 흔들어볼까 합니다."

이안이 무거운 침묵을 깨뜨렸다.

"어떻게 말인가?"

미켈란 후작이 물었다.

"비바체 함대입니다."

"비바체 함대?"

국왕이 고개를 갸웃거리며 물었다.

"네. 레오네인이 무너지던 날, 저는 비바체 함대로 하여금 매트 성의 병력과 록힐 광산의 병력을 빼돌리도록 했습니다. 그리고 그들은 현재 온전히 비바체 함대와 함께 있습니다."

"어디에 말인가?"

엠피엘 국왕이 반색을 했다. 그러고 보니 그날 이곳에 이안이 도착한 후 조용히 자신에게 그런 보고를 했던 기억이 떠올랐다.

"벨런시아 강 하구에서 멀리 떨어지지 않은 무인도에 있습니다. 침투 작전을 위해 은밀히 마련해 놓은 근거지입니다."

그것은 국왕도 처음 듣는 이야기였다.

비바체 함대를 완성했을 당시 이안과 바츠란 사령관이 은밀히 준비한 일이었기 때문이다. 그때 바츠란 사령관은 자국의 귀족을 믿지 않았다. 그의 혜안이 옳았기에 지금 공화국의 턱밑에 비수 한 자루를 숨길 수 있었다.

그런 이안의 설명에 모두 감탄한 표정을 지었다.

과연 왕국군의 제너럴이라는 얼굴이었다.

"그들로 리퍼블릭을 바로 치겠다는 것이로군."

야전 지휘관 출신인 미켈란 후작이 잘 알겠다는 듯 고개를 끄덕였다.

"네. 지난번 아르시안 공주 구출 작전 때는 그저 시선을 돌리고 공화국을 긴장케 만드는 목적으로 침투를 했기에 상륙은 하지 않았습니다. 하지만 이번은 다릅니다. 공화국의 병력 대부분이 우리 영토 내에 들어와 있습니다. 그리고 나머지는 국경지대로 흩어져 있죠. 적의 수도를 치기에는 절호의 기회입니다."

이안의 말에 모두의 얼굴에 통쾌함이 자리했다. 자신들이 당한 것을 그대로 돌려줄 수 있다는 생각이 들자 절로 그리되었다.

"매트 성과 록힐 광산의 병력도 합류했으니 상륙 병력도 충분하군."

미켈란 후작이 감탄했다는 얼굴로 이안을 보며 중얼거렸다.

왕도가 무너지는 순간에도 그런 준비를 진행했다는 것이 무척

이나 놀라웠다. 무언가 달라도 다른 사람이었다.

이런 사람이었기에 자신이 장관의 책무를 전부 놓고 있어도

왕국이 돌아갔던 것이다.

"알고는 있었지만 내가 알고 있던 것보다 자네는 더 대단하군."

미켈란 후작의 칭찬에 이안은 고개를 살짝 숙였다.

"얼마나 걸리겠는가?"

"이미 한 번 가봤던 강이기에 전속으로 항해하면 하루 하고

반나절 정도 걸릴 겁니다."

국왕의 물음에 이안이 답했다. 막힘이 없는 것이 사전에 바츠

란 사령관과 의논을 한 듯했다.

"좋아, 오늘 당장 출격시키게. 당한 만큼 돌려줘야지."

"알겠습니다."

국왕의 명령에 이안은 허리를 숙이며 답했다.

회의는 좋은 분위기 속에서 끝이 났다.

이안이 입을 다물었기 때문이다.

비바체 함대는 이미 출발했다. 바첼러 성에 대한 적의 공격이

시작되던 순간, 이올린이 은밀히 정해진 신호를 마법 통신으로

바츠란 사령관에게 보낸 것이다.

그 사실까지 말했으면 국왕의 심기가 더욱 틀어졌을 것이다.

국왕이 아버지에게 하는 소리를 듣고 이안은 즉각 판단을 해

서 보고 내용을 바꾼 것이다.

깊은 밤이다.

거대한 함선들은 칠흑 같은 어둠 속에서 물살을 가르며 빠르게 미끄러져 나갔다. 강의 흐름을 거슬러 올라감에도 거침이 없었다.

"후후. 이안 차관은 아무리 생각해도 너무 똑똑하단 말이야."

어두운 하늘을 올려다보며 도나텔 공작이 싱긋 웃었다.

그날 당한 치욕을 내일 아침 그대로 돌려준다 생각하니 절로 웃음이 나왔다.

"대단한 인물이지요."

바츠란 사령관이 곁에서 맞장구를 쳤다.

"그렇기에 제너럴인 제가 바다에만 집중할 수 있는 겁니다. 그런 친구가 차관으로 왕국군을 움직여 주니까요."

그 말에 도나텔 공작이 고개를 끄덕였다.

"스스로를 낮출 줄 아는 지혜도 지녔고. 그건 그 가문 사람들의 특징이지. 열정은 있으되 야망은 없어."

바첼러 백작가에 대한 도나텔 공작의 평가였다.

"자신들의 능력의 위험성을 알고 있는 것이지요. 능력이 없는 군주가 능히 두려워할 만한 위협적인 힘이죠."

도나텔 공작은 묵묵히 고개를 끄덕였다.

그가 보기에 현 엠피엘 국왕 역시 바첼러 백작가를 품기에는 그릇이 조금 작았다. 단지 카를로 백작이 스스로 국왕의 품에 안겨 있는 것이나 다름없었다.

그랬기에 그는 일선에서 물러나서 조용히 있었다.

자신까지 일선에서 정치력을 발휘하면 틀림없이 국왕은 그릇의 한계를 절감할 테니까. 그러면 왕국이 위태로워진다. 엠피엘 국왕이 대범한 군주로 있을 때에야 메틀라인은 안정될 수 있었다.

엠피엘 국왕은 메틀라인의 역사상 뛰어난 군주 중 한 명이다. 그랬기에 귀족들의 힘을 줄여 왕권을 강화할 수 있었다. 하지만 이 시대에 바첼러 백작가에서 뛰어난 인물이 너무 많이 나왔다.

'카를로 백작이 덕을 많이 쌓은 것인지……'

타이밍이 안 좋았다. 국왕이 노회해 포용력이 조금씩 줄어들고 있을 때 큰 인물들이 나왔으니.

다행히 스스로를 낮추는 지혜를 모두 가지고 있었기에 메틀라인은 굳건했다.

박스터라는 효웅이 야망의 이빨을 메틀라인에 박아 넣기 전에는.

그리고 왕국의 위기가 영웅들의 활약을 요구하고 있었다.

이안이 그 영웅 중 하나였다.

박스터가 예상도 못할 회심의 일격이 내일 아침 날이 밝으면 공화국의 수도 리퍼블릭에 틀어박힐 것이다.

함대의 속도는 예상보다 빨랐다.

모두 도나텔 공작 덕이었다.

그가 풍계 마법으로 배의 운행을 돕고 있었다. 덕분에 사전에 예상한 시간에서 반나절을 단축할 수 있었다.

"곧 새벽이 올 듯합니다."

바츠란 사령관이 동쪽 하늘을 보며 말했다.

"마법을 준비해야겠군."

고 서클의 마법은 수식이 복잡하고 마나의 운용이 어렵다. 미리 메모라이즈를 해둬야 통쾌하게 터뜨릴 수 있을 것이다.

전장에 아침이 밝았다.

제스터는 잠시 동안 바첼러 성을 바라보았다.

오늘 자신이 뚫어야 할 성이다.

"할 수 있을까?"

아무리 블러드의 성능이 좋아도 바첼러 성에서 무수히 날아오는 마나 캐논의 포격을 견딜 수 있을지 의문이었다.

"블랙 아머는 겨우 두 번 사용할 수 있는데."

세 번째는 없었다.

자신과 블러드를 믿어야 한다.

그렇게 중얼거리며 블러드의 콕피트에 올랐다.

─오랜만이군.

마나 코어의 구동이 시작되자 론의 인사가 머리에 울렸다.

"그래, 오늘은 정말 제대로 놀아보자고."

─어려운 일인가? 지난번의 레퀴엠이라는 녀석보다 더?

제스터의 목소리에 어린 긴장을 읽은 론이 물었다.

"무지막지한 성이지."

대답을 마친 제스터는 블러드의 이카루스를 펼쳤다.

블러드는 붉은 잔영을 남기며 빠른 속도로 바첼러 성을 향해 날아갔다.

"블러드가 날아옵니다!"

경계 초소의 초계병이 큰 소리로 외쳤다.

"과연."

이안은 고개를 끄덕였다.

자신이 생각해도 이 수밖에는 없었으니까.

"밴 마나 캐논은 포격을 준비하라."

16문의 밴 마나 캐논이 하늘로 포각을 들어 올렸다.

"미니 마나 캐논 포격 준비!"

이안의 외침에 성벽 위의 병사들 역시 분주해졌다.

"왔습니다.!"

블러드는 빨랐다. 순식간에 도착했다.

그 순간,

"발사!"

이안의 명령과 함께 모든 마나 캐논이 마나를 뿜었다.

바첼러 성 주변이 마나의 빛에 뒤덮였다.

그 빛은 한곳을 향해 곧장 날아갔다.

—이 정도 수의 칼라볼크라니… 과연 긴장할 만하군.

론도 질린 듯했다.

"블랙 아머!"

제스터는 도착하자마자 피어스 브레이크를 발동했다.

검은 구체가 붉은 블러드를 감쌌다.

콰콰콰쾅!

요란한 폭음이 하늘을 떨어 울렸다.

"명중입니다!"

초계병이 환호에 가까운 외침을 토했다. 설마 첫 번째 포격이 저렇게 완벽하게 명중할 것이라고는 아무도 생각하지 못했다. 그래서 제2격을 준비하고 있었는데 명중해 버렸다.

다들 믿지 못하겠다는 얼떨떨한 얼굴로 하늘을 올려다보았다.

블러드가 사라졌다고 믿어 의심치 않고 올려다보았건만 무언가가 있었다. 그것은 검은 구체였다.

"설마……."

누군가가 불안한 듯 중얼거렸다.

그럴 리가 없다고 머리를 좌우로 흔드는 이도 있었다.

검은 구체가 서서히 사라졌다. 그리고 당당히 모습을 드러내는 붉은 장갑의 블러드.

"말도 안 돼!"

"이럴 수는 없어!"

어제 숱한 기간테스를 파괴한 마나 캐논이다. 그런데 모든 마나 캐논의 포격을 맞고도 멀쩡한 기간테스라니. 메틀라인 진영의 병사들 사기가 급격히 떨어졌다.

당연히 공화국군의 사기는 오르기 시작했다.

"과연 블러드다!"

"우리가 승리한다!"

이안의 얼굴도 살짝 변했다. 하지만 곧 평정을 찾았다. 검은 구체의 정체를 짐작할 수 있었기 때문이다.

"모두 당황하지 마라! 저것은 피어스 브레이크다! 피어스 브레이크는 무한하지 않다! 겨우 몇 번 사용할 수 있을 뿐이다! 모두 겁먹지 말고 포격을 계속하라!"

이안이 목이 터져라 외친 명령이 마법 통신을 타고 모든 병사들에게 전해졌다.

그제야 하나둘 공포에서 벗어나기 시작했다. 이안의 명령이 설득력이 있었기 때문이다. 피어스 브레이크라면 그럴 수도 있다는 생각이 병사들 사이에 퍼졌다.

회복이 빠른 이들은 재빨리 다음 포격의 준비를 마쳤다.

하지만 블러드는 없었다.

그들이 혼란에 빠진 사이 재빨리 성벽 아래로 날아내린 것이다.

"훗. 모두 하늘로 조정된 포각을 갑자기 이곳으로 바꾸려면 고생 좀 할 거야."

제스터가 당황하는 병사들을 보면서 중얼거렸다.

블러드에 탑승하기 전에 떠올린 전법이었다. 블러드의 속도를 잡으려면 미리 어느 정도 포각을 조정할 수밖에 없다. 그렇다면 아예 전부 하늘로 향하도록 일부러 이카루스로 날아간 것이다.

자신의 블랙 아머를 믿었기에 가능한 전술이었다.

"우아아악!"

블러드가 눈앞에 나타나자 병사들은 비명을 지르며 달아났다.

밴 마나 캐논 바로 앞이었다.

서격.

블러드의 검이 밴 마나 캐논을 자르고 지나갔다. 제스터는 병사들은 신경 쓰지 않고 다음 마나 캐논으로 움직였다. 한 문이라도 많이 파괴해야 한다. 그래야 블러드의 행동 반경을 늘릴 수 있었다.

"빌어먹을……."

그 모습에 이안의 얼굴이 일그러졌다. 설마 저런 약점을 파고들 줄 몰랐다.

"내 실수야."

이안은 스스로를 자책했다.

아무리 블러드라도 마나 캐논은 버틸 수 없다는 생각에 모든 마나 캐논을 하늘로 조준해 버렸다. 레오네인을 공격할 때 블러드가 피어스 브레이크로 마나 캐논의 공격을 버텨내는 것을 직접 봤는데도 말이다.

"자만했어. 이곳의 모든 마나 캐논의 일점사라면 능히 부술 수 있을 것이라 생각했는데……."

한 번의 실수는 치명적이었다. 벌써 세 문의 밴 마나 캐논이 파괴되었다.

성벽 위의 미니 마나 캐논은 사용할 수 없었다. 거리가 너무 가까운 탓이다. 그사이 블러드는 결국 한쪽 성벽의 밴 마나 캐논을 모두 파괴했다.

"훗. 가까워서 못 쏘는군."

성벽을 올려다본 제스터가 중얼거렸다.

"그러면 이제는 성벽 차례인가?"

제스터는 그렇게 중얼거리며 검으로 성벽을 내려쳤다.

콰앙!

요란한 충돌음이 울렸다.

철컹. 철컹.

그 반탄력에 블러드가 두 발자국이나 물러섰다. 물론 성벽은 멀쩡했다. 제스터는 어이가 없다는 얼굴로 성벽을 쳐다보았다.

"이건 대체……."

—옵티멈 스쿠툼(Optimum Scutum)이다.

그때 론이 말했다.

"옵티멈 스쿠툼?"

제스터가 고개를 갸웃거리며 물었다.

─3차원 입체 마법진을 사용한 마도 시대의 절대 방어 마법이다. 마나만 충분히 공급된다면 무엇으로도 부술 수 없다.

론의 설명에 제스터의 얼굴이 일그러졌다.

"빌어먹을."

블러드조차도 성벽을 어찌하지 못하는 것을 보면서 병사들은 안도하고 환호했다. 비록 마나 캐논이 무너졌다 하더라고 성벽이 있었다.

"하지만……."

이안의 안색은 어두웠다.

레오네인의 고급 저택가를 날려 버린 그 공격이 남아 있었다. 이안은 그때의 공포를 아직도 잊지 못하고 있었다.

그때였다.

이레아가 다급히 뛰어왔다.

"위험하니까 오지 말라고 했잖아."

이안이 놀라서 외쳤다. 이레아는 소중한 존재다. 이 모든 것이 그녀가 만들어낸 것이니 그 가치는 이루 말할 수 없었다.

오빠의 외침에도 이레아는 아랑곳하지 않고 달려왔다. 무엇인가 서둘러 전해야 할 말이 있는 것 같았다. 아무리 바츠란 사령관과의 마법 통신을 맡겨놨다 하더라도 다른 병사를 보내면 될 일인 것을.

"왜 왔어?"

이레아가 숨을 헉헉거리며 앞에 서자 이안이 그녀를 탓했다. 이레아는 아무 상관 없다는 듯 이안의 귀에 작은 소리로 자신이

들은 정보를 전했다.

그녀의 말이 끝나자 이안의 얼굴이 환해졌다.

더 이상 걱정할 것이 없었기 때문이다.

"하하, 그런 거였다니. 다행이야, 정말 다행이야. 그런데 도나텔 공작님은 그곳에 있으시면 소식이나 전해주실 것이지……."

이안은 섭섭한 듯 중얼거렸다.

"됐으니까 어서 가. 위험해."

이안이 이레아를 떠밀었다.

"내가 만든 옵티멈 스쿠툼을 못 믿는 거야?"

이레아는 그렇게 입술을 샐쭉거리고는 서둘러 그 자리를 떠났다.

이안은 한결 나아진 얼굴로 블러드를 보았다. 이제 무너질 염려는 없었다. 레퀴엠을 반파시키고 레오네인의 일부를 날려 버렸던 기술이 피어스 브레이크의 강렬한 에너지를 되돌리는 것이라면 무용지물이다. 이곳에 그런 엄청난 위력의 피어스 브레이크를 사용할 사람은 없었으니까.

"이제는 버티기로군."

이안은 즉각 성 밖의 밴 마나 캐논을 성안으로 불러들였다. 혹시라도 남은 12문의 마나 캐논까지 파괴되면 손실이 상당했기 때문이다.

블러드는 성벽을 서너 번 더 공격한 후 결국 포기하고 귀환했다.

"통신은 잘 하셨습니까?"

바츠란 사령관이 도나텔 공작을 보며 물었다.

"그래. 막 블러드가 쳐들어온 참이라 하더군."

"타이밍이 기가 막혔겠군요."

"후후, 죽다 살아난 이안 차관의 얼굴이 눈에 선하군."

도나텔 공작이 빙긋 웃으며 말했다.

"이제 저곳을 두드려야지요."

바츠란 사령관이 눈앞의 리퍼블릭을 가리키며 말했다.

"좋아, 맡겨두라고. 후후."

리퍼블릭은 조용했다.

함대 전체에 펼쳐진 환상 마법 때문에 그들은 아직 비바체 함대를 발견하지 못한 것이다. 고위급 마법사와 함께 움직이니 이런 점은 편했다.

도나텔 공작의 경지는 쉬이 짐작하기 어려웠다. 함대 전체에 환상 마법을 펼친 그 순간의 놀라움을 바츠란 사령관은 아직도 잊을 수 없었다.

도나텔 공작이 비행 마법으로 리퍼블릭을 향해 날아갔다.

공중에 높이 떠오른 그는 리퍼블릭을 향해 마나 증폭 지팡이를 뻗었다.

"파이어 레인!"

시동어가 그의 입에서 터지는 순간, 리퍼블릭에 불비가 내렸다. 리퍼블릭의 2할에 이르는 광대한 지역이 불비에 뒤덮였다.

"꺄악!"

"우악! 도망쳐!"

갑작스러운 날벼락에 리퍼블릭은 혼란에 휩싸였다. 수비군은 우왕좌왕 어쩔 줄을 몰랐다.

"플레임 스톰!"

불비가 내린 곳에 불꽃의 폭풍이 몰아쳤다. 불길은 빠르게 세력을 뻗어나갔다.

"후우! 후우!"

도나텔 공작의 얼굴에 땀이 비 오듯 쏟아졌다. 강력한 마법을 벌써 세 개째 사용했다. 하루 네 개를 사용할 수 있으니 이제 마지막이다. 그러고 나면 분명 탈진할·것이다.

"매드 윈드 스톰!"

미친 바람의 폭풍. 마지막 마법의 시동어가 도나텔 공작의 입에서 터져 나왔다.

마법은 이름과 똑같았다.

광폭한 바람이 리퍼블릭의 사나운 불길을 사방으로 펼쳤다. 불길의 세력은 기하급수적으로 늘어났다.

도나텔 공작이 축 늘어진 모습으로 함대로 돌아와 바츠란 사령관의 부축을 받았다.

"상륙 부대는 출진하라!"

바츠란 사령관은 큰 소리로 외쳤다.

그와 동시에 라이더들이 상륙 후 기간테스를 소환했다. 딜레이 타임은 상관없었다. 혼란에 빠진 리퍼블릭이 대응할 수 있을 리 없었다.

랩터2 부대가 리퍼블릭에 진입했다

CHAPTER 11
레퀴엠 리버스

"뭐야!"

그렇지 않아도 블러드마저 별 성과 없이 돌아와 가뜩이나 분위기가 침울해져 있던 공화국 진영에 청천벽력과도 같은 소식이 전해졌다.

리퍼블릭의 초토화.

단 한나절 만에 일어난 일이었다.

"크윽."

박스터는 온몸을 부들부들 떨면서 입술을 깨물었다. 어떻게 이런 일이 일어날 수 있단 말인가.

엥겔스는 고개를 숙이고 있었다.

어쩐지 갑자기 사라진 비바체 함대가 계속 걸렸다. 박스터에게도 그 이야기를 했지만 그는 대수롭지 않게 여겼다. 그들의 전력으로 할 수 있는 것이 없다는 판단 때문이었다.

엥겔스 역시 거기에 동의했다.

그런데 이렇게 뒤통수를 맞다니.

이안의 회심의 한 수였다.

"일단 모두 나가 있어."

박스터의 말에 공화국의 지휘부는 분분히 막스터의 막사를 떠났다. 어떻게든 대책을 세워야 하는 마당에 나온 말이라 다들 납득하지 못했지만 어쩔 수 없었다.

지금 박스터의 얼굴은 그 정도로 살벌했다.

모두 다 막사 밖으로 나갔다.

"사일런트."

박스터는 조용히 마법을 펼쳤다. 이제 이곳에서 나는 어떠한 소리도 밖으로 나가지 않을 것이다.

"빌어먹을 녀석들. 설마 이렇게 뒤통수를 칠 줄이야. 옵티멈 스쿠툼이라니. 그런 마법을 어떻게 인간들이 펼칠 수 있는 거지?"

바첼러 성에 3차원 마법진이 펼쳐진 것은 알고 있었다. 하지만 그것이 설마 마도 시대에 최강의 방어 마법진으로 이름 높았던 옵티멈 스쿠툼일 줄이야.

박스터는 잠시 이마를 짚었다. 순조롭던 모든 것이 단번에 꼬여 버렸다.

"그냥 다 쓸어버릴까?"

이것저것 가릴 것 없이 자신이 직접 나서는 것에 대한 유혹이 강하게 피어올랐다. 그럴 수는 없었다. 그 순간 자신은 모든 드래곤 일족의 제재를 받게 된다.

일단 리퍼블릭을 되찾아야 했다.

수도를 잃은 국가는 국가가 아니다.

그렇다고 다 잡은 고기를 놔줄 수도 없었다. 물 밖으로 꺼낼 수 없다 뿐이지 이미 잡은 것 아니던가.

"옵티멈 스쿠툼이라……."

고민하던 박스터는 아공간을 열었다. 자신 역시 이름과 위력만 전해 들은 마법진이었기에 자세한 자료를 찾아보기 위함이다.

아공간에 넣어둔 책 중에 다행히 옵티멈 스쿠툼에 관한 책이 있었다.

박스터는 집중해서 책을 읽었다. 어떻게든 약점을 찾아내야 했다. 빠른 속도로 읽어내려 갔다. 무려 두 번을 읽은 후에야 박스터는 고개를 들었다.

"마법진이란 결국 마나가 있어야만 한다는 것이지. 마나의 공급으로 유지된다. 그리고 옵티멈 스쿠툼은 마나 증폭량이 크기에 최강의 방어 마법이 될 수 있었지만, 뭐든지 한계 이상 두드리면 깨지는 법. 결국은 계속 두드리면 된다는 거로군."

박스터가 중얼거리면서 고개를 끄덕였다.

결정을 내렸다.

자신이 그린 극적이고 위대한 승리는 포기해야 했다.

리퍼블릭에 적의 발길을 허용한 순간 이미 그런 승리는 날아갔다. 이렇게 된 이상, 어떻게든 이겨야 했다.

생각의 정리를 마친 박스터는 막사 밖으로 나갔다. 자신이 쫓아낸 사람들이 어디에 있는지는 뻔했다.

회의용 막사에 모두 모여 있을 것이다. 박스터는 그리로 곧장 향했다.

과연 모두 거기에 어두운 얼굴로 있었다.

"통령!"

모두 자리에서 일어나 박스터를 맞았다. 당당한 박스터의 얼굴을 본 사람들의 얼굴에 기대감이 어렸다. 이 난국을 타개할 방법을 찾은 것이리라.

"전략을 수정해야만 할 것 같다."

박스터가 입을 열자 모두들 귀를 기울여 그의 말을 들었다.

"나는 모든 병사들이 지켜보는 앞에서 그들의 힘으로 메틀라인의 숨통을 끊고 싶었다. 하지만 리퍼블릭을 적들이 점령한 이상 그럴 수 없게 되었다. 병사들이 불안해할 테니까."

다들 고개를 끄덕였다.

"어차피 비바체 함대의 습격이라면 그 병력은 뻔하다. 일단 이곳의 기간테스 부대가 먼저 포털로 귀환한다. 거리와 마나를 생각한다면 하루 정도 걸릴 것이다."

"네."

기간테스 부대의 지휘관들이 큰 소리로 답했다.

"그리고 카로니안을 리퍼블릭으로 불러들여. 벨런시아 강에서 그 녀석들을 완전히 쫓아내려면 디스토션의 힘이 필요할 거야."

"네."

다시 대답이 들렸다.

"브루트 여덟 기와 보병 부대 2할만 이곳에 남기고 전원 본국으로 돌아간다."

"그러면 이곳에 남는 병력이 너무 적습니다!"

엥겔스가 놀라서 소리쳤다. 박스터의 표정으로 보아 바첼러성을 포기할 것 같지가 않았다.

"사실 블러드만 있어도 충분해. 감히 놈들이 먼저 덤비지는 못할 것이다. 지금 녀석들은 등껍질에 머리와 네 다리를 모두 집어넣고 납작 엎드려 있는 거북이와 다를 것 없어."

박스터는 단호한 어조로 말했다.

"그렇지만 만의 하나라는 것이……."

엥겔스가 불안한 듯 중얼거렸다. 이안의 반격이 그의 자신감을 무척이나 떨어뜨린 것 같았다.

"없다."

박스터는 다시 한 번 강조해서 말했다.

"블러드가 이곳에 있다 하더라도 옵티멈 스쿠툼이라는 저 고대 마법을 어찌 깬단 말입니까?"

엥겔스가 다시 물었다.

"마법진이라는 것은 어차피 마나의 힘으로 유지하는 것. 한계는 있는 법이다. 블러드라면 시간이 걸리더라도 능히 그 한계를 부술 수 있다."

박스터의 확고한 믿음에 제스터는 허리를 숙였다.

다들 아무 말이 없었다.

통령이 스스로 이곳을 마무리 짓기 위해 남겠다고 했다. 그리고 나머지는 공화국으로 돌아가 혼란을 막으라고 했다.

수도가 망가진 상황에서 통령이 자리를 비운다면 수도에는 어떤 일이 벌어질까?

다들 그것이 불안한 듯했다.

"엥겔스, 네가 무엇을 걱정하는지는 알고 있다. 하지만 갑작스러운 습격에 수도가 초토화되었다면 의회 녀석들도 무사하지는 못할 터. 그 녀석들은 지금 딴생각을 할 여유가 없을 거야. 왕국의 귀족들처럼 발 빠른 녀석들이 아니라 제대로 못 피했을 테니까."

박스터의 말에 그제야 엥겔스의 얼굴에서 불안함이 조금 가셨다.

"하지만……."

"그만. 이제 더 이상의 반론은 허용하지 않는다. 다들 빨리 움직이도록!"

박스터는 그 말을 남기고 회의장을 떠났다.

덩그러니 남아 있는 사람들. 그들의 얼굴에는 불안이 가득했다.

그때 제스터가 나섰다.

"제가 반드시 통령 각하를 지키고 또한 적을 쓰러뜨리겠습니다. 그러니 저를 믿고 모두 가주십시오. 리퍼블릭이 건재해야 제가 이곳에서 마음 놓고 싸울 수 있습니다."

제스터의 설득에 다들 고개를 끄덕이며 자리에서 일어났다.

공화국군의 진영이 바빠지기 시작했다.

이안은 망원경으로 그들이 분주히 움직이는 모습을 지켜보고 있었다.

"후후, 바빠진 모양이군. 부디 모두 다 가주면 좋을 텐데 말이야."

이안은 웃음 띤 얼굴로 중얼거리며 바첼러 성의 마법 통신실로 향했다. 이제 그만 비바체 함대가 리퍼블릭에서 **빠져나올** 준비를 해야 할 때였다.

다음날.

공화국 진영이 허전하게 변했다.

밤사이 서둘러 보병 부대마저 떠났기 때문이다. 남아 있는 병사들의 얼굴에도 불안함이 가득했다.

하지만 박스터는 당당한 얼굴로 앉아 있었다.

진영의 선두에서 태양빛을 받아 더욱 붉게 빛나는 블러드의 모습이 믿음직스러웠기 때문이다.

이안은 그 모습을 보았다.

"역시 박스터 통령이란 말이지. 마지막까지 해보겠다는 거로군."

이런 상황도 예상했다. 물러가 주면 다행이지만 박스터가 이곳에 집착한다면 블러드와 함께 남을 수고 있다고 생각했다.

자신이라도 그렇게 했을 것이다.

"이제부터 버티기인가? 지루한 싸움이 되겠군."

이안이 쏩쓸히 중얼거리며 몸을 돌렸다.

＊   ＊   ＊

이슈인은 여전히 두 눈을 감고 있었다.

많은 시간이 흘렀음에도 미동도 하지 않았다. 호흡은 아주 느리고 가늘게 하고 있었다. 모르는 사람이 본다면 앉은 채로 죽었다고 생각할 모습이었다.

이슈인은 내면에서 많은 것을 보고 느꼈다.

그리고 한 걸음씩 내디뎠다.

자신의 앞을 가로막는 거대한 벽.

'뷰'라는 힘의 단서가 그 벽을 부술 검이었다.

이슈인은 아스와 카론과 나눴던 대화를 수없이 되뇌었다. 그때 느꼈던 그 무엇의 실마리를 잡기 위해 수없이 생각하고 관조했다.

얼마나 시간이 흘렀을까?

어느 순간 이슈인은 모든 것을 잊었다.

자신이 무엇을 관조하고 궁구하는지도 잊었다.

그저 암흑 속에 있을 뿐이다.

결국은 자신도 잊었다.

존재한다는 사실마저도 잊은 순간,

두 눈을 번쩍 떴다.

이슈인의 얼굴은 너무나 평온했다. 입가에 걸린 미소는 너무나 자연스러웠다.

"이건가?"

이슈인은 담담히 중얼거렸다.

눈에 무수한 빛의 향연이 들어왔다. 얼마 전까지는 그저 마나의 흐름만이 보였을 뿐이다. 하지만 세상에 존재하는 기운은 마나만이 아니었다. 알 수 없는 무수한 힘이 자연스레 흐르고 있었다.

마나 역시 그것들 중 일부일 뿐이었다.

"뷰."

이슈인은 담담히 중얼거렸다.

세계의 각인이라는 것은 보지 못했다. 세계의 근원도 느끼지 못했다.

아스와 카론의 설명과 다른 것으로 보아 아직 넘지 못한 벽이 있는 듯했다. 하지만 이걸로 충분했다.

이제 블러드를 이길 자신이 있었다.

"그게 중요한 것은 아니지."

이슈인이 작게 중얼거렸다. 뷰를 느낀 이후 이슈인은 무척이나 차분한 모습을 보였다.

모든 것에서 한 발 떨어져 관조하고 있는 사람 같았다.

"아스카론, 시간이 얼마나 흘렀지?"

―…….

이슈인의 물음에 아스카론은 답을 하지 않았다.

"아스카론?"

이슈인이 다시 물었다.

―외부 시간으로 이십 일이 지났습니다.

작은 목소리로 답했다.

"뭐? 왜 날 깨우지 않았어?"

이십 일이 지났다는 말에 이슈인의 차분함은 사라졌다. 다시 예전의 이슈인으로 돌아갔다. 그 모습만 보아도 아직 이슈인이 온전한 뷰를 얻은 것은 아닌 듯했다.

―마스터의 집중 상태가 너무 깊었습니다. 제가 아무리 불러도 반응이 없었습니다.

"흐음."

아스카론을 탓할 수만은 없는 일이었다.

"바첼러 성은 어떻게 됐지?"

그렇다면 현재의 상황을 파악하는 것이 중요했다.

―아직 버티고 있습니다.

"그래? 다행이군."

그제야 이슈인은 안도했다.

"어떻게 버틴 것이지?"

이슈인의 질문에 아스카론은 그가 깨어날 때를 대비해 루즈벡 제국의 마법 통신을 감청해 준비해 두었던 정보를 하나하나 말했다. 설명을 모두 들은 이슈인은 놀랍다는 얼굴을 했다.

"설마 블리드로도 깨지 못하는 방어 마법이 있다니!"

―저도 놀랐습니다. 제가 전하기는 했습니다만, 설마 그 짧은 시간에 옵티멈 스쿠툼을 펼칠 수 있을 것이라고는 상상도 못했습니다.

아스카론도 정녕 놀란 듯했다.

"얼마나 더 버틸까?"

―제가 마지막으로 얻은 정보는 이틀 전의 것입니다. 제가 전한 것을 사용해 바첼러 성에서 펼쳤다면 앞으로 하루 정도가 지나면 한계입니다.

아스카론의 분석에 이슈인은 고개를 끄덕였다.

"서둘러야겠군. 시작하자."

―네.

이슈인의 말에 아스카론은 던전 전체에 자신의 힘을 풀었다.

던전 곳곳에 있는 육백마흔여덟의 소울 아머를 불러 모으기 위해서다.

공간 이동을 통해 그들이 하나둘 나타나기 시작했다. 이슈인이 파괴했던 것은 파괴된 그 모습 그대로 나타났다.

모두 모이자 그것들의 가슴에서 푸른빛이 솟아났다.

―저것이 소울 코어입니다.

육백마흔여덟의 푸른빛은 곧 하나로 합쳐졌다.

―하나를 나누어 각각의 소울 아머에 심었지요.

거대한 빛은 점점 응축되었다. 그리고 성인 한 명이 들어갈 만한 구체가 되었다.

―들어가시면 됩니다.

아스카론의 지시에 따라 이슈인은 천천히 푸른빛의 구체 안으로 걸어 들어갔다. 너무나 자연스럽게 내부에 들어갈 수 있었다.

―상상하십시오. 마스터가 움직일 기간테스를.

이슈인은 머릿속에 기간테스의 모습을 그렸다.

이슈인이 그릴 수 있는 기간테스는 단 하나였다.

레퀴엠.

누나가 디자인한 자신의 기체.

소울 아머들이 하나둘 소울 코어에 끌려왔다. 소울 아머의 형체가 사라지고 소울 코어에 의해 서서히 기간테스의 각 부분으로 변형되었다.

시간이 빠르게 흘렀다.

얼마나 시간이 흘렀을까?

중앙에는 오직 레퀴엠 한 기만 서 있었다.

다크 그레이의 몸체를 지닌 레퀴엠.

블러드에 의해 파괴된 것과 거의 똑같이 만들어졌다.

"끝인가?"

이슈인이 두 눈을 뜨고 주변을 돌아보며 중얼거렸다.

—그렇습니다, 마스터.

주변을 둘러본 이슈인이 고개를 갸웃거렸다. 그가 느끼기에 새로운 레퀴엠은 예전의 레퀴엠과 크기가 거의 똑같았다. 그렇다면 소울 아머가 상당히 남았을 텐데 하나도 보이지 않았다.

"소울 아머가 설마 이 기간테스 한 기 만드는 데 모두 소모된 거야?"

—그렇습니다, 마스터. 소울 아머의 재질은 그랑데 마이릴. 아스님이 마도 시대 최후의 날로부터 삼 개월 전에 만들어낸 최고의 금속입니다.

"최고의 금속이라기에는 너무 쉽게 쓰러뜨렸는데?"

—특수한 방법으로 처리한 경우 연성과 전성이 금보다 좋아 무수한 조각으로 나누어 펼 수 있습니다. 예전에 마스터의 검으로 소울 아머를 쓰러뜨릴 수 있었던 것도 그것들이 무수히 많은 조각으로 나뉘어져 늘여놓은 상태였기 때문입니다.

이슈인의 물음에 아스카론이 답했다.

"훌륭하군."

진심으로 감탄했다.

—마스터, 기체의 이름을 정해주십시오.

아스카론의 물음에 이슈인은 생각할 것도 없다는 듯이 답했다.

"레퀴엠, 레퀴엠이지. 아니, 다시 태어났으니 레퀴엠 리버스."

―레퀴엠 리버스. 알겠습니다.

"그럼 이제 가자."

―네.

아스카론의 대답이 떨어지는 순간 레퀴엠은 아공간에서 사라졌고, 곧 던전은 붕괴되어 사라졌다.

*   *   *

쾅! 쾅! 쾅!

요란한 충돌음이 하늘을 울렸다. 소리가 한 번 울릴 때 진동이 한 번 전해졌다.

이틀 전부터 진동이 일기 시작했다. 그만큼 마법진이 약화되었다는 뜻이다. 성안의 사람들 얼굴에 점점 불안이 번져 갔다.

이안은 서둘러 마법진의 중심부로 향했다.

그곳에는 이레아와 이올린, 그리고 마법사들이 초췌한 얼굴로 있었다.

"얼마나 더 버틸까?"

"이제 한계야."

이안의 물음에 이레아는 낙담한 얼굴로 고개를 저었다. 더 이상 쥐어짤 마나가 없었다.

레이나는 이미 탈진해서 누워 있었다. 그녀는 너무 많은 마나를 사용해 결국 마나의 그릇이 깨졌다. 다시는 마법을 사용할 수 없는 몸이 되어버린 것이다.

그녀의 희생 다음은 라이더들이었다.

라이더들의 마나도 전부 바닥이 났다. 그들의 마나를 계속해서 사용했다가는 탈진해서 죽을 것이다.

옵티멈 스쿠툼. 가공할 만한 방어력 탓에 엄청난 마나를 필요로 했다.

아니, 블러드가 아니었다면 이 정도로 마나를 소비하지 않았을 것이다.

출력 5.0의 괴물 기간테스, 블러드.

그의 존재가 결정적이었다.

지난 열흘의 시간 동안 반격다운 반격도 못하고 블러드의 공격으로부터 성의 방어 마법진을 유지하는 데 전력을 쏟아부었다.

박스터의 승리였다.

비바체 함대는 일찌감치 리퍼블릭에서 후퇴해 다시 은신처에 숨어들었다. 디스토션의 정찰 비행으로 재공격은 엄두도 못 내는 상황이다.

결국 최후의 순간은 다가오고 있었다.

옵티멈 스쿠툼이 무너지면 메틀라인 왕국은 대륙의 역사에서 사라진다.

이안의 두 눈에서 눈물이 흘렀다. 그 자신도 모르는 사이에 흘러내린 눈물이다.

"오빠……."

이안을 마주 보는 이레아도 눈물을 흘렸다.

이안은 몸을 돌려 성의 첨탑으로 걸음을 옮겼다. 자신이 나고 자란 곳이다. 이곳의 최후는 가장 높은 곳에서 지켜보고 싶었다.

"왔느냐?"

그곳에는 이미 카를로 백작이 와 있었다. 곁에는 병색이 완연한 레이나가 있었다.

"아버님, 누나."

이안의 뒤를 이어 이올린과 이레아가 올라왔다.

모두 같은 생각을 하는 듯했다. 역시 한 가족이었다.

"이슈인만 없구나."

레이나가 씁쓸하게 중얼거렸다. 그 말에 모두의 얼굴이 어두워졌다.

쿠아아앙!

그때 길게 이어지는 폭발음과 함께 바첼러 성 전체가 번쩍였다. 그 빛을 본 이레아가 모든 것을 체념한 표정을 지었다.

"깨졌어."

그 한마디면 충분했다.

지금까지 바첼러 성을 지켜주던 옵티멈 스쿠툼이 깨졌다.

제스터는 방금의 일격에서 다른 손맛을 느꼈다. 지금까지의 반탄력과 무언가 느낌이 달랐다.

"설마?"

─깬 것 같다.

론의 목소리가 들렸다.

"좋았어."

블러드는 뒤로 물러섰다가 돌진하면서 성벽을 향해 숄더 차지를 감행했다.

콰앙!

폭음과 함께 어깨가 성벽으로 푸욱 들어갔다. 성벽이 깨지면서 돌가루가 분분히 날렸다.

"훗."

제스터의 얼굴에 미소가 떠올랐다. 그동안 얼마나 이 성벽을 두들겼던가. 드디어 마법진을 부쉈다. 그렇다면 이곳에 있을 이유가 없었다.

블러드의 등 뒤로 붉은 이카루스가 펼쳐졌다. 블러드가 천천히 공중으로 솟아올랐다. 성벽 위로 블러드의 섬뜩한 붉은 장갑이 모습을 드러냈다.

"꺄악!"

사람들이 비명을 지르며 도망가기 시작했다.

그들도 자신들을 지켜주던 보호막이 깨졌음을 직감적으로 알았다. 계속해서 들려오던 소리가 멈추고 블러드가 당당히 모습을 드러냈으니 그럴 수밖에 없었다.

블러드가 바첼러 성안에 사뿐히 내려섰다.

본지에서 그 모습을 확인한 브루트 여덟 기 역시 날아올랐다. 그들이 바첼러 성에 모습을 드러내는 것은 순식간이었다. 각기 성의 요소요소에 자리 잡았다.

파괴가 시작되었다.

이미 리퍼블릭이 어떻게 파괴되었는지 마법 영상을 전송받아서 본 터다.

"후후후, 이곳은 더욱 처참하게 박살을 내주마."

살기 짙은 목소리가 콕피트에 울렸다.

블러드와 브루트에 의해 바첼러 성이 처참하게 박살 나기 시작했다.

이미 끝난 전투다. 더 이상 도망갈 곳도 없었다. 그랬기에 제스터는 잔인해졌다. 성벽을 따라 최외곽 지역을 파괴하면서 점점 더 중심을 향해 다가갔다. 블러드가 지나간 흔적이 나선이 되어 남았다.

중앙의 영주성에 있는 귀족들은 공포에 질렸다.

엠피엘 국왕은 임시로 만든 왕좌에 앉아 있었다. 그의 얼굴에는 아무 감정도 없었다. 잠시 피어올린 희망의 불씨는 너무도 빨리 꺼져 버렸다.

미켈란 후작이 그런 국왕의 곁을 지켰다.

아르시안은 하늘이 번쩍이는 것을 본 순간 이곳도 끝임을 직감했다.

그녀는 천천히 걸음을 옮겼다.

언젠가 이슈인에게 들은 곳에 가보고 싶었다. 하지만 이곳 사람들에게 폐를 끼칠까 봐 가지를 못했다. 어차피 마지막이다.

그곳에서 모든 것을 마감하고 싶었다.

아르시안이 사뿐사뿐 계단을 올랐다. 계단을 오르는 동안 밖에서 들려오는 요란한 소리는 점점 커졌다.

이곳을 파괴하는 블러드라는 기간테스가 점점 가까이 다가오는 것이리라.

마지막 발을 내딛자, 성의 모습이 한눈에 들어왔다. 처참했다. 아름다웠을 것이 분명한 곳곳은 이미 공화국의 기간테스들에게 파괴당한 뒤였다.

"아아."

아르시안이 안타까운 신음을 흘렸다. 그에게서 들었던 모습은 이런 것이 아니었다. 이럴 줄 알았으면 진작 올라와 보았을 텐데.

"그가 사랑한 풍경을 마지막으로 눈에 담고 싶었는데……."

아르시안의 안타까운 음성이 첨탑의 꼭대기에서 낮게 울렸다.

"공주님!"

블러드의 모습을 하나도 놓치지 않고 보고 있던 이레아가 아르시안을 발견했다.

"아, 모두 이곳에 계셨군요."

카를로 백작과 레이나, 이안, 이올린 모두 살짝 고개를 숙였다.

그것으로 끝이다.

이곳에 모인 이들은 굳이 말을 나누지 않아도 서로의 심정을 너무나 잘 알았다.

다 같이 서서 첨탑의 아래를 바라보았다.

블러드가 점점 더 다가오고 있었다.

제스터의 눈에 그들이 띄었다. 그럴 수밖에 없었다. 영주성에서 가장 높은 곳에 그렇게 모여 있으니 저절로 보였다.

"크크크, 바첼러 백작가의 사람들이로군. 저놈이 이안인가? 리퍼블릭을 날려 버린 놈."

바첼러 백작가의 일가족을 발견하자 제스터의 두 눈이 붉게 번들거렸다. 파괴에 빠져들어 본성을 잃은 그가 괴소를 흘렸다.

이안을 발견하는 순간 흥성이 폭발했다.

제스터의 등이 붉게 빛나기 시작했다.

—어째서!

그 모습에 론이 깜짝 놀랐다. 분명 로메나타 학파의 문신술은 완벽히 제어를 했다고 생각했는데 다시 폭주가 시작되고 있었다.

론의 제어를 피해 아주 조금 남아 있던 문신의 기운이 제스터의 분노에 반응해 터져 나오기 시작했다. 론은 재빨리 제스터의 몸 상태를 살폈다.

─생명에 위해를 가하지는 않겠군.

안도한 듯 작게 중얼거렸다.

남아 있는 힘이 너무나 작았기에 제스터의 생명을 어떻게 할 수는 없었다. 하지만 한 가지는 확실하게 진행시키고 있었다.

버서커.

나고 자란 고향이자 혁명의 상징인 리퍼블릭이 이안에 의해 초토화된 것에 대한 분노가 제스터를 광전사로 만들었다.

흡수한 문신의 힘까지 함께 터져 나온 순수한 광전사.

블러드는 나선을 그리며 움직이는 것을 그만두고 곧장 첨탑으로 다가왔다. 그때부터 블러드의 흔적은 직선으로 바뀌었다.

─출력이 올라간다.

론이 외쳤으나 이미 이성을 잃은 제스터는 인식하지 못했다. 버서커가 된 제스터의 마나가 마나 코어와 상호작용을 하면서 마나 코어의 출력이 올라가고 있었다. 순식간에 출력이 6.0에 이르렀다.

"크아악!"

제스터의 입에서 괴성이 터져 나왔다.

이올린과 이레아, 아르시안의 얼굴에 두려움이 떠올랐다. 하지만 그녀들은 당당히 자리를 지켰다.

블러드가 검을 높이 쳐들었다.

단 한 번의 참격이면 첨탑은 박살난다.

이윽고 검이 아래로 쇄도해 왔다.

아르시안은 이를 악물었다. 그리고 거대한 검을 똑바로 바라보았다.

저 기간테스가 그의 원수다.

그의 목숨을 거둔 기간테스다. 자신 역시 이제 같은 적에게 목숨을 잃겠지만 절대 물러서지 않을 것이다.

자신이 사랑했던 그가 그랬던 것처럼 그에게 부끄럽지 않기 위해 자신의 생명을 앗으러 오는 괴물의 검을 똑바로 직시했다.

"이슈인."

마지막으로 사랑했던 그의 이름을 불러보았다.

거대한 검이 바로 눈앞으로 다가왔다. 갑자기 시간이 느려졌다. 눈앞에 다가온 검이 한없이 느리게 움직였다. 그 모습이 더욱 공포스러웠다.

섬뜩한 검날이 똑똑히 보였다. 그것이 자신의 몸을 부수려 한다.

하지만 피하지 않았다.

마지막까지 당당하리라.

"이슈인."

아르시안은 한 번 더 이슈인의 이름을 불렀다.

"사랑해요."

그에게 직접 하고 싶은 말. 그 말이 허공에 공허하게 울렸다.

그때,

챙!

요란한 소리가 울렸다.

검이 멈췄다.

여전히 섬뜩한 검날이 요사스러운 혀를 날름거리고 있지만 멈춰 있었다.

그 앞을 가로막은 또 다른 검.

너무나 성스럽게 빛나는 묵빛.

그것이 자신들의 앞을 막고 있었다.

"아아아아."

그 검을 보는 순간 아르시안은 눈물을 흘렸다.

알 수 있었다.

검만 봐도 알 수 있었다.

그가 왔다.

그가 죽지 않고 이 순간 자신의 앞에 나타난 것이다.

"이슈인!!"

아르시안이 목이 찢어져라 그의 이름을 불렀다.

첨탑의 뒤에서 천천히 모습을 드러내는 기간테스.

"레, 레퀴엠!"

이레아는 기간테스를 보고 깜짝 놀랐다. 분명 블러드에게 파괴되었다는 레퀴엠이었다.

"레퀴엠이 아니야."

이올린이 단호한 얼굴로 말했다. 레퀴엠을 직접 디자인한 사람이 그녀였다. 그랬기에 닮았지만 다르다는 것을 단번에 알아보았다.

"맞아. 이건 레퀴엠 리버스."

그때 기간테스의 외부 확성기로 너무나 그리운 목소리가 들렸다.

설마 지금 이 순간 듣게 될 것이라고는 조금 전까지도 상상하지 못했던 목소리다.

"오오오!"

가족들의 눈에서 눈물이 흘러내렸다. 죽었다 생각한 가족이 이렇게 극적인 순간 돌아와 자신들의 앞에 섰다.

어찌 눈물이 흐르지 않을까.

아르시안도 눈물을 흘리고 있었다. 그녀의 입은 웃고 있음에도 눈물이 멈추지 않았다.

이 세상에 단 하나뿐인 그녀의 연인이 앞에 당당히 서 있었다.

"늦었지요? 미안해요."

이슈인은 그 한마디를 남긴 후 블러드에게 어깨를 부딪쳐 갔다.

쿠앙!

기간테스와 기간테스가 충돌해 만들어낸 굉음이 바첼러 성에 울려 퍼졌다.

"레퀴엠? 레퀴엠이냐?"

버서커가 된 제스터가 레퀴엠의 모습에 정신을 조금 차렸다. 레퀴엠을 확인한 그의 두 눈은 더욱 붉게 변했다.

"그럴 리 없다! 없어! 내가 분명히 산산조각을 냈어! 아니, 흔적도 안 남게 녹여 버렸단 말이다!"

분노에 찬 제스터의 목소리가 콕피트를 가득 채웠다.

광기에 빠져 허우적거리는 제스터의 눈동자는 그야말로 핏빛이었다.

"아스카론. 계산 똑바로 했어야지. 오차가 조금만 더 컸어도 난 가족들과 연인을 잃었을 거야."

블러드를 뒤로 밀어낸 이슈인이 낮은 목소리로 말했다.

—죄송합니다, 마스터.

아스카론의 계산에 약간의 오차가 있어 예상보다 훨씬 늦게 이곳에 도착한 것이었다. 그야말로 간발의 차이였다.

"그 이야기는 나중에 제대로 하자고. 타합!"

이슈인은 다시 한 번 레퀴엠의 몸을 블러드에 부딪쳤다.

쾅!

다시 한 번 요란한 소리가 울렸다.

쿵. 쿵. 쿵.

블러드가 그 힘에 밀려 뒤로 세 발자국 물러났다. 그럼에도 아직 첨탑과 너무 가까웠다. 좀 더 멀어져야 했다.

—어떻게 이런 일이…….

론은 믿을 수 없다는 듯 중얼거렸다. 제스터가 버서커가 된 것은 분명 불리한 일이었다. 라이더가 이성적인 판단을 하지 못하면 기동에 그만큼 손해가 난다. 하지만 제스터가 버서커가 됨으로 해서 현재 블러드의 출력은 6.0을 상회했다.

그런데 밀렸다.

단순한 힘과 힘의 맞대결에서 밀렸다.

—설마 마나 코어냐?

론이 눈앞의 기간테스를 분석했다.

아니었다. 마나 코어는 찾을 수 없었다. 마나 엔진도 아니었다. 정체불명의 구동원을 탑재한 기간테스였다.

"후우, 소울 코어라……. 대단한걸?"

이슈인이 중얼거렸다.

—마스터, 싱크로율을 유지해야 합니다. 현재 싱크로율은 98.9%입니다. 출력은 약 7.12 정도입니다.

소울 코어.

라이더의 영혼과 접속하여 기간테스를 구동하는 구동원으로 마도 시대 최후의 작품이었다. 이 역시 아스의 작품으로, 마나 코어를 뛰어넘는 개념의 발전형 구동원이다.

마나 코어는 출력이 정해져 있어 라이더가 그 출력에 적응을 해야 했지만 소울 코어는 달랐다. 코어가 라이더의 싱크로율에 맞춰서 출력을 조정했다.

그 한계 출력은 무려 20.0!

라이더의 육체 상태와 마나의 양, 컨디션, 그리고 싱크로율.

모든 조건이 최상을 기록할 때 나올 수 있는 출력이다.

하지만 어디까지나 아스의 설계상의 출력이다. 기본적인 테스트는 마쳤지만 이것이 아스가 만든 최초의 소울 코어로, 신과의 전쟁에서 패한 이후 세상에 남아 있는 마지막 소울 코어이기도 했다.

"싱크로율을 100%를 기록하면 출력이 20.0까지 올라간다며? 98.9%에 7.12야?"

7.12의 출력만 하더라도 엄청난 수치였다. 그런데도 이슈인은 불만스럽다는 듯 아스카론에게 물었다.

―마스터의 몸 상태가 최상이 아닙니다. 제 스캔 결과에 따르면 현재 마스터의 몸 상태는 최고의 컨디션일 때 비해 48% 수준에 불과합니다.

"레퀴엠의 구성이랑 공간 이동의 후유증인가?"

이슈인이 중얼거렸다.

소울 코어가 하나로 합쳐지고 레퀴엠의 형체가 완성되는 순간 이슈인은 아공간에서 빠져나왔다. 하지만 그것으로 끝이 아니었다.

레퀴엠의 세부 구성이 남아 있었다. 그것은 루즈벡 제국의 세이지탈 산맥에서 했다.

구성이 완전히 끝난 순간, 시간의 오차를 알아차리고 이곳으로 공간 이동을 감행했다. 아스카론이 이곳의 투시가 가능했기에 아슬아슬한 순간에 정확한 지점으로 공간 이동을 할 수 있었다.

그야말로 간발의 차이였다.

문제는 소울 코어 때문에 레퀴엠으로 공간 이동을 하는 데 이슈인의 마나를 사용했다는 것이다.

사실 지금도 속이 울렁거렸다.

공간 이동의 충격과 갑자기 마나가 훅 빠져나간 충격 때문이다.

그럼에도 이슈인은 전력을 다해 블러드를 몰아붙였다. 쉴 새 없이 사방에서 날아드는 검격에 블러드는 연신 검과 방패로 공격을 막으며 뒤로 물러설 수밖에 없었다.

"크아아아악!"

제스터의 입에서 괴성이 터져 나왔다.

"훗. 네 녀석에게는 큰 빚이 있지??"

이슈인은 레오네인에서의 일전을 잊을 수가 없었다.

레퀴엠의 검이 빠르게 움직였다.

"죽인다!!"

제스터가 광기 가득한 외침을 토하며 검을 휘둘렀다. 블러드는 더 이상 물러서지 않았다.

검과 검이 충돌한다. 허공에 검광이 번뜩였다. 곳곳에 흩어져 바첼러 성을 파괴하던 브루트들은 움직임을 멈추고 멍하니 그 전투를 바라 보았다.

이슈인의 두 눈이 빛났다. 서서히 싱크로율이 오르면서 출력도 올랐다.

레퀴엠의 손 끝에서 인피니트 소드의 수법이 펼쳐지기 시작했다. 플레임 블레이드의 검로를 따라 움직이기 시작하는 검.

하지만 변화가 없었다.

분명 피어스 브레이크를 발동시키니는 기술임에도 아무런 변화가 없었다.

이슈인이 또 하나의 벽을 넘은 결과다.

모든 기운을 안으로 갈무리해 오히려 검 자체를 더욱 빛나게 만들었다. 피어스 브레이크라는 것도 결국은 의미없는 기운의 폭발이었다.

뷰를 보게 되면서 이슈인이 깨달은 것이다. 그랬기에 검은 조용히 움직였다. 불길도, 얼음 폭풍도 없었다.

그러나 검은 그 무엇보다 예리했다.

플레임 블레이드에 방패가 갈라졌다. 블리자드 블레이드에 검이 잘렸다. 라이트닝 블레이드에 왼팔이 허공에 솟구쳤으며 익스플로젼 블레이드는 오른 다리를 잘랐다.

연이어 펼쳐진 샤이닝 블레이드가 블러드의 왼 다리 마저 잘랐다.

조용해졌다.

레퀴엠이 블러드의 사지를 잘라 버리는데 걸린 시간은 아주 잠깐에 불과했다. 갈라진 방패가 땅에 떨어진 소리가 울렸을 때, 이미 다른 부분도 잘렸다.

블러드의 등 뒤에 솟아난 이카루스 덕에 바닥에 떨어지지 않고 허공에 떠 있었다. 블러드의 그런 모습은 무척이나 초라했다.

레오네인에서의 상황과는 정반대가 되었다.

"이제야 빚을 갚았군."

이슈인이 담담하게 중얼거렸다. 입가에 띤 미소는 통쾌함의 작은 표현이었다.

"네놈이……."

붉게 번들거리는 제스터의 두 눈에서 광기가 폭풍처럼 요동을 쳤다.

자신이 지워 버렸던 레퀴엠에게 이런 꼴을 당했다는 사실을 인정할 수 없었다.

이슈인은 침착한 얼굴로 마지막 일격을 준비하고 있었다.

"크아아아악!"

제스터의 입에서 또다시 광기에 가득찬 괴성이 터져 나왔다.

이카루스가 더 크게 활짝 펼쳐졌다.

블러드는 곧장 하늘 높이 날아올랐다.

"네놈들, 모두 날려 버려주마. 크크크크."

미쳤다.

제스터는 완전히 미쳐 버렸다.

―제스터! 정신 차려라!

론이 간섭을 했지만 늦었다. 현재 제스터의 몸 상태는 더없이 훌륭했다. 육체의 잠력을 폭발시키는 것이 버서커임에도 제스터는 버서커가 된 후 육체 상태가 더욱 탄탄해지고 있었다.

있을 수 없는 일이다. 있을 수 없는 일이 일어난 데 대한 부작용은 다른 곳에서 나타났다.

정신.

광기에 빠진 제스터의 정신이 조금씩 붕괴하더니 조금 전 완전히 붕괴했다.

이제 영원히 버서커로 살아야 했다. 예전의 냉철한 제스터는 더 이상 볼 수 없게 되었다.

―로메나타… 무섭구나.

론이 낮게 중얼거렸다.

어느새 소환한 또 다른 검을 블러드가 하늘 높이 검을 치켜들었다.

고오오오오

무거운 소리가 사방으로 울리며 블러드가 사방에 혈광(血光)을 뿌렸다. 블러드의 혈광이 한곳으로 모이기 시작했다. 양팔을 따라서 움직이더니 모든 빛이 검에 집중되었다.

새빨간 피를 뚝뚝 흘리는 것처럼 보이는 블러드의 검이었다.

혈광은 검에서 멈추지 않았다.

검끝에서 검 밖으로 나와 허공에 뭉치기 시작했다.

천천히 회전하면서 하늘에 떠 있는 혈광구.

핏빛 태양이 하늘에 나타났다.

"저건……."

이슈인이 그 모습에 낮게 중얼거렸다. 어떻게 잊을 수 있겠는가.

레퀴엠을 지운 기술인 것을.

"분명히 피어스 브레이크에 자신의 힘을 실어 되치는 것으로 알고 있는데……."

지금 블러드는 홀로 사용하고 있었다.

그렇다고 위력이 떨어지는 것도 아니었다. 자신이 전에 겪었던 그것보다도 훨씬 강한 기운을 품고 있었다.

"어떻게 가능하지?"

이슈인이 이해할 수 없다는 듯 중얼거렸다.

―생명력입니다.

아스카론이 이슈인의 의문에 답했다.

―자신의 생명력을 태우면 무엇보다 강대한 힘을 얻을 수 있습니다.

그 설명에 이슈인은 고개를 끄덕였다. 뷰의 자락을 보았기에 그 의미를 이해할 수 있었다.

"크크크크."

블러드 홀을 생성한 채 아래를 내려다보고 있는 제스터는 광소를 흘리고 있었다.

―아아, 제스터. 결국은 이렇게…….

론은 모든 것을 체념한 듯 중얼거렸다.

제스터는 흉측하게 변해 있었다. 온몸에 주름이 생겨 쭈글쭈글해져 있었고, 피부는 탄력을 잃고 퍼석퍼석해졌다.

생명력을 모두 분출한 결과였다.

정신이 붕괴되었기에 더없이 건강한 몸이 되었음에도 그 모든 에너지를 일거에 쏟아낸 것이다. 잠력을 격발시켜 죽을 때까지 싸우는 것보다 더 비참한 모습이었다.

로메나타 학파의 저주, 그것 말고는 설명할 방법이 없었다.

"모두 죽어라! 블러디 헬리오스!"

블러드는 피의 태양을 바첼러 성을 향해 던졌다.

레퀴엠 리버스의 등에서 주황빛 이카루스가 펼쳐졌다. 이슈인은 레퀴엠으로 곧장 블러디 헬리오스를 향해 날아갔다.

"이슈인!!"

이안이 목이 터져라 동생을 불렀다.

그때 보지는 못했지만 그래도 알 수 있었다.

저것이다. 지난번에 레오네인에서 저것이 이슈인과 레퀴엠을 집어삼킨 그 기술이다. 직감적으로 알 수 있었다. 그렇기에 동생의 이름을 절규하듯 부르는 것이다.

레퀴엠은 거침이 없었다.

첨탑에 오른 이들이 볼 수 있는 것은 그저 레퀴엠의 활짝 펼쳐진 주홍빛 이카루스뿐이었다.

"인피니트 블레이드!"

뷰를 알고 난 후 완성한 인피니트 소드의 마지막 검이다.

레퀴엠은 간단하게 블러디 헬리오스를 향해 세로로 검을 내리그었다. 너무나 단순한 일격이다. 어린아이도 할 수 있을 듯

한 동작.

그때 이슈인은 100%의 싱크로율을 기록했고, 레퀴엠의 출력도 20.0까지 치솟아 올랐다. 레퀴엠의 몸에서 황금빛이 사방으로 터져 나왔다. 사람들은 그 빛에 눈을 제대로 뜨지 못했다. 손을 들어 눈을 가리기에 급급했다.

그리고 검의 움직임이 끝나는 순간,

잠시 동안 아무 일도 없었다. 블러드가 던진 블러디 헬리오스는 여전히 아래로 떨어지고 있었다. 황금빛이 사라지고 그 모습을 본 모두의 얼굴에는 안타까움이 떠올랐다. 다시 돌아온 레퀴엠으로도 안 되는구나.

안타까움이 절망으로 바뀌고 있었다.

그때.

푸른 하늘이 두 쪽이 났다.

검의 앞에 있는 공간이 그렇게 찢겨져 나갔다.

그곳에 있는 모든 것의 움직임이 멈췄다.

시간마저 잘려 나갔다.

시간과 공간마저 잘라 버리는 무한한 검, 인피니트 블레이드.

이것이 인피니트 소드의 진정한 모습이었다.

찢겨진 하늘에 있는 블러디 헬리오스도, 블러드도 반쪽으로 갈렸다.

그것으로 끝이었다.

잘려서 멈췄던 시간이 다시 움직이고, 찢겨진 공간이 다시 접합되는 순간 블러드와 블러디 헬리오스는 먼지와 같이 스러졌다.

폭발도 없고 폭음도 없었다.

고운 먼지가 바람에 날려 사라지듯 그렇게 스러졌다.

첨탑 위의 사람들은 멍한 얼굴로 그 모습을 보았다.

눈으로 본 것을 과연 어떻게 받아들여야 하나 그런 얼굴이었다. 이슈인은 가족들을 힐끗 내려다보았다.

모두가 무사했기에 안도한 얼굴로 주변을 바라보았다.

기동을 멈춘 여덟 기의 브루트가 있었다. 그들은 완전히 얼어 있었다.

조금 전 보여준 레퀴엠의 엄청난 위력에, 제스터가 자신들마저 함께 날려 버리려 했다는 배신감에, 그 모든 것을 소멸시켜 버린 믿을 수 없는 광경에, 그들은 모든 것을 멈췄다.

"처리해야지."

레퀴엠이 빠르게 움직였다. 한 기당 한 번의 검격이면 충분했다. 이미 저항이 불가능한 적이었지만 자신의 고향을 유린한 그들을 용서할 수 없었다.

여덟 기의 브루트가 모두 쓰러졌다.

"이슈인……."

아르시안이 감격에 겨운 눈으로 레퀴엠을 바라 보았다.

레퀴엠이 천천히 첨탑으로 걸어왔다. 이카루스가 펼쳐지며 레퀴엠의 두 발이 땅에서 떨어졌다. 첨탑의 꼭대기와 레퀴엠의 가슴의 높이가 같아졌을 때, 해치가 열리고 이슈인이 모습을 드러냈다.

"아아……!"

아르시안은 두 손으로 입을 가렸다. 그녀의 두 눈에서는 연신 눈물이 흘러내렸다.

할 말은 많은데 입술이 움직이지 않았다. 수많은 말들이 머릿속에서만 맴돌았다. 그저 하염없이 눈물을 흘릴 뿐이다.

이슈인의 입술이 부드럽게 움직였다.

그 무엇보다도 찬란한 미소.

이슈인은 그대로 뛰어내려 아르시안을 품에 안았다.

"아르시안."

낮게 울리는 이슈인의 목소리. 그 속에는 수만가지의 말이 담겨 있었다.

"이슈인 오라버니."

아르시안의 목소리.

두 사람은 잠시 동안 아무 말 없이 서로를 그렇게 껴안고 있었다.

첨탑 위의 가족들은 그 모습을 묵묵히 지켜보았다. 모두의 얼굴에는 미소가 떠올라 있었다.

잠시 후 두 사람은 떨어졌다.

여전히 서로의 눈을 바라보고 있었다. 그 속에는 사랑이 넘쳐 흘렀다.

"가족들한테는 눈길도 안 주는 거야?"

그때 끼어든 이올린. 이올린의 목소리에 두 사람은 그제야 정신을 차렸다.

"아, 그, 그게…"

이슈인은 화들짝 놀라서 아버지에게로 몸을 돌렸다. 아르시안 역시 그제야 정신을 차리고는 고개를 푹 숙였다. 얼굴은 이미 새빨갛게 변해 있었다.

'내, 내가 대체 무슨 부끄러운 짓을……'

자신의 경솔한 행동에 쉬지 않고 자책했지만 이미 늦은 일이다.

"계속 놔두고 싶었는데, 그랬다가는 아주 아버지 앞에서 키스까지 할 것 같아서 말이야. 후훗."

이올린의 말에 이슈인의 얼굴도 빨갛게 변했다.

어쩌면……

그랬을지도 모른다.

"어라? 정말이었어? 난 그냥 해본 소린데?"

빨갛게 변한 이슈인의 모습에 이올린이 한마디를 보탰다.

"누나!"

당황한 이슈인이 소리를 버럭 질렀다.

그 모습이 너무나 귀여웠다. 방금 전 그 무시무시한 모습을 보였던 기간테스의 라이더가 맞나 싶었다.

자연스레 가족들의 얼굴에 웃음이 진해졌다.

"하하하하!"

유쾌한 웃음 소리가 터져 나왔다. 성은 더없이 처참했지만, 그럼에도 웃을 수 있었다. 이곳에 가족이 모두 모였기에.

"그래그래, 2부는 둘이서 조용한 곳에서 하라고. 하하하."

이안의 말에 이슈인의 얼굴은 더욱 빨갛게 변했다. 아르시안은 더 이상 숙일 곳이 없을 정도로 고개를 떨궜다.

"이제 우리 이슈인도 어른이네?"

늘 자상하고, 어머니 같던 큰 누나 레이나까지 동참했다.

"자자, 그만들 하거라."

아르시안이 어쩔 줄 몰라 하자, 카를로 백작이 입을 열었다. 흐뭇한 표정으로 보고 있기만 해서는 안 될 것 같았다.

"휴우."

아버지의 도움에 이슈인은 안도의 한숨을 쉬었다.

"무사해서 다행이구나."

카를로 백작이 이슈인에게 말했다.

한마디였지만 그 속에 담긴 수많은 내용을 이슈인은 알 수 있었다.

"네."

"이제 다 끝난 거지?"

이레아가 이슈인에게 물었다. 비록 바첼러 성은 이렇게 망가졌지만, 적의 가장 강한 전력인 블러드를 쓰러뜨렸다. 이제 반격만 남았을 뿐이다.

그런데 이슈인이 고개를 가로 저었다.

"아니."

짤막하게 말하고는 한 곳을 바라보았다.

그곳에 엄청난 존재가 있었다.

예전이라면 몰랐을 것이다. 하지만 뷰를 접한 이후 볼 수 있게 되었다. 이슈인의 두 눈에 똑똑히 보였다. 엄청난 뷰가 조용히 한곳에 웅크리고 있었다.

"마지막이 남았어. 다녀올게."

그렇게 말한 이슈인은 다시 레퀴엠에 올랐다.

"이슈인."

아르시안이 걱정스러운 눈으로 콕피트에 앉은 이슈인을 바라보았다.

"걱정 마. 금방 다녀올게."

이슈인은 아르시안에게 웃으며 한쪽 눈을 찡긋 했다.

천천히 해치가 닫혔다.

레퀴엠은 그곳으로 날아갔다.

CHAPTER 12
바스테리안

박스터는 조용히 서 있었다.

블러드의 소멸을 두 눈으로 보았기에 모든 것을 체념할 수 있었다. 설마 저런 존재가 인간 중에서 나올 줄은 몰랐다.

"시공을 자른다라……."

아득한 옛날에 그런 힘을 지닌 존재가 있었다는 이야기는 들었다. 그것은 드래곤들 사이에서도 전설처럼 전해지는 이야기다. 그걸 자신이 보게 될 줄이야.

박스터는 모든 것이 끝났음을 직감했다.

조용히 공간 이동으로 사라졌다. 저 존재가 자신을 감지하고 이곳으로 오고 있었다. 공간 이동을 하더라도 따라오리라.

박스터, 아니, 바스테리안이 이동해 간 곳은 대륙 북쪽의 끝, 바다를 건넌 얼음의 땅이었다.

새하얀 눈이 덮인 대지에 선 바스테리안은 조용히 두 눈을 감았다.

　그리고 오래전 일을 회상했다.

　페니카이아와의 논쟁이었다.

　"로드! 언제까지 우리는 세상을 관조해야 하는 겁니까? 위대한 힘을 가지고 조율자라는 명예로운 호칭도 있으면서 어째서 해야 하는 것은 조용히 지켜보는 것뿐입니까?"

　"바스테리안이여, 그것이야말로 조율이다. 세상의 모든 것은 스스로 흘러가는 법, 그것을 조용히 지켜보는 것이 우리 골드 일족의 사명이다. 네가 그것을 깨닫는 순간, 내 뒤를 이어 로드가 될 것이다."

　"납득할 수 없습니다. 조율자라면 세상이 더 좋은 방향으로 발전하도록 이끌어야 합니다. 그것이 조율입니다."

　바스테리안은 분노했다. 어찌 위대한 존재인 자신들이 이렇게 있어야 한단 말인가.

　그의 외침에 페니카이아는 조용히 고개를 저었다.

　"작용이 있으면 반작용이 있는 법. 세상을 관조하기 위해 만들어진 우리의 힘이 개입하는 순간 세상에는 또 다른 힘이 나타날 것이다. 그것은 곧 세상의 균형을 깨는 것. 조율자의 사명에 반대되는 일이다."

　페니카이아는 조용히 바스테리안을 타일렀다.

　"그러면 저들이 저렇게 미개하게 사는 것이 과연 균형이란 말입니까? 같은 종족을 짐승처럼 부리고 빼앗으며 죽이고 파괴

하는 것이 정녕 균형입니까?'

"바스테리안……."

페니카이아는 안타깝다는 눈으로 그를 바라보았다. 그가 왜 저러는지는 알고 있었다. 인간에 대한 실망 때문이다.

해츨링에서 막 벗어나 드래곤으로서의 자아가 완성되지 않은 시기에 떠난 유희.

그때 인간들에게 입은 마음의 상처가 바스테리안을 저리 만들었다. 드래곤의 자아가 완성된 상태였다면 그런 상처 따위 받지도 않았을 텐데. 명백한 자신의 실수였다.

로드의 자리를 이을 운명을 지고 태어난 아이를 그렇게 방치했으니.

이제 곧 페니카이아 자신의 수명은 다한다. 그러면 바스테리안이 자신의 뒤를 이어 로드가 되어야 하건만 상처 입은 자아를 가진 바스테리안은 자격이 없었다.

어떻게든 바로잡으려 했지만 어쩔 수가 없었다.

"이것도 운명인가."

페니카이아는 낮게 중얼거렸다.

"저는 개입할 겁니다. 그래서 보다 나은 방향으로 세상이 흘러가도록 할 것입니다. 동등한 존재가 신분이라는 것으로 계층을 나누고 억압하고 착취하며 파괴하는 저 따위 구조를 깨부술 겁니다."

"전 종족의 공분을 사게 될 일이다."

"알고 있습니다. 하지만 유희라면 상관이 없겠지요."

바스테리안이 으르렁거리듯 말했다. 페니카이아는 어쩔 수 없다는 얼굴을 했다.

'노예의 신분으로 유희를 하게 놔두는 것이 아니었어.'

첫 유희 때 바스테리안은 노예로서 유희했다. 그리고 노예라는 이유만으로 귀족에게 사랑하는 아내를 빼앗겼으며 딸을 잃었으며 아들이 죽었다.

보통의 드래곤이라면 그렇게 흘러가는 것이라 생각하고 유희를 끝냈을 것을 바스테리안은 깊은 상처를 입었다. 그는 그때 너무나 어렸다. 인간의 감정을 배워 버렸고, 그래서 인간에게 분노했다.

"내가 살아 있는 한 너의 유희는 허락할 수 없다."

"로드!"

페니카이아의 선언에 바스테리안은 그를 잡아먹을 듯 노려보았다. 하지만 그것이 바스테리안이 할 수 있는 전부였다.

"알아두거라. 비록 한없이 느리지만 인간들은 더 나은 방향을 향해 나아가고 있다. 굳이 네가 개입하지 않아도 그렇게 될 것이다. 단지 오랜 시간이 걸린다는 것만 다를 뿐, 결국 스스로 그리하게 될 일이다."

그 말을 마치고 페니카이아는 자신의 레어로 돌아갔다. 그 후 몇 번이나 페니카이아를 찾아갔었다. 그곳에서 아크도 만났다. 하지만 금제는 풀리지 않았다.

페니카이아가 죽은 후 바스테리안의 금제는 풀렸다. 로드의 후계자였으나 자격을 갖지 못했기에 인간 세상으로 나왔다.

일족의 장로와 아크. 그것이 바스테리안의 폭주를 막기 위한 페니카이아의 마지막 안배였다.

"그 힘이 개입에 대한 반작용입니까, 페니카이아?"

이슈인의 힘을 떠올리며 담담히 중얼거렸다.

바스테리안이 막 회상을 끝내는 순간 눈앞에 마나의 유동이
느껴졌다.

공간이 갈라지고 한 기의 기간테스가 나타났다.

"왔는가?"

"박스터?"

이슈인은 놀랍다는 듯 말했다. 공화국의 통령이었기에 그 얼
굴을 알고 있었다. 그런데 설마 공화국의 통령이 이렇게 강대한
힘을 가지고 있었다니.

그가 본 힘을 발휘했다면 바첼러 성은 진작에 무너졌을 것이다.

"후훗. 그렇게 알고 쫓아온 것인가? 의외로군."

바스테리안은 상대가 자신의 진정한 정체를 눈치챘다고 생각
했다.

"너는 대체 어떤 존재지? 어떻게 그렇게 강대한 힘을 가지고
있을 수 있는 것이지?"

이슈인이 물었다.

그 물음에 바스테리안은 피식 웃었다.

이제 유희는 끝났다.

바스테리안이 폴리모프 마법을 해제했다. 그의 전신에서 황
금빛이 쏟아져 나왔다. 이에 따라 더욱 강렬해지는 뷰.

이슈인은 그 광채를 두 눈으로 똑바로 보지 못했다.

빛이 사라지는 순간, 아름다운 황금빛 비늘로 뒤덮인 골드 드

래곤이 눈앞에 있었다.

"드, 드래곤."

이슈인은 놀랐다. 설마 드래곤일 줄이야.

공화국의 통령이 드래곤이라니.

"놀랐는가? 난 바스테리안. 골드 일족의 로드의 길을 걸을 존재다."

바스테리안의 목소리가 사방으로 울렸다.

"드래곤이 왜 인간 세상에서 전쟁을 일으킨 것이지?"

"유희일 뿐이었다."

이슈인의 물음에 바스테리안은 별것 아니라는 듯 말했다. 그 대답에 이슈인은 분노했다. 그로 인해 얼마나 많은 아픔이 있었는데, 그것이 그저 장난에 불과할 뿐이었다니.

"장난으로 인간을 가지고 놀았다? 그것으로 인해 얼마나 많은 사람이 아픔을 겪고 목숨을 잃고 눈물을 흘렸는지 아느냐?"

"아마도 이슈인 바첼러겠지?"

레퀴엠을 보고 바스테리안은 그렇게 짐작했다.

"네가 귀족이기에 그럴 수 있겠지. 나로 인해 얼마나 많은 인간이 목숨을 구하고 아픔을 치유했으며 웃음을 찾았는지 아느냐?"

공화국의 평민들의 이야기였다. 귀족들에게 착취당하던 노예들의, 농노들의 이야기였다.

이슈인은 일순 말이 막혔다.

그랬다. 공화국의 사람들은 분명 행복을 찾았을지도 몰랐다.

노예와 농노들의 이상향일지도 몰랐다. 그래서 많은 왕국이, 귀족들이 공화국을 견제했다. 그들의 위험한 사상이 자신들의 나라에도 들어올까 봐 걱정했다.

"세상이란 그런 것이다. 그런데도 너는 나 때문에 세상이 불행해졌다며 나에게 검을 들이댈 것인가?"

바스테리안의 물음에 이슈인은 입술을 깨물었다.

이성적으로 생각한다면 서로의 위치에서 최선을 다했을 뿐이다. 하지만 감성이 이성을 앞섰다.

"크욱. 나의 일검을 받아라. 그것으로 모든 것을 끝내겠다."

이슈인이 낮게 말했다.

그 말에 바스테리안은 피식 웃었다.

'오늘 이곳에서 죽겠군.'

블러드를 소멸시키던 그 검을 떠올렸다. 아무리 자신이 드래곤이라지만 시간과 공간을 갈라 버리면 방법이 없었다. 브레스도 마법도 아무 소용이 없었다.

"좋아, 그렇게 하지."

어차피 자신의 이상이 틀렸다는 것을 아는 순간 모든 것이 허무해졌다.

더 좋은 세상을 만들기 위한 개입이 세상의 균형을 깨뜨려 버렸다. 인간이 시간과 공간을 갈라 버리다니. 설마 그런 식의 반작용이 일어날 것이라고는 상상도 하지 못했다.

"페니카이아, 당신이 옳았습니다."

바스테리안은 낮게 중얼거린 후 레퀴엠을 바라보았다.

이슈인은 천천히 검을 들어 올렸다.

─마스터, 현재 싱크로율이 91%까지 떨어졌습니다. 출력은 2.5에 불과합니다. 한 번 더 인피니트 소드를 사용하면 레퀴엠

리버스의 소환을 유지할 수 없습니다.

아스카론이 경고했다. 소울 코어를 사용한 기간테스의 소환을 유지하기 위한 최소 싱크로율이 90%다. 제대로 기동을 하기 위해서는 95%의 싱크로율이 필요했다.

그래서 아스카론이 그렇게 마이스터 타령을 했던 것이다. 물론 각인이 발동되지 않는다면 아무 소용도 없는 일이었지만, 아스는 아스카론을 그렇게 만들었다.

"상관없어."

드래곤의 유희에 대한 이슈인의 분노는 깊고도 거대했다.

레퀴엠의 검이 머리 위로 들렸다.

이대로 내리그으면 끝이다.

검이 천천히 아래로 떨어졌다.

그 순간,

사방에서 강대한 존재감이 나타났다.

갖가지 머리 빛깔을 한 이들이었다. 그들이 일제히 레퀴엠을 향해 손을 뻗었다. 수많은 마법과 능력이 터져 나왔다.

그것이 인피니트 블레이드에 부딪쳤다.

역시 폭발도, 폭음도, 하늘을 떨어 울리는 진동도 없었다.

아무 일도 없었다는 듯 조용했다.

실제로도 그랬다.

바스테리안은 무사했고 아무 일도 일어나지 않았다.

그리고 모든 힘을 소진한 레퀴엠은 아공간으로 돌아갔고, 이슈인은 아스카론을 허리에 찬 채 바닥에 두 발을 딛고 섰다.

"당신들은 누구지?"

자신을 방해한 이들을 바라보며 이슈인이 물었다. 이슈인의 두 눈에는 깊은 분노가 자리했다.

"우리는 드래곤 각 일족의 로드들. 바스테리안은 골드 일족의 로드의 길을 가야 할 운명을 지고 있다. 이곳에서 그대에게 소멸될 수는 없는 일이다."

"레퀴엠이 없다고 내가 아무것도 못할 것이라 생각하나?"

"시공을 가르는 것은 그대 자신의 힘. 기간테스는 아무 상관이 없지. 하지만 우리 역시 전력으로 막을 것이다."

이슈인은 조용히 그들을 노려보았다.

"자네의 그 검은 인간의 몸으로 이겨낼 수 없어. 계속해서 사용하는 것은 자신 스스로를 망가뜨리는 행위일세. 시공을 가른다는 것은 드래곤에게도 불가능한 일이거늘 하물며 인간이 그일을 행한다면……."

은발의 아름다운 여인이 이슈인에게 말했다. 그녀의 말이 맞았다. 이제 사용할 수 있는 것은 한 번이 고작이다. 이슈인은 본능적으로 느끼고 있었다.

뷰의 힘을 완전히 얻었다면 모르되 단지 뷰를 느끼고 이해했을 뿐인 이슈인으로서는 아직 무리였다.

"바스테리안."

은발의 여인이 조용히 바스테리안을 불렀다. 그는 어느새 박스터의 모습으로 다시 폴리모프를 한 상태였다.

"네, 로드 시라니케."

바스테리안이 대답했다. 그녀는 실버 일족의 로드였다.

"사과하세요. 진심을 담아. 그대의 장난에 분노하는 이 존재에게."

바스테리안은 조용히 이슈인을 바라보았다. 이슈인은 여전히 분노로 불타는 눈을 하고 있었다.

"인간이여, 드래곤이 인간의 손에 죽임을 당하는 것은 그의 능력이 부족하여 그런 것이기에 우리는 관여치 않습니다. 하지만 해츨링과 로드는 다릅니다. 로드의 운명을 타고난 드래곤은 한 세대에 오직 하나."

이슈인은 말없이 시라니케라는 드래곤의 이야기를 들었다.

"아직 골드 일족에게는 바스테리안의 뒤를 이을 아이가 태어나지 않았어요. 그런 만큼 절대 바스테리안의 죽음을 허락할 수 없습니다. 만약 그런 일이 발생한다면 우리는 그 책임을 인간들에게 물을 것이에요."

이슈인은 말이 없었다.

바스테리안 역시 말이 없었다. 그는 조용히 하늘을 올려다보았다. 시공을 가르는 인간의 출현이 반작용은 아니었다. 어쩌면 이것이 진짜 반작용이다.

드래곤에 의한 인간의 몰살과 시공을 가르는 검에 의한 드래곤의 몰살.

한 손으로 드래곤 전부를 막을 수 없기에 인간들은 결국 드래곤의 손에 멸망할 것이고, 또한 드래곤들은 절대 그의 손을 피할 수 없기에 또한 멸망할 것이다.

'페니카이아.'

바스테리안은 다시 한 번 그의 벽을 실감했다. 자신에게 왜 자격이 없다 했는지 뼛속 깊이 이해했다.

두 종족의 운명의 열쇠를 쥐고 있는 것은 이제 자신과 저 인간이었다.

결단을 내려야 했다.

자신으로 인해 나타난 반작용이다. 반드시 막아야 했다.

바스테리안이 한 걸음 앞으로 나갔다. 담담한 눈으로 이슈인을 바라보았다.

털썩.

무릎을 꿇었다. 그의 행동에 모두가 놀랐다.

진심이 담긴 사과를 하라고 했지만 설마 무릎을 꿇을 줄은 몰랐다. 인간의 모습으로 폴리모프한 상태에서 무릎을 꿇는다는 것이 드래곤에게 얼마나 큰 치욕인지 모두 알고 있었다.

그랬기에 이 자리에 모인 로드들은 모두 경악했다. 로드의 운명을 지고 있는 이가 무릎을 꿇다니…….

이슈인은 그저 바스테리안을 내려다보았다.

"모든 인간들에게 사과하겠네. 자네가 그 대표로 들어주게. 유희라는 미명하에 인간들의 삶에 끼어들어 그들의 세상을 어지럽힌 죄, 진심으로 뉘우치고 용서를 구하네."

그 말을 마치고 바스테리안은 고개를 숙였다.

죄인의 모습이다.

이슈인은 잠시 동안 말없이 그 모습을 지켜보았다.

그리고 몸을 돌렸다.

그것으로 결말은 났다.

"아스카론, 돌아가자."

이슈인의 목소리는 낮게 가라앉았다. 그 속에서 습기를 느낀 것은 아스카론만의 착각일까.

—네.

이슈인은 얼음의 땅에서 바첼러 성으로 귀환했다.

Epilogue. 그랑데 라이더

공화국과의 전쟁이 끝나고 5년이 흘렀다.

엠피엘 국왕은 바첼러 성 결전 이후 돌연 퇴위를 하고 왕세자에게 국왕의 자리를 넘겨주었다. 그리고 지금도 조용히 왕궁에서 여생을 보내고 있다.

박스터가 바첼러 성 결전에서 사라진 이후 공화국은 혼란에 휩싸였다.

공화정이 완전히 뿌리를 내리지 못한 상태에서 국가의 기둥이 사라졌기에 그 혼란은 걷잡을 수 없었다. 비바체 함대에 의해 리퍼블릭이 초토화되면서 수많은 의원들이 죽임을 당했기에 혼란을 수습할 사람도 없었다.

"세상일이 이렇게 흘러갈 줄 누가 알았을까?"

지난 3년간 일어난 변화를 떠올리며 카를로 후작이 중얼거렸다. 그는 바첼러 성 결전의 공을 인정받아 백작에서 후작으로 승작되었다.

"그러게 말입니다."

찻잔을 테이블 위에 내려놓으며 이안이 대답했다. 그 역시 스스로의 힘으로 백작의 작위를 받았다. 국방부 장관의 자리에 올랐음은 물론이다. 외교부 차관직도 장관으로 승진을 했다.

백작이 되면서 새로운 가문을 만들어 분가할 수 있었지만, 바첼러 가를 이어야 할 장남이었기에 그는 여전히 이안 바첼러 백작이었다.

두 사람은 오랜만의 여유를 함께 차를 마시는 것으로 보내고 있었다.

장관이 된 이후 왕도에서의 이안의 생활은 정말 눈코 뜰 새 없이 바빴다.

"아버지! 오빠!"

그때 문이 벌컥 열리며 이레아가 뛰어들어 왔다.

"이슈인 오빠에게서 편지가 왔어요."

그녀의 손에는 아직 봉인을 뜯지 않은 봉투가 들려 있었다. 그녀의 말에 두 부자는 서로를 보며 빙그레 웃었다. 마침 그 녀석을 떠올리면서 이야기를 나누지 않았던가.

"아무리 부인이 좋다기로서니 조국을 떠난 녀석이라니. 쯧쯧."

카를로 후작은 내심과 다르게 혀를 찼다.

"귀족의 작위도 버렸지요."

이안이 고개를 끄덕이며 동조했다.

"하지만 행복하게 잘 살고 있는 걸요."

이레아가 볼을 부풀리며 반론을 폈다.

"그래, 그래서 현재 대륙에서 벨런시아 왕국이 최고의 전력을 가지고 있지. 대륙 전체를 상대할 수 있는 기간테스 레퀴엠 리버스와 그 라이더를 말야."

이안이 입맛을 다시며 말했다.

공화국의 혼란은 이슈인에 의해 정리가 되었다. 아르시안의 고향이었기에 그녀가 돌아갈 자리를 만들기 위해서 시작한 일이었지만 의외의 방향으로 흘러갔다.

국민들의 열렬한 환영 속에 여왕의 자리에 오른 것이다.

이미 공화정의 달콤함을 맛본 국민들이 스스로 그녀를 받아들여 여왕으로 만들었다.

박스터의 갑작스러운 실종으로 국민을 한데 모을 지도자가 필요했기 때문이다.

아르시안이 공화정을 인정했기에 가능한 일이다.

메틀라인에서의 망명 생활은 그녀에게 많은 것을 생각하게 만들었다. 그것이 그녀를 성숙시켰다.

그녀는 여왕이 되었으나 그뿐이다. 국명은 다시 벨런시아 왕국이 되었지만 여전히 공화정은 굳건했다.

국민의 존경과 여왕의 권위는 있으나 권력은 없는 이.

그 사람이 아르시안 로드 벨런시아 여왕이었다.

"결국 그녀의 망명을 받아들일 때의 계획대로 여왕이 되기는 했다만……."

"계획과는 다른 여왕이 되었지요."

두 사람은 마주 보며 피식 웃었다.

"그것도 우리 집 귀한 아들까지 데리고 말이다."

카를로 후작이 창밖의 풍경을 바라보며 말했다.

"그랑데 라이더라……."

이안 역시 창밖으로 시선을 돌리며 말했다.

그랑데 라이더.

공화국의 혼란을 정리하는 과정에서 이슈인에게 주어진 칭호다. 대륙에서 오직 이슈인만이 가질 수 있는 칭호.

대륙 모두가 인정한 최강의 라이더라는 의미였다.

"메틀리안의 그랑데 라이더가 되어야 하는데, 벨런시아의 그랑데 라이더라니……."

이안의 말 속에 담긴 아쉬움은 이루 말할 수 없을 정도로 크고 깊었다.

두 사람의 대화에 이레아는 어이가 없다는 얼굴로 입을 열었다.

"손자가 귀여워 죽겠다면서 포털로 사흘에 한 번은 벨런시아 왕국으로 가시는 분이 그러시면 안 되죠! 그리고 이안 오빠! 이슈인 오빠 이름 팔아서 외교석상에서 어깨에 힘주고 다니는 거 내가 모를 줄 알아!"

이레아의 외침에 두 사람은 시선을 돌리며 딴청을 피웠다.

"이런 식이면 이 편지 안 보여줄 거예요. 보내기는 이슈인 오빠가 보냈지만 쓰기는 슈데인이 썼다고요."

슈데인은 이슈인의 아들 이름이다. 이제 겨우 세 살이다.

"이, 이레아, 내가 잘못했다."

손자의 편지라는 말에 카를로 후작이 벌떡 일어났다.

"칫."

이레아는 그 모습에 피식 웃고 말았다.

『기갑영검 아스카론』 완결

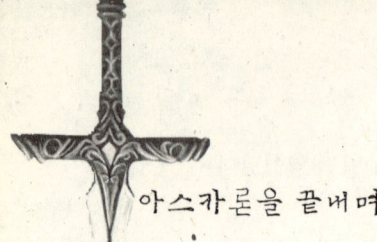

아스카론을 끝내며

드디어 아스카론이 끝났습니다.

죄송합니다.

가장 먼저 이 말씀을 드리고 싶었습니다.

아스카론을 쓰면서 고민도 많았고, 여러 가지 일들도 많았습니다.

때문에 출간 주기가 무척이나 늘어져 버렸습니다.

입이 열 개라도 할 말이 없습니다.

그저 죄송할 따름입니다.

감사합니다.

그럼에도 아스카론을 사랑해 주신 독자 분들께 감사의 인사를 전합니다.

계속해서 늦어지는 원고에도 꿋꿋이 기다려 준 담당 서지현 씨에게도 미안함과 고마움을 함께 전합니다.

아스카론의 시작부터 마지막까지 조언을 아끼지 않은 많은 작가 선배님들에게도 감사드리며 이만 맺을까 합니다.

다음에는 더 좋은 작품으로 찾아뵙겠습니다.

다시 한 번 감사드립니다.

저작권 보호!!
장르문학의 성장에 힘이 되어주십시오.

저작물의 무단 전재와 복제, 불법 다운로드!
이것은 관심이 아니라 무관심입니다!

작가님들은 창의적 열정과 시간을 투자해 자신의 꿈과 생계를 유지합니다.
한 권의 책을 만들어 많은 사람들은 자신의 인생과 미래를 설계합니다.

저작물 속에는 여러 사람의 노력과 희망이
담겨 있습니다!

저작물의 무단 전재와 복제, 불법 다운로드는 여러 사람들의 꿈과 생계를
위협함으로써 장르문학을 심각한 상황에 빠뜨리고 있습니다.

이제는 무관심이 아니라 관심으로 장르문학의
성장에 힘이 되어주세요.

[도서출판 **청어람**은 항시적인 저작권 보호를 통해 장르문학과
여러분의 희망을 지키겠습니다.]

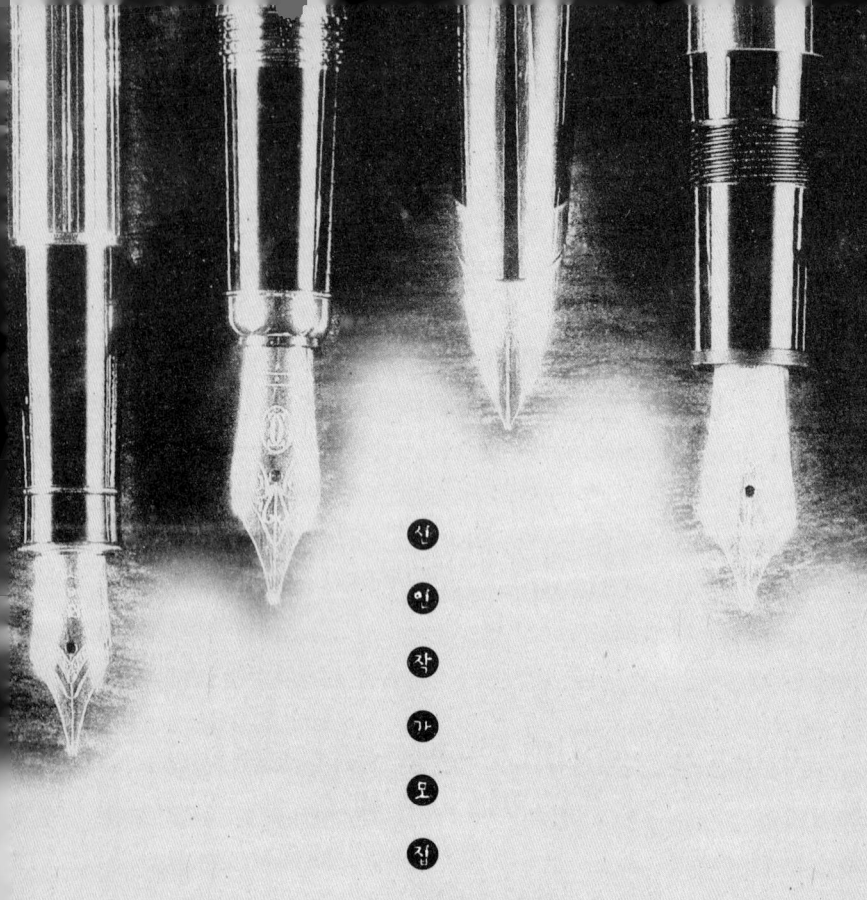

시작이 반이라고 했습니다.
작가의 길에 대한 보이지 않는 벽을 과감히 깨뜨리십시오!
청어람은 작가 지망생 여러분들의
멋진 방향타가 되어드리겠습니다.

저희 도서출판 청어람에서는
소설 신인 작가분들을 모집합니다.
판타지와 무협을 사랑하시는 분들의 많은 참여를 바랍니다.
소정의 원고(A4용지 150매)를 메일이나 우편으로 보내주시면
검토 후 출판 여부를 알려드리겠습니다.

주소:경기도 부천시 원미구 심곡1동 350-1 남성B/D 3F 우편번호420-011
TEL:032-656-4452 · **FAX**:032-656-4453
http://**www.chungeoram.com**
e-mail:chungeoram@chungeoram.com

천마검섭전

임준후 新무협 판타지 소설

天魔劍葉帽

천마검섭전

철혈무정로 1부

인세에 지옥이 구현되고 마의 군주가 천신하면
그 누구도 그를 막지 못하리라!
이는 태초 이전에 맺어진 혼돈의 망약, 육신에 머문 자나
육신을 벗은 자나 누구도 피할 수 없는 구속의 약속일저니……

주검과 피, 그리고 살기가 강물처럼 흐르는 전장에서
본연의 힘을 되찾게 되는 신마기!
신마기의 주인은 전장을 거칠 때마다 마기와 마성이 점점 더 강해져
종국에는 그 자체로 마(魔)가 된다……

제어되지 않는 신마가…
이는 곧 혼돈의 저주, 겁화의 재앙이다!

일류 新무협 판타지 소설

천산마제

내일을 기약할 수 없는 땅, 천산.
소녀로부터 은자 한 닢의 빚을 진 소년 용약,
청년이 된 용약은 천산의 하늘이 된다.

하늘을 가르고 땅을 뒤엎는다!
한 호흡에 만 개의 벽(壁)!!
지금껏 내게 이빨을 드러낸 것들은 모두 죽었다.

은자 한 닢의 빚을 갚으며 시작된
십천좌들과의 승부.
오너라! 천산의 제왕, 천산마제가 여기 있다!

유행이 아닌 자유추구 -
WWW.chungeoram.com
Book Publishing CHUNGEORAM

長虹貫日

장홍관일

월인 新무협 판타지 소설

세상은 언제나 정의가 승리하고,
그래서 사필귀정(事必歸正)이라고?

개소리!

세상은 나쁜 놈들이 지배하지.
그러나 그놈들은 아주 교활해서 절대로 나쁜 놈처럼 안 보이지.
현재 무림을 지배하고 있는 백도의 어떤 인간들처럼…….

暗帝血路 암제혈로

설경구
新무협 판타지 소설

—떠나세요, 가능한 한 멀리.
—하나만 기억하세요. 일단 살아남아야 후일을 도모할 수 있습니다.
—떠나.

오랫동안 연락이 두절되었던 이들이 약속이라도 한 듯 찾아와
꺼낸 이야기들과 함께 시작되는 집요한 추적,
그리고 거대한 음모에 휘말려 억울한 누명을 쓴 채로
오직 살아남기 위해 필사적으로 도주하는 한 사내, 진가흔.

"왜 하필 나입니까?"
"자네가 가장 적당하기 때문이지."
"아시겠지만 그를 죽인 것은 제가 아닙니다."
"물론 알고 있네. 그런데 말일세… 그래도 그를 죽인 것이 자네라는
사실은 변하지 않네."

누구를 믿어야 할까.
적어도 명확하지 않은 상황에서 이유조차 모른 채 도주하던
한 사내의 역습이 시작된다.

유행이 아닌 자유추구 —
WWW.chungeoram.com
Book Publishing CHUNGEORAM